「……わかった。後で文句言うなよ」

Contents

フィナーレは飾れない2

第6章
もうひとつの物語

その姉は、弟を守るために城を出た。

指輪の秘密を解き明かせば、弟がくだらない後継者争いから抜け出せるかもしれないと、そう思ったからだ。

真っ赤な髪に真っ赤なドレス、唇には真っ赤なルージュを引いた女は、名をリゼリアと言った。


『第三王子の魔力は強すぎる。そのままにしておくのは危うい』

『けれどうまく使えば、我が国はリームア国やディアルセイ帝国にも劣らない……いや、それ以上の国になる!!』

『ですが第三王子は僅か十三歳です。王位を継ぐにはまだ……』

『それに第一王子は頭脳明晰で、優秀だ。第二王子も文武に長けている。第三王子は体が弱いというではないか。王位などとてもではないが』

『王子同士の仲も最悪だと聞く。この前は第一王子の手の者が第三王子の水差しに毒を仕込んだというではないか』

『それは違う。仕込んだのは従者の独断だと聞くし、そもそもそいつが仕えていたのは第二王子の――』


そんな会話が毎夜、飽きもせずに繰り返される。

弟の第三王子、アーネストと唯一血が繋がっているのがリゼリアだ。

リゼリアは弟がそのうち暗殺されてしまうのではないかと気が気ではなかった。

弟は昔から、不思議な指輪を持っていた。無色透明な指輪は綺麗なのにどこか恐ろしくて、そして弟を縛った。手放しても燃やしても埋めても、弟の手元に戻ってくるのだ。弟はそれを見つめてぽつりと「呪いだよ」と言った。

この指輪は、呪われているのだろうか。

リゼリアはアーネストを連れて、父王に指輪について直接尋ねた。アーネストが指輪を持っていることを知ると父王は大層喜んで、次の国王はお前だとアーネストを指名した。

指輪の存在は極秘事項だから口外するなと何度も念を押されて、リゼリアとアーネストは執務室から戻った。

アーネストはなにか考え込んでいるようで、リゼリアはリゼリアで、突然弟を次期国王に選んだ父親の考えがわからず、不気味だと思った。

弟には生まれつき莫大な魔力が備わっていた。それもまた、次期国王へと後押しする理由の一つなのだろうが——。

王位に目が眩んで兄弟の命すら切り捨てようとする、兄王子たち。兄王子が王位につけば甘い蜜を吸えるからという理由で彼らを支援する貴族。彼らがアーネストが次期国王に指名されたことを知ったら、どうなるか。もはや誰が敵で誰が味方かわからない。

誰か助けて欲しい。そう、言えたのならどんなによかったか。

それは、アーネストが十四歳の誕生日を迎える直前のことだった。

「必ず戻るから」

そう告げて、護衛兼侍女のセレスタと共に城を出た。

あちこち各国を巡っては、指輪にまつわる話を聞いた。けれどどれも似たり寄ったりで、確信めいた話にはたどり着かない。

もう諦めて、城に戻ったほうがいいのだろうか。そう思っていたときだった。

ダレルの街の、静かとは言い難い明るい雰囲気の食事処で。

『神堕ちって言ってな。それを指輪に封じ込めてんだってよ！　そんでもって、そろそろそいつが復活するらしい』

その話を聞いたのは本当に偶然だった。そして、その話はあちこちで聞いた似たり寄ったりのそれとは全く違った。だから、リゼリアはその男に話しかけて詳しい話を聞こうと思ったのだ。けれどその前に、白銀の髪の男性がそのテーブルに着いた。

『面白い話をしてるな。俺も交ぜてくれないか？』

リゼリアは、機会を失ったことを悔やんだ。

第7章

夜明け

一カ月の船旅

朝。

明るい光が窓の外から差し込んでいる。鳥の囀る音がなんだか平和で、もしかしたらこの世界は本当はとても穏やかで、静かなのではないかと錯覚するような朝だった。

朝の準備を整え終わった私の部屋を訪れたのは、ライアンだった。

ライアンは珍しくまだ熊の面をしていなかった。よかった、朝からあのお面はなるべく見たくない。あれを愛用していると思われるライアンには申し訳ないけれど、私はどうにもあの面に慣れる自信がなかった。

涼やかな彼の目元が私を捉えて、口を開く。

「よ。昨日は寝れないかと思ったんだが、思ったよりちゃんと眠れたようだな、よかった」

「寝れない？」

「昨日、アイツとなにか話したんじゃないのか？　自分の婚約者と話して、どうだった？　記憶は少しは戻ったか」

昨夜のことを思い出す。

昨夜、フェリアルの瞳は、明らかに熱を持っていた。それに切ないような、悲しいような、そんな色も持っていて。それを真っ向から向けられて、私はどうにも動けなくなってしまっていた。

そんな瞳で見ないで欲しい。

そう思ったけれど、そう言えるほど私は図太くも無神経にもなれなかった。

ただ、落ち着かない。私が私じゃないような感覚を覚える。

見透かされる。そう思ってしまうのだ。

「記憶は……戻らない。……わからない。わからないわ。私は、あの人のことを思い出せない。過去の話をされても…………わからなくて、少し怖いとも……思うの。だけど……」

「だけど？」

「……わからなくて、怖いからこそ、知りたいような……気もする」

「へぇ。成長だな」

「からかってる？」

「まさか。さ、朝の支度が終わったなら食事にしよう。昼にはここを出る」

ライアンは気さくに言うと、部屋を出た。

「あ。ねぇ、ライアン」

「ん？」

「あなたのその……偽名？　自分でつけたの？」

聞くと、ライアンは少し意外そうな顔をした。もう既に結われている髪が彼の腰元でさらりと揺れた。

「……そうだと言ったら？」

「ううん。なんでもない。少し、意外だなって」

「へぇ。そうか。まあ新しい一面を知れてよかったんじゃないか。これから半年とはいえ、共に過ごす仲だからな」

ライアンは軽くそう言うと、手をヒラヒラさせて部屋を出ていった。

ライアン――小さな王。第二皇子であり、現皇太子である彼が意図して名付けたというのなら、なかなかに皮肉が利いている。

私はひとつため息をついて、上着を取った。

外はまだまだ雪が積もっていて、きっと寒い。

そう思いながら、私も部屋を出た。


「おはようございます」

「おはよう」

「おはようございます、寒いし眠いし最悪ですね」

一階に降りるとそこにはフェリアル、ユノア、ライアンが揃っていた。どうやら私が一番最後らしい。

フェリアルはなんら変わった様子はなかった。昨日の雰囲気がおかしかったのは、夜のせいだろうか。それとも、フェリアルもなにか思っているのだろうか。わからない。私自身、自分が彼をどう思っているのかもよくわからなかった。戸惑い、が一番近い気がする。

「昨日の夜は一段と冷えましたね。アリィは大丈夫でした？」

「え、ええ……。よく眠れたわ。ユノアは眠れなかったの？」

「うーん……まあ、微妙ですね。眠れたっちゃー眠れたけど、寒かったし。レム睡眠ってやつですね」

「そう……」

ユノアは眠そうにひとつ欠伸（あくび）をした。

四人揃ってぞろぞろと宿の食堂へと向かう。ライアンは既に熊の面をしていた。朝日の中で一段と不気味だ。

どうしてそのお面を手にしたのか、ライアンのセンスがよくわからない。ライアンって見かけによらず結構変わり者なのかもしれない。

すれ違った宿の滞在客が、ギョッとしたようにライアンを見てからフェリアルを見て、またライアンを見る。

どこぞの旅芸人とでも思われていそうだ。

私はユノアと彼らの少し後ろを歩きながら、やはりその面は新調を検討するべきだと改めて思った。

「さて、そこの赤髪の彼とアリィはおいといて。きみ、船旅の経験は？」

席に着いてライアンがフェリアルに話しかけた。フェリアルは紅茶に口をつけていたが、ライアンに話しかけられるとそれをそっと置いた。

「何度かはあるよ。ここからオッドフィー国へとなると、ひと月かかるか、かからないか……長旅になるね」

「しばらく船の上だな。アリィ、きみは間違いなく船旅は初めてだな。いいか、今から言っておく。気持ち悪いと思ったらまず甲板に出たほうがいい」

突然話を振られて、口に含んだサラダのキャベツが妙なところに張りついた。思わずむせると、ライアンが背中を撫でてくれた。

「絶対一回は船酔いする。人間ってのはそういうふうにできてるんだ。いいか？　絶対に我慢しようなんて思わないように。体調不良はすぐに報告。わかったな？」

「けほっ……う、うん。わかったわ」

初めての船旅。全く予想がつかない。

私が目を白黒させながら言うと、ため息混じりにフェリアルが言った。

「きみのその馴れ馴れしい態度はなんなのかな。彼女は僕の婚約者だと昨日伝えたはずだけど？」

「でももう死んだ人間なんだろ。ここまできて婚約者だのなんだの、肩書きに縛られるのはやめたほうがいい。きみも窮屈なんじゃないか？」

「そう見える？」

「さぁ。俺にはわからないな」

ユノアが居心地悪そうに視線をさ迷わせ、手にしたカップがひどく揺れる。そのせいで彼のカップの中の紅茶は右に左に、ひどく忙しなく揺れていた。

フェリアルが先ほどと変わらない、冷たい声で言った。

「……きみにも、待っている人がいるんじゃないのか？　いつまでも悠長に旅をしている時間はないんじゃないかな。お互いにね」

待っている人間……？　私はライアンを見た。

ライアンは、ディアルセイ帝国の第二皇子で、皇太子だ。であれば、待っている人間がいるのも当然のことだ。それにしても、朝から二人はピリピリしている。

「待ってる人間……ねぇ」

その表情は面にさえぎられてよくわからない。

ライアンはミルクピッチャーをテーブルの上に戻すと「待っていてくれとは頼んでないけどな」と話を締めくくる。

なんだか妙な雰囲気になってしまった。

これで一カ月の船旅なんて……うまくいくのかしら。

少し不安になったが、うまくいくかどうか、ではない。なんとしてでも私たちはオッドフィー国に行き、最後の指輪の持ち主を探し出さなければならないのだ。なにより、私は命がかかっている。

私が生きるためには、生き長らえるためには、この指輪を封印、あるいは消滅させなければならないのだから。

指輪にまつわる話

　宿を出た私たちは、乗り合い馬車に乗って近くの船着場に向かうことになった。ライアンは最後まで馬車に乗るのを渋っていたが、フェリアルが「きみもわかってるだろうけど、徒歩で近くの船着場に向かうとなると三日はかかる。その間は街らしい街もないし、野宿を要されることだろうね。きみはいいけど、アリエアに野宿を強要する気？」と詰め寄ると「わかったわかった、馬車を使おう」と折れた。

　なぜそんなに渋るのか、徒歩より馬車のほうが圧倒的に楽なのに――それにはすぐに答えが出た。

「ただし、俺は顔を晒して歩けるほど無名じゃないんだ。有名人は困るな、こういうとき。下手すればきみたちまで巻き込まれるぜ」

「……」

　ライアンは面をつけたまま馬車に乗ることを嫌がっているようだった。当然だ。私たちだってそんな面をつけられて馬車に同乗されたら周りの視線が気になって仕方ない。最悪、街に駐在している騎士兵に声をかけられかねない。

　フェリアルも思うところがあったのだろう。ため息混じりに言った。

「変化魔法は使わないのか？」

「あれを自在に操れるきみのほうが、俺からしてみれば恐ろしいけどな。一体どんな魔術回路をしてるんだ？　脳内を見てみたい」

「ライアンは変化魔法が苦手なようなの」

思わず口を挟めば、フェリアルが「へぇ」と意外そうな声を出した。

「人間、得手不得手っていうものがあるんだよ。それに変化魔法は……使えないわけじゃない。ただ俺がやれば、下手したら顔が緑や青なんていう面白い体験をさせることになるってだけだ。どうだ、試してみるか？」

「絶対嫌だわ」

「妙にはっきり言うな。そんなに嫌か」

ライアンが唐突に言葉を挟んだ私を見て、少し意外そうに言う。

「仕方ない。僕が無魔法をかける。希望は？」

「きみが？」

「僕以外いないだろう。ちなみにユノアは魔法は全く使えない」

「脳筋なもので。力で全て解決しますから」

ユノアはフェリアルに水を向けられるとすぐに会話に参加した。

ライアンは「そうか」と呟き、大人しくフェリアルのほうを見る。

「髪は黒。目も黒がいいな」

「黒？」

聞き返したのは私だった。

「たまには自分と正反対に染まりたいって思わないか？」

それは、同じように銀髪を持つ私への同意を求める言葉だったのだろう。だけど私は自分の髪色にそんなこだわりはないし、そもそも髪色について考えたこともなかったから、首を横に振った。

「さぁ……」

「自分じゃない誰かになってみたいと思うのは、人類の共通事項だろ」

「そういう話だったかしら、今の……」

「そういう話だったんだよ」

話していると、ふいに手を取られた。驚いて肩が跳ねる。見れば、フェリアルが私の手を握ってい
た。戸惑いながら彼を見れば、フェリアルは静かな瞳でライアンを見ていた。

「人目が多い。そこの路地に移動しよう」

「あー。確かにライアンの髪は長いですし。銀髪がいきなり黒くなったら目立ちますね」

「なるほどな。それじゃあ行こうか」

そう言うと、ライアンとユノアはそのまま歩いていった。

いまだに繫がれた手に困惑していると、フェリアルは私の顔を覗(のぞ)き込んだ。

「疲れてない?」

「あ。……はい。あの、ありがとうございます」

「……そのお礼はなんに対して?」

ふいに、握られた手に力が込められる。

びっくりして固まる私の手を優しく引いて、フェリアルが歩き出した。路地の陰には熊の面と向き
合うユノアの姿がある。それだけ見れば、少し怪しげな一場面だった。

「いろいろ、です。旅に、同行してくださったのもありがたいですし……」

ライアンとの二人旅も、できなくもなかっただろうけど、人数が多いとそのぶん心強くなるのは確かだった。ライアンも、足手まといに違いない私を庇（かば）いながら旅をするのはとても疲れることだっただろう。だから、フェリアルとユノアがいて、本当によかったと思う。そう思って口にすると、フェリアルは黙ってしまった。

「フェリアル？」

「……ああ、いや。ごめんね。なんでもない。ただ……」

きゅ、と絡められる指。その密着感に顔が熱を持つ。

「離れたくないなと。そう思っただけだよ」

静かに告げられた声に、熱に、どこを見ていいかわからず思わず俯（うつむ）いた。

「イチャつくのは後にしてくれないか。時間が押してるんだ」

どうにもこうにも反応に困っている中、その空気を蹴散らしたのはライアンだった。お面で表情は見えないが呆（あき）れた顔をしているに違いない。戸惑う私の額を、ライアンが人差し指でつついてくる。

「きみもそうホイホイされるなよ。こんな見るからに怪しい男、適当にあしらっとけ。変に反応するから長引くんだ」

「言ってくれるね。身元も素性もこれ以上ないほどはっきりしているけれど？」

「腹になに抱えてるかわからないヤツは総じて怪しいんだよ。身元以前の問題だ」

「きみはまるで彼女の父親みたいなことを言うね。実際の父親よりはるかに血縁者らしい物言いだ。いつの間に彼女の保護者になったんだ？」

「まああある意味保護者ではあるけどな。そんなことより、こんなところで道草食ってる時間はないんだ。ほら見ろ、赤髪の少年があの有様だ」

フェリアルとライアンの言葉の応酬は、ライアンのその言葉で終止符を打たれた。ライアンの言葉どおりユノアを見れば、いつの間にか彼は地味な中年男性二人と話をしていた。ユノアの顔には苦虫を百匹嚙み潰したような表情が浮かんでいる。

「いやー、きみなら結構いい線いくと思うんだけど」

「いや、いかなくていいんですけど」

「どうよ一回。ニコニコ笑ってればそれだけでいいから。きみ、すごく可愛いし」

「はいはいそれはどーもね」

「ユノアが絡まれてるわ……」

「治安が悪いな」

ライアンがぽつりと言うと、そのまま歩き出す。私も彼の後を追い、私の横をフェリアルが歩く。

「はいはい。そういう勧誘はやめてくれるかな。俺たちはもうここを発(た)つんでね」

「ひっ、ク、熊……？　な、なんだよ。連れがいんのか。きみ、残念だなぁ。ものすごくかわいー顔してんのに」

男たちは一瞬ライアンの熊の面にたじろいだようだが、中身が人間だとわかるとすぐにまた話し始めた。結構肝(きも)が据わっているように見える。

「それ褒め言葉じゃねーんだよ」

ユノアが嫌そうに言う。確かにユノアは中性的な顔立ちだ。骨格が細いのも相まって一見女性のように見えなくもない。舌打ちするユノアにフェリアルが「行こうか」と続けた。

男たちは残念そうにユノアを見ていたが、私を見るとぱっと花を咲かせたような顔になった。嫌な予感がして思わず後ずさる。

「じゃあそこのお嬢さんはどうだい。日銭、金貨一枚。破格だろ？　どうだい、少しは話を聞いて」

「彼女に下賤（げせん）な話を聞かせるのはやめてくれるかな」

私の前にフェリアルが割り込むように入って、柔らかいが圧のある声で言った。

ライアンが続けて言う。

「ほら。さっさと行った行った。言っただろう。俺たちは忙しいんだ。きみたちももう行くぞ」

フェリアルは男たちを無視して、私の手を引いて歩き出した。なんだか、胸がくすぐったい。気まずい、というのと似ているような。違うような。そんな感覚が胸を走った。


「無術音式――欺（レイ）」

人通りがなくなると、フェリアルが小さく呟いて無魔法をライアンにかけた。瞬く間にライアンの髪が黒になる。面があって顔が見えないが、その瞳もきっと黒になっているのだろう。

「お、成功したか？」

「失敗してほしかった？」

「冗談だろ。成功したならなによりさ」

そう言いながらライアンは自分の毛先を弄（もてあそ）んでいる。その髪色は、もう雪のような色ではなく、夜闇のような黒だった。

ライアンがおもむろにお面をとる。やはり、瞳も黒になっていた。

なんだか、少し新鮮だった。雪のような、凍りつくような、どこか冷たい雰囲気は払拭されたが、代わりに少し怪しい雰囲気がある。

暗殺者と言われても納得しそうだわ……。

そんなことを考えながら歩いていると、フェリアルがふと呟くように言った。

「きみの指輪ってさ」

視線はライアンのほうを向いている。

「ん？」

「いや。思うことがあって。少し見せてくれるか？」

突然止まったフェリアルに、ライアンも戸惑うように足を止める。フェリアルはどこか難しい顔をしていた。

「これか？」

しゃらり、と揺れるブレスレットが現れる。男性にしては白く細い手首が太陽の下に晒される。その白い手首を飾るのは華奢（きゃしゃ）なブレスレットだ。

フェリアルが「少し借りるよ」とライアンから指輪を受け取り、続けて私を見て「アリエアも、いいかな」と声をかけてきた。

両手を後ろにやってネックレスを外そうとするが、自分ではうまく外せない。試行錯誤しているとライアンが「俺がやってやるから後ろを向け」と言ってきた。

うまく外せなかったネックレスを思い、なんだか悲しいような気持ちで後ろを向く。降り積もった雪が反射して、網膜を刺激する。思わず目を細めるのと、ライアンがネックレスを外すのは同時だった。ライアンの見た目どおり冷たい指先が首筋に触れて、一瞬ドキリとした。

「はー。慣れてますね」

「これくらい誰でもできる」

ユノアとライアンがそう話すのを聞きながら、私は耳元が熱くなるのを感じた。突然の接触に慣れていないだけ。私は意識して息を吐いた。

「アリィ。これをこいつに渡すが、いいか？」

「え？　あ、えぇ。うん」

頷くと、ライアンはネックレスに通されたままの指輪を渡した。フェリアルは私の指輪と、ライアンの指輪を手に持ち、それを交互に見比べる。

「アリエアの指輪を見たときから、この装飾に違和感があったんだ。なぜ、指輪は無色透明なのか。普通はシルバーとかゴールドとか。そういうものだろう？」

フェリアルが囁くように言う。ライアンは近くにあった手頃な木に寄りかかり、フェリアルの話の続きを待っている。

「フェリアルは、私の指輪を見たことがあるんですか？　以前に……」

「……アリエアは覚えていないんだったね。アリエアは、その指輪を生まれながらに持っていたんだ。その指輪は、持ち主が死ぬと次の持ち主の下へ移動する。怖い代物だよね。……そして、vierの指輪は代々、我が王家の血を引く女性が受け継いでいる。アリエアの前に持っていたのは、きみの父上の――現ビューフィティ公爵の妹君。きみから見て叔母上になる」

「叔母上………」

言われてもピンと来ない。

ライアンは木に寄りかかったまま、沈黙を保っている。ユノアはしゃがんで、雪の上に絵を描いていた。きらきら光る雪が、どこか遠いものに感じた。

叔母上、と言われてもわからない。私は家族のことはおろか、自分のことすらわかっていないのだから。

フェリアルは確かめるようにふたつの指輪を眺めながら話を続けた。

「リームア国では指輪を引き継いだ者が王家以外から出た場合、その者は王家の者と婚姻する義務がある。古いしきたりだよね。もう風化してもおかしくない話なのに、なぜか我が国では代々ずっと、それを守っている」

「……おいおい。一応俺、きみらの国と敵対国……とまではいかないが、仲があまり良くない国の次期皇帝だぜ。そんな国のトップシークレットもいいところの情報、流していいのか？」

ライアンが咎めるように言った。フェリアルはふたつの指輪を合わせながら、なんてことないように答える。

「この程度の話、流されたところでたかが知れてる。王族以外はおとぎ話のようなものだと思っているだろうからね。……それで、アリエア」

「は、はい」

「僕は以前きみにこの指輪について尋ねられたとき、王家の秘密の指輪だから、僕と結婚するまで預かっていてほしいと伝えたんだ。まさか指輪がきみの魔力を吸い取ってるとは思わなかったしね。前の持ち主は自殺してしまっているし、その前の持ち主が誰だったのか、記録には残っていない」

私は自殺という単語にドキリとしてしまった。

私と血が繋がっているという、叔母様。私の前のvier（フィーア）の指輪の持ち主。彼女は指輪のことをどう思っていたのだろう。指輪の呪いのせいで、同じように体調不良に陥（おちい）ったのだろうか。魔力不足に苛（さいな）まれたのだろうか。

なぜ、自殺なんて――。


そのとき、ライアンが身を起こして足元の雪を足でかき分けた。知らない間に結構時間が経（た）ってしまっていたらしい。気がつけば手がかじかんでいた。

「アリィは行方不明扱いだったはずだけど、よく探そうと思ったな。周りはもう死んだものとして扱っていたんじゃないのか？」

「……状況が状況だからな。確かにアリエアはほぼ死んだような扱いになっていた。だけど僕には、確信があった。彼女の指輪が、戻ってこなかったからね」

「ああ！　ロイアが言ってたヤツですね。次、選ばれるとしたら王妃様だと――そういえばなんで王妃様なんです？」

ユノアが雪遊びに飽きたのか話に参加してくる。

次の持ち主は王妃？　王妃、といえばフェリアルの母親にあたる人だ。

フェリアルは小さなため息を吐いて答えた。

「今、王家に連なる者で身ごもってる女性は、公的にはいない。王族の血を引く者でアリエアより年下の女性もいない」

「なるほどな。つまり、指輪はどこにも行けない。それで？」

「その場合、指輪は現王妃の元に移動する。文献にはそう書かれていた」

「文献？　待て。そんなのがあったのか？　リームア国に？　うちには全くなかったぞ」

「禁書に指定されていた本を片っ端から読んだら偶然引っかかっただけだ。だけど……」

フェリアルは、かちゃり、と指輪と指輪を重ね合わせた。そしてそのましゃがみこむ。

「ライアン、ユノア。……アリエア、わかる？」

フェリアルの視線を追うと、雪の上にふたつの指輪の影が重なって落ちていた。

「……なるほど、影絵もいいところだ」

「なんか文字みたいに見えますけど、読めないですね」

無色透明の指輪の外側にはそれぞれ異なる模様が刻印されていて、太陽の光に透かすと微妙な陰影ができた。それがふたつ重なると、ユノアの言うとおり、確かに文字のように見える。

vier（フィーア）の文字とは反対側に刻まれたその模様を、私はただの装飾だと思っていたのだけど。

「見たことないな……古代文字か？」

ライアンが呟く。フェリアルは立ち上がると、指輪を私とライアンに返してくれた。

「……禁書のひとつにこれと似た文字があって、彼女の指輪の刻印とどこか似ていると思ったのを思い出したんだ」

「しかし、これじゃまだ文字として読めないな。やっぱり最後の指輪が必要か……」

乗り合い馬車の停留所に向けて歩みを進めつつ、フェリアルとライアンは会話を続けた。

「最後はsechsの指輪だっけ。面倒だね。オッドフィー国はさほど大国というわけではないけど、探し回るには面倒な広さだ。どうする？　目星はついてるのか？」

　フェリアルに声をかけられて、ライアンは少し黙る。

「まさかしらみつぶしに探していくの……？」

　私も思わずそう言えば、ライアンは「いや」と答えてこちらを振り返った。

「城に向かう。vierの指輪はリームア王家に、nenuの指輪はディアルセイ皇家に伝わっていた。sechsの指輪がオッドフィー王家に伝わるものかはわからないが……まぁ、関わりくらいはあるだろう。城に向かって話を聞くのが一番早いんだが、ここで問題がひとつある」

「問題？」

「俺は、公にはディアルセイ帝国の皇城にいることになっている。ここでふらついていることを知る者はごくごく少数だ」

「なるほど。きみが突然オッドフィーの城に行けば、なにも聞いていないオッドフィー国の王族は混乱。いくら髪色を変えていてもディアルセイ帝国の皇太子の顔を知る者はいるだろうしね。王族ならなおさらだ。それで、その後はディアルセイだ。自国にいるはずの皇太子が突然オッドフィーの城に現れたことで、帝国の皇族、大臣、重鎮たちも大混乱。さらにはリームア国の王太子である僕も一緒、となると」

「想像したくないが目も当てられないことになるだろうな」

　フェリアルとライアンの後ろでユノアが「爆弾みたいなものですもんねー」と呑気な声で言う。

　私は少し躊躇いながらライアンに質問した。

「ディアルセイ帝国とリーム国はそんなに……仲が悪いの？」

「うん？　仲が悪いっていうより……子供なんだよ。両方な。互いに領地を取られないように均衡を保っている。どっちが上か下か、ずっと睨み合ってるんだろ。バカげてるな」

「……きみの言い分はもっともだけど、もう少し品のいい言い方ができないのか？」

ライアンの答えに、フェリアルが眉を顰める。

リーム国とディアルセイ帝国はどちらも国土が広大で、栄えていて軍事力も高い。どちらが上かなど簡単には判別できない。上下を決めるためだけに戦争を起こすのなんてあり得ないし、だからこその静寂、沈黙、なのだろうか。

黙る私の頭にライアンの手がぽん、と乗る。

「まあ。運がいいことに次期皇帝は俺と既に決まっている。少なくとも俺が皇帝の間は――いや、国にあるうちは滅多なことにはならない。安心していい」

「頼みますよ。リーム国とディアルセイ帝国が戦争なんて、世界中を巻き込んだ大戦になること間違いなしなんですから」

ユノアが割り込むように言う。

フェリアルは黙っていたが、ライアンは「わかってるよ」と短く言った。

また、重たい空気に周りが沈みかけたそのときだった。

ユノアが「あ」と呟く。

「馬車だ！　ちょうどよかったー。俺もう疲れてきてたんですよね。ほら、アリィも早く」

「え？　あ、きゃっ……」

ユノアに手を取られて、雪道をかけていく。ライアンが後ろで「コケるなよ」と言っているのが聞こえた。ユノアの思ったよりも力強い手に引かれていくと、あっという間に舗装された道路に出た。雪は端に除雪されている。

ユノアは乗り合い馬車の近くで立ち止まると、くるりと私を振り返った。ユノアは小柄で華奢な体つきをしているが、それでも私より幾分か背が高かった。

「あの二人、相性悪くないですか？　俺、雰囲気悪すぎて胃がキリキリしてるんですけど」

「……意外と繊細なのね」

「あははっ。そうですよ繊細なんですよ。アリィも気ぃ遣って疲れてるでしょ」

「ありがとう。でも……その。疲れてはいないの。ただ、申し訳ないな、と」

「申し訳ない？」

「フェリ……フェルーは、私のためにきっと、ここまで来てくれているのよね。彼は重要な人だわ。そんな人を国から離れさせて、ここにいてもらっている、というのは……」

フェリアル、と名を呼びそうになって彼のあだ名を呼ぶ。乗り合い馬車にはすでに何人か乗客がいるようだった。誰が聞いていてもおかしくない。

私が言葉を選びながら話すと、ユノアは「うーん」と唸（うな）った。そして答える。

「気にしすぎですよ。あの人は自分がそうしたいからここにいるわけですし。それよりアリィは自分のことを考えたほうがいいです」

そのまま手を取られ、乗り合い馬車の中へと引っ張られる。背後に目をやると、二人が何事か話しながらこちらに向かっているのが見えた。

不思議だと思った。この場に、私がいることもそうだけど、リームア国の王太子がいて、ディアルセイ帝国の皇太子がいて。そして、指輪探しの旅をしているなんて。

変な巡り合わせ、とでも言うのだろうか。

失ったもの

「ああ、そうだ。伝え忘れていた」

アリエアがユノアと共に乗り合い馬車に向かう中、ふと思い出したようにライアンが口を開いた。

フェリアルは自国に残してきたロイアや各大臣、政務のことなどに考えを巡らせていたが、ライアンのその言葉にちらりと視線を向けた。

「彼女の記憶喪失のことだが、実際は少し事情が違う」

「……そうかなとは思っていた。頭を打って記憶喪失なんて、できすぎた話だからね」

それをすっかり信じ込んでいるアリエアは、それほどまでにライアンに信頼を寄せているということなのだろうか。

「アリィには言ってないが、あれは呪いだ」

「呪い？　……あの侍女か」

「さすが。生まれつき王太子であらせられるフェリアル様は察しがいい」

「皮肉か」

昨日もライアンはフェリアルに対してそんなことを言っていた。

ライアンの熊の面を剝ぎ（は）取ったときのことだ。

『そうかと思っていたが……隠すのが下手だな』

ライアンはフェリアルにヒントを与えすぎていた。そのせいで、フェリアルはライアンが隠しているにもかかわらず彼の正体に行き着いてしまった。熊の面を剝ぎ取ったのはただ答え合わせがしたかっただけだ。

そのとき、ライアンはこう言った。

『悪かったな。きみみたいに頭が回らないんだよ、こっちは。生まれつきじゃないからな』

きっと、ユノアとアリエアにはなんのことかわからなかっただろう。

けれどフェリアルだけは、ライアンのその含みのある言葉を理解していた。ライアンは生まれつきの皇太子ではなく、途中で繰り上がりとなり皇位継承者となったのだ。

「そんなにいいものでもないけどね。生まれつきそうであっても」

「珍しいな。きみが謙遜するとは」

「そのせいでうまく立ち回れないこともあるからね」

あのとき、手段を選んでさえいなければ。

アリエアをもう少しで王太子妃に迎え入れられるはずだった。そうすれば、正攻法で公爵家から彼女を守れるとそう考えたから。だからそれまではうまいことやろうと思っていた。

自分の生き方はひどく面倒くさい。生きにくい人生だと我ながら思う。アリエアを失って、幼いときからの希望を、光を、失って初めて、自分の思うように動いているのだから。なんて皮肉なのだろう。

ふと、ライアンの兄を思い出す。

フェリアルはディアルセイ帝国の第一皇子に昔、一度だけ会ったことがある。どこか繊細で、皇太子ともあろう人間なのに他人に心を砕きがちな人柄だった。

一言で言えば、優しい青年だったのだ。フェリアルよりいくつか年上だった彼は、まだ幼かったフェリアルに「疲れてないか」と第一声でそう言った。しかも公の場で、だ。

リームア国とディアルセイ帝国は表立って対立こそしていないものの、その実、仲は相当悪い。突然ディアルセイ帝国の皇太子が声をかけてきたことに、リームア国の頭の固い大臣たちは大層ご立腹だった。

フェリアル自身はそれにはなんとも思わなかったが、ただ、第一皇子は皇太子には不向きな人間だと判じた。

化かし合いと腹の探り合い、腹芸を必要とされる皇太子の座は、彼には窮屈だろう。

個の感情よりも、公人としての役割を優先しなければならない。それはどんなときでも、なにがあっても。

自分は逆に、王太子という肩書きにぴったりな人間だと思っていた。なんだって器用にこなし、感情を胸の奥深くに隠し、思ってもみないことをその口に乗せる。本音ではなく建前で生きることに慣れすぎてしまっていた。

けれど。

第一皇子はとにかく、優しすぎる。情に弱く、騙されやすいとフェリアルは感じた。

遅かれ早かれ彼はダメになるのではないか、その場合、ディアルセイの内政混乱の余波が自国に来ないようにしないと、と幼い彼は考えていたのだ。

結果、フェリアルの考えていたようにディアルセイ帝国の第一皇子は第二皇子へと皇太子の席を譲った。

その後の式典で顔を合わせたライアン——アシェル・ディアルセイは皇太子という荷物を背負わさ

れても潰れないように見えた。一言で言えば、胡散臭い。

なにを考えているのかわからないポーカーフェイスは、裏を返せば腹の中になにかを抱えていると自白しているも同然だった。

仲良くする気などなかった。

お互い立場がある。国を背負うことを考えれば仲良く、なんて言葉はただのおとぎ話で綺麗ごとだ。ただアシェルのどこか読めない双眸は、フェリアルに今後はやりにくくなると、そう感じさせた。

「アリエアは出会ったとき、口が利けなかった。話を聞いて侍女が呪い元かと思ったが、あの侍女は爆発したんだろう。死んでいればアリエアの呪いが解呪されて、記憶も戻っているはずだと思うんだが……」

「その呪いは記憶を代償にしてカバーしたってことか？」

「そのとおり。喋れないのは不便だしな。彼女の声も聞いてみたかった」

「……」

アリエアが口を利けなかったとは知らなかった。

黙るフェリアルに、ライアンは「かけられた呪いの回路がうまくわかってないんだ」と続ける。

「もっと言えばなにがきっかけで記憶が戻るかも、わからない。ふとした拍子に記憶が戻る可能性だってある」

――あのとき、ああしていれば、なんて。

考えることはいくつもある。けれど、それを考えたところで実行に移せるものでもない。

今、彼女の命を繋ぐためにできることは、最後の指輪を探し、この旅を終わらせることだろう。

贖罪のつもりかと聞かれたら、そんなことはない。自分勝手だと言われてもいい。今更だと言われても、彼女にならいい。

だけどそれでも、フェリアルは自分のために彼女の傍にいたかった。いや、そんな大した理由ではない。ただ、フェリアルは彼女が——アリエアのことが、今もなお大切だから。

ずっと守りたいと思っていた、小さなお姫様。デビュタントの日、慣れないヒールでダンスを踊りづらそうにしていたのを思い出す。

ずっと、この手にあると思っていた。それは、傲慢だったのだろうか。気がつくと、知らぬ間に、手のひらからこぼれていた。なによりも、大切だったのに。

「今回は彼女の記憶を代償にしたが、呪いの回路がわかっていない以上なんとも言えない。不確定要素が多すぎる」

「……ライアン。いや、アシェル・ディアルセイ」

ふと足を止めて呼びかける。突然本名で呼ばれたライアンは瞳を細めて、訝しげにフェリアルを見た。

向こうではユノアとアリエアが乗り合い馬車に乗り込もうとしているのが見えた。早く行かなければ乗り遅れてしまう。それはわかっていたが、フェリアルにはどうしても確かめたいことがあった。

「……きみにとって、彼女はなんだ？」

「旅の連れで、同志ってところかな。それ以上でもそれ以下でもない」

フェリアルの真面目な、真剣な声に、ライアンもいつもよりは丁寧な調子で答えた。

フェリアルは再びアリエアを見た。今は肩ほどまでしかない銀色の髪が、前は腰ほどまで長かったのを彼は知っている。風が吹くと、その銀髪がさらりと揺れるのも、知っている。

それを失わせてしまったのは、それを止めることができなかったのは、自分だ。

「それならいい。……きみは、ディアルセイ帝国の皇太子だということを忘れないでくれ」

フェリアルはそれだけ告げると、また歩き出した。

フェリアルにはアリエアしかいない。彼女しかあり得ない。アリエアが行方不明——ついには死んだものとして扱われ始めて、新しい婚約話があちこちで浮上するようになっても。彼は幼いときからの約束を優先するつもりだった。

『アリエアが十七歳になったら結婚しよう』

それを反故にするつもりはない。

もう二度と、失いたくはない。

必死になっている自覚はある。だけど、そうでもしないと彼女は消えてしまう。もう、二度と、この手から失うわけにはいかないのだ。

フェリアルの後ろで、ライアンもまた、歩き出した。けれど彼はなにも言わなかった。

発作

乗り合い馬車で二日ほど。ようやく辿り着いた港町で、オッドフィー国へ向かう船に乗り込んだ。

慣れない船の中は少し閉塞感があって、閉じ込められたような感覚に陥る。

三人と別れた私は部屋で一人、ベッドに横たわっていた。じっと目を閉じ、考えるのはライアンのことだ。

今ライアンは、黒い瞳に黒い髪の姿をしている。

姿を変える魔法は、かけてから二十四時間効果が持続する。そのため、効果が切れる前にフェリアルが魔法をかけ直している。

ライアンも慣れたもので、「もうこのまま黒でいいんだけどな」と真っ黒に染まった髪を見て呟いていた。どうやら黒髪がとてもお気に召したらしい。

私のほうは、いまだに黒髪の姿は見慣れない。黒に染まった彼はどこか他人のように感じてしまう。

『黒だったら、私とお揃いじゃなくなっちゃうわね』

今思えば、せっかくお揃いだった髪色が別々になって、寂しくなってそう言ってしまったのかもしれない。私の言葉に、ライアンは少し驚いたように目を見開いて、それから、ふ、と小さく笑った。

『……そうだな。せっかくのお揃いなんだ。わざわざ違う色に染めなくてもいいな』

笑うライアンにほっとした気持ちになった。

黒も似合うが、彼にはやはり会ったときのそのままの、白を纏っていて欲しいと思ってしまう。

けれど……そんなふうに思うのは、私の傲慢なのかしら。自分勝手な押し付けだっただろうか。

考えては自己嫌悪のような負の感情が巡ってくる。

私はなにを考えているのだろう。こんなこと、考えても意味などないのに。

たかが髪色の話だ。だけど、どうしても引っかかる。

『自分じゃない誰かになってみたいと思うのは人類の共通事項だろ』

彼はいつも、なにを考えているかわからないようなところがある。一見飄々(ひょうひょう)として、キザで、軽薄な雰囲気だけど、そのところどころに本音を隠しているような気にもなるのだ。

ライアンは、他の誰かになりたいのだろうか。

そもそも彼はなぜ、指輪探しを始めたのだったっけ。確かお兄様が元々皇太子で、指輪のせいで今は命が危なくて……。

こうして考えてみると、私はライアンのことをなにも知らない。

「……お水、貰おうかな」

考えても結論の出ないことを延々と思考しても意味がない。

と、ベッドから降りようとしたときのことだ。

ぐわり、と頭が揺れた。

船はとっくに動き出していて、ゆらゆらと慣れぬ感覚があった。

思わず壁に手をついた。ここが船の中でさえなければ、ひどいめまいだと思っていただろう。

「うっ、気持ち悪い……」

どこを見ても頭がぐわんぐわんと揺れて、私はライアンの言うとおり『船酔い』というものをしてしまっているらしかった。思わず手で口を覆うが、それでも揺れる世界はなに一つ変わらない。

けれど次第に咳き込み、血を吐き、これは船酔いじゃないなと気がついた。

手のひらにべったりとついた赤い血。こほり、と咳き込むたびに血の赤がどんどん増えていく。苦しみや痛みより先に、驚きがやってきた。

えっ？　これは一体……。私、どうして？

そう思ったところでふと我に返る。私は指輪に魔力を吸い取られているんだ。そのせいで余命半年という厳しい現実を突きつけられている。ライアンが言っていた。それで魔力欠乏症になっているのだと。

どうしよう？　このままだと死んでしまう？　私はどうしたらいいのだろうか？

焦(あせ)りが募り、壁に縋(すが)る手に力が入る。こぷり、とまた血が口から溢(あふ)れた。それが床の絨毯(じゅうたん)に染み込むのを見て、これもどうしようと唸る。

かひゅ、という音は血液が喉に張り付いて、うまくできなかった呼吸音だろうか？　それを他人事のように聞く。思わず、ずるずると壁を伝って崩れ落ちた。

「げ、う、っ……は、ぁ！」

苦しい。本当に苦しい。心臓を握られたかのようだ。鷲摑(わしづか)みにされて、そのまま潰されそうだ。

「と、とに、かく、動かな、きゃ」

このままここで一人芋虫を演じていても誰も助けてくれない。待っているのは死である。

一緒に旅をしていたというライアンなら、これを抑える方法を知っているかも……。

そう思い、足の筋が痛むような、毛細血管がどんどん死んでいくような感覚になりながらも私は無理やり足に力を込めた。視界が揺れる。体が重い。まるで高熱を出したときのようだ。そのままフラフラと、扉のほうまで行けば。

――コンコン、と小さくノックが響いた。

「アリィ、無事か？　きみ、船酔いしてないだろうな。船酔いに効く食べ物を持ってきた」

ライアンの声だ。

救世主の登場に、私は思わず扉に飛びつくようにして鍵を開けた。勢いよく開かれた扉の先では、ライアンが瞳を丸くしていた。けれど私を見て、すぐに眉を顰める。

「なるほどな。起きたのは船酔いじゃなくて魔力欠乏症だったってわけだ」

「は。ライ、アン、これ……」

「治してやるから、とりあえずベッドに移ろう。それにすごい血の量だな。最近調子がよかったからか？」

膝の裏と腰を抱えられ、そのままベッドにストン、と降ろされた。そして私の唇にこびりついていたであろう血を親指の腹で拭ってくれた。

頭ががんがんして、視界がぼんやりする。

「きみは魔力欠乏症だからそのうちまたこうなるとは思っていた。だけどこのタイミングとはな……」

そう呟いて、なぜかライアンまでベッドに腰掛け、身を寄せてくる。

「きみ、記憶をなくして随分性格……反応が変わったよな。前は結構恥じらっていた覚えがある」

「前にもあなた、私にこんなこと、を……？」

「治療行為の一環だよ。応急処置。そのおかげできみは今生きてるんだから俺に感謝してくれてもいい」

「……なにを、するの」

「きみの元婚約者とやらは今、少し離れた部屋にいる。時間が惜しい。きみはどっちがいい？　俺でも構わないというなら、俺がきみを助けてやる。言ったろ、きみを守ってやると」

言葉がすらすらと出てくる。その速い口調に、彼も焦っているのだろうかと感じる。

ライアンが片方の手で私の髪を撫でる。乱れていたのだろうか。明滅する視界の中、再度聞く。

「なにを、するの？」

「魔力補塡、供給行為だ。前はきみに薬を飲んでもらうことで発作を止めたが、あいにく今は手持ちが切れた。本来ならあと二カ月は効くはずなんだが……。まぁ、今はそれを言っても仕方ない。きみは今、魔力切れを起こしている。そうなったきみには、魔力を注ぐのが応急処置となる」

「まりょくを、そそぐ……」

イメージがうまく湧かない。

戸惑うばかりの私に、ライアンが重ねて言う。

「アリィ、もう一度言うがこれは治療行為だ。きみの婚約者を呼ぶべきかもしれないが、時間が惜しい。その症状が出ていつ死に至るのか、俺は知らないからな。きみが死ぬ前に対処する必要がある。悪いが、犬に嚙まれたとでも思ってくれ」

目を白黒させる私の前で、ライアンがそっと身をかがめた。

「待っ……！」

「荒療治で、すまないな」

ライアンの声がぽつりと落とされて、ぎしり、とベッドが軋（きし）む音が聞こえた。

ライアンの香りがする。微（かす）かなシトラスに交じる、雨上がりのような香り。これは彼の香水だろうか。森の中で、雨が上がったばかりの土のような、穏やかな……。

その香りに思わず意識を取られて、動きが止まった瞬間。

ふわりと唇に触れた感覚。冷たそうに見えるライアンの唇は、意外にも柔らかく、あたたかかった。

なんとなく彼の唇は冷たいのかと、そう思っていたけれど。柔らかな、あたたかい熱が軽く触れる。

「ん、ぅ……っ」

だけどそれはすぐにまた角度を変えて触れてきて、意図せず声が漏れた。

咄嗟（とっさ）に彼の肩に手を置いて、そのまま彼の服を握る。これでは縋（すが）っているのか、拒んでいるのかわからない。

けれど明らかに頭の鈍痛と倦怠感、嘔吐感が薄れてきているのを感じる。そして、彼の魔力が循環しているのか、ふわり、ふわり、と心地いい熱が手足をめぐる。

「気分は？」

聞かれて、ハッとする。気がつけば、キスは終わっていた。ぼうっとしているのか、呆然（ぼうぜん）としているのか今ひとつわからない。ただ、黙っているとライアンが私の額を撫でた。

その顔は、ただ私を心配しているものだった。気遣うような瞳で、ライアンが「少しはよくなったか」と続けた。

それで、本当にこのキスにはなんの意味もないのだと知る。下世話な下心も、余分な邪念も見られない。本当にただの、医療行為の一環なのだ。

「まだ……気持ち悪いし、頭が……ぼーっとする。でも、さっきより話せるようには、なった、わ」

一瞬の心地よさはすぐに流されて、倦怠感や頭の鈍痛がやや残る。だが随分楽になった。血を吐きすぎて痛む喉も、違和感がなくなっている。すごい。魔力の供給でこんなに治まるのか。

「そうか。それならこの後はあの男に引き継ごう。さすがにきみも婚約者がいる手前、他の男とキスを続けられないだろ。いくら医療行為の一環といってもキスはキスだしな」

これは治療行為なのだと告げた口で、キスはキスだと言うライアンに、私は息を吞む。

それに……フェリアルにこれを引き継ぐと今言ったかしら……？

そんなのできっこない。私にとってフェリアルはこの前会ったばかりの人で、とても綺麗だけど優しくて、柔らかくて、でも、私は彼のなにも覚えていないのだ。

そんな人に「魔力が切れたからキスして補充してくれ」なんて、誰が言えるのだろうか。

思わずライアンの服の裾を摑む。

「無理よ……私、フェリアルにキスして、なんて言えない……」

「……治療行為だって言っただろう。それにあいつもちゃんとわかってる。大丈夫だ」

「キスはキスって言ったの、ライアンじゃない！」

思わず大きくなった声と共に、血が溢れる。その鉄臭い血の香りに噎(む)せて、何度か咳をした。

……息苦しい。

ライアンの表情はどこか怪しむような――、いや、戸惑っているのだろうか？　それか、嫌がっている？　でもそんなの今更だ。先にキスをしたのはライアンなのだ。

それに、キスをしたこともないフェリアルに頼むより彼にお願いするほうがずっと気は楽だった。

間違っている、のだろうか。

だけど正常な判断を下すには、私は随分切羽詰まっていた。息苦しい、めまいがする。ひゅーひゅーと喘鳴がして、うまく呼吸ができない。

喉にせり上がる鉄臭い血の香りと共に、心臓を鷲掴みにされたような痛みが戻ってきた。魔力供給は確かに症状を抑えたが、それは一瞬で、ただの気休めにしかならないらしい。

「……わかった。後で文句言うなよ」

そう続けたライアンの声に顔を上げる間もなく、私は噛みつかれるようにキスをされていた。


「どうだ、気分は？」

ライアンの声に意識を掬い上げられて、ぼんやりと視線を上げた。

視線の先ではライアンがベッドの縁に座って膝を組んでいた。視線が交わると、ライアンが「ん？」とまた見てくる。

「……ありがとう。楽になった」

思い返すととんでもないことをしたような気になって、私はそっと視線を逸らした。

緊急事態とはいえ、キスをしてしまった。恋人でもない人と。

「それならよかった。そろそろ夕飯の時間だ。食堂には行けそうか？」

ライアンがさらっと言って立ち上がる。

治療行為だとわかっている。わかっているけれど、そうもあっさりとした反応をされるとなんだか私だけ気にしているようだ。

いや、実際そうなのかもしれない。気にしているのは私だけ。

だけど、前のことはわからないけれど、今の私にとってはファーストキスだったのだ。

「……ライアン」

私が声をかけるのと、扉がノックされるのは同時だった。

「アリィ、いますかー？　そろそろ食事の時間です。船酔いでダウンしてません？」

ユノアだ。私は咄嗟に起き上がろうとして、ぐわりと揺れる世界に負けてまたベッドに沈んだ。先ほどよりだいぶよくはなったけれど、まだ起き上がるにはやや足りない。

「まだ無理そうだな。きみは少し休んでおけ」

「でも」

「いいから」

鍵のかかってない扉をライアンが大きく開ける。鍵を、しめる余裕がなかったのを思い出した。扉の向こうには驚いた顔をしたユノアと、その後ろに――フェリアルがいた。

どきりとする。私とフェリアルは元婚約者だ。いや、今も婚約者なのだろうか？　そういう人がいるのにキスをしてしまったことに今更ながら罪悪感を感じた。緊急事態とはいえ、とんでもない話だ。

そのときユノアが「わ、血じゃないですか！」と声をあげた。

そうだ、口から出た血を、拭っていなかった。どう誤魔化そう。いや、もう全部話したほうがいいのかもしれない。床に血もついているし。ぐるぐるぐる頭の中が余計な考え事で覆われる。

ベッドに腕をついた状態で固まっていれば、ふと近くに人の気配を感じた。見上げれば、フェリアルだった。

「アリエア、体調は？」

「魔力補填して、もうだいぶ改善した」

答えたのはライアンだ。その言葉にフェリアルは「そう」とだけ答えた。

「うわ、こっちにも血がついてる。アリィ大丈夫ですか？　貧血は？」

ユノアが慌てたように尋ねてくる。

私はもう、どうすればいいのかわからなかった。

あのときは、本当に死んでしまうかと思った。目眩がして、頭ががんがんして、心臓を掴まれたみたいな痛みがあった。

それに……初めての人とキスするくらいなら、以前したことがあるらしいライアンとのほうが、と思ってしまったのも事実だ。

選択の余地がなかった。

そう考えるも、それが言い訳だということは私が一番感じていた。

どうしてこうなってしまったんだろう。こんなの、よくない。それくらいは私にもわかる。

涙がじわりと滲む。頭がついていかない。泣きそうになったが、口内を強く噛んで飲み込んだ。ここで泣いていいはずがない。

「魔力欠乏症か。辛そうだね」

フェリアルの指がそっと私の頬に触れる。彼の指先が、熱く感じた。

「いろいろきみには言いたいことがあるけれど」

フェリアルがライアンを振り返りながら言う。

「ライアン。きみには婚約者がいるよね」

驚いて息を呑む。ライアンに婚約者……。けれど考えてみれば当然だ。ライアンはディアルセイ帝国の皇子であり、皇太子だ。婚約者がいないはずがない。

「……そうだな。いるさ。据え置きの婚約者がな」

ライアンが答えた。

〝据え置きの婚約者〟という含みのある言い方よりも、私はライアンに婚約者がいるという事実に胸を凍らせた。

婚約者がいるのに、キスをさせてしまった……！

ふと、ライアンの言葉を思い出した。

『さすがにきみも、婚約者がいる手前他の男とキスを続けられないだろ。いくら医療行為の一環といってもキスはキスだしな』

これは、私に向けての言葉だと思っていた。だけど実際は違ったのかもしれない。

思えばライアンは何度も、キスを医療行為だ、治療行為だ、と言っていた。それは婚約者のためを思っての言葉だったのでは？

頭の中でいろんなことがぐるぐると回り出す。ひとつわかるのは、私はしてはいけないことをしてしまった、ということだった。

思わず口元を押さえる私に、フェリアルが「体調が悪い？　食事は部屋に持ってこようか」と案じてくれた。私は首を横に振る。
自己嫌悪で、どうにかなりそうだった。

治療行為

食事はユノアが部屋まで持ってきてくれた。

そのままユノアとライアンは食堂で食事をとるらしい。

フェリアルは私の部屋に残り、私の様子を見てくれると言った。

「……前に、彼と」

ぽつりと話し出した私の話を、フェリアルは静かに聞いてくれていた。フェリアルも、ライアンも、私にはすぎた人間だ。

私は生きるために指輪を探し、この病気を治したい。それは私の願いではあるけれど、それだけのために、彼らを巻き込んでいいのだろうか。

ライアンは、自分のために指輪を探していると言っていた。

フェリアルは？

彼は、私のためについてきてくれている。彼は、私のことを想ってくれているから。

だけどそれは前の私だ。記憶を失う前の私は、公爵令嬢だったと彼は言った。きっとお淑(しと)やかで、大人しくて、貴族然とした娘だったのだろう。今の私となにが違うのか、なにが同じなのか全くわからない。

彼は前の私のどこを好きになったのだろう。その、好きなところは今の私にもあるのだろうか。彼は、なにを思って私と共にいてくれるのだろうか。うまく形にできない思いが、胸にわだかまる。

「キスをしたことがあると。彼から聞きました……」

「うん」

フェリアルは、それしか言わなかった。もっと、なにか言うかと思っていた。

私はなにか言って欲しかったのだろうか？　責めて欲しかったのだろうか。婚約者がいる立場で、互いに不埒な真似をするなどあり得ないと、そう糾弾されたかったのだろうか。それは酷く独善的で、独りよがりの自己満足だと思った。私は自分が楽になりたいだけだ。だから、言葉を変えてフェリアルに尋ねた。

「私の……ファーストキスの相手は誰だったんでしょうか」

「……知りたい？」

「フェリアルなんですか？」

「それは……自分で確かめたほうがいいんじゃないかな」

フェリアルは私の背に手を差し込んで、ベッドから起き上がらせた。サイドテーブルにはシチューとパンが置かれていた。ほくほくと美味しそうな香りは、食欲を刺激する。

「それよりほら。お腹すいてるでしょ。食事にしよう。大丈夫。アリエアは大丈夫だよ」

「……ごめんなさい」

「……どうして謝るの？」

謝罪を口にした私に、フェリアルがパンをちぎりながら答える。フェリアルが責めないといえど、私がライアンとキスをしたのは事実だ。

そして、彼とキスをしてもいいと、そうしても仕方ないと自分を正当化して受け入れたのは私だ。

謝るべきだった。たとえ、それが独善的で独りよがりであったとしても。

「私は……二度も、彼と」

「治療行為だよ。意味のあるものじゃない」

フェリアルはライアンと同じことを言って、一口サイズにちぎった白パンを口元に差し出す。

「ほら。食べよう」

「…………はい」

口を開けて、フェリアルの手から白パンを食べる。

フェリアルは優しかった。そして私はそんな彼の優しさに付け込んでいる。彼の優しさに甘えながら、もう彼を裏切るような真似はしないと私は決めた。

「……きみが。アリエアが、そんなに気になるようだったら」

笑っているのにどこか寂しそうな表情のフェリアルと視線が交わった。フェリアルの指先が持ち上がり、私の唇を彼の親指がなぞる。

「僕とも、しようか。それで、きみは楽になれる？」

「そうじゃ……！」

「なら、気にしないほうがいい。だけどさっき言ったとおり、彼には国に待つ婚約者がいる。治療行為とはいえ、何度もするようなことじゃないよね。だから次、魔力が足りなくなったら僕を頼ること。いいね、アリエア」

「……はい。……ごめんなさい、フェリアル」

「……うん、もうわかったから」

「私は……自分のことでいっぱいで、なにも考えていなかった。あなたのことも、ライアンのことも。ライアンの婚約者だという方のことも……」

正直な気持ちを口にすると、フェリアルが私を真っ直ぐに見る。

「……アリエアは素直だね」

フェリアルはそう言うと、シチューを掬（すく）って私の口元に運ぶ。

つんつん、とスプーンで口元をつつかれて、口を開ける。そうすれば、口の中にシチューが運ばれた。よく煮込まれた玉ねぎが口の中でとろける。

「今は、自分のことだけ考えていればいいよ。それからのことは、指輪が揃って、きみの魔力欠乏症が治ったらまた考えよう。……きみはリームアに戻るのだから」

「リームア国に……」

「……大丈夫だよ。アリエア。きみの居場所は、僕が作るよ」

フェリアルの言葉に、私は考える。

私は、居場所が欲しいのだろうか。居場所、帰る場所。それを、私は求めているのだろうか？

今の私にはなにもない。帰る家も、家族も、身を寄せる場所もない。

私が欲しいのは、ただ、平穏な、平和で、普通の日々だ。魔力欠乏症に悩まされることもなく、余命を気にすることなく毎日を生きてみたい。朝起きて、太陽の光を浴びて、育てた野菜の成長を確認して、水やりをして、街に出て――。

自分が思い描くのは高貴な人間の生活ではなかった。ただ、平凡な村娘のような生活を思い描いていた。平穏な日常に憧（あこが）れている。

私は強く目を閉じた。

「……ありがとうございます」

「思っていたんだけど、いつまでそうやって話すの？」

「え？」

「その話し方だよ。ライアンやユノアには普通に話して、僕には畏まった話し方をして。……距離を感じるから、砕けて話して欲しいんだけどな」

唐突に告げられて、私は目を白黒させながらフェリアルを見た。

言われてみればフェリアルにだけ、畏まった口調で話していたように思う。でも意図してやっていたわけではなくて、ただ、気がついたらこうなっていたのだ。

「そ、そうです……ね。善処しま……善処するわ」

「うん。そうして。アリエア、シチューもっといる？」

聞かれて、私は頷いた。シチュー皿とスプーンをフェリアルから受け取った。ゆっくりシチューを食べる私を、フェリアルは静かに見守ってくれていた。

第8章　ドブネズミ

過去の自分、今の私

一カ月の船旅を終えて、ようやく着いたオッドフィー国。船に乗る前にフェリアルが先触れを出してくれていたようで、オッドフィー国には何事もなく――とは言い難いが、とにかく入国することができた。

下船する前の入国審査で、まず引っかかったのがライアンの熊の面だ。明らかに怪しい風貌(ふうぼう)をした男を自国に入れていいか悩む衛兵に声をかけたのはフェリアルだった。

「これは自国から連れてきた僕の護衛だ。少し事情があってね」

「ご……えいですか……。お顔を拝見させていただくことは?」

その言葉に、フェリアルが淀みのない声で答える。

「それは難しいかな。彼は呪われているから」

もちろんだがライアンは呪われてなどいない。いや、neun(ノイン)の指輪を所持しているという点では呪われているのかもしれないが、他に目立って呪われているように見える点はない。つまり、これはフェリアルの嘘だ。

「彼の顔を見た者は呪われる。そちらに送った親書にもそう書いてあるけど、情報は共有されてないのかな」

「は。さ、左様(さよう)でございましたか……。確認いたしますので、しばしお待ちを……」

衛兵はフェリアルの言葉に顔を青くして、しどろもどろに言いながら部屋を出ていった。

周りに誰もいなくなった部屋で、フェリアルが小さくため息を吐く。

「想定内だったけど、やはり手間取るな」

「顔を見せるわけにはいかないからな。オッドフィーの入国審査を担当する国兵が俺の顔を知ってるかまではわからんが……下手な博打(ばくち)は打ちたくない。俺は慎重派なんだ」

「……まあ、きみの言うとおりだと思うよ。隠せるのなら隠しといたほうが都合がいい」

ほどなくして、衛兵が戻ってきた。その顔色は先ほどよりはいいものの、やはりまだ悪い。それもそうだろう。リームア国の王太子が突然訪れることになって、その対応をしているのだ。フェリアルの対応をしていることからおそらく彼は上に立つ人間だと思うが、それにしてもこんな事態、滅多にないだろう。

そもそもリームア国の王太子が私用で——今回は近隣国への近況報告と銘打ってはいるが、それにしたって中身のない内容で他国を訪れることなどほとんどない。これをディアルセイ帝国側がどう受け止めるか、それが少し厄介だとライアンが呟いていたのを思い出す。

「確認いたしました。大変失礼いたしました……それではご案内いたします」

騎士兵にそう言われて、ようやく港へと降りた。

そこには今から戦争でもふっかけるのかというほどの兵士が列をなして並んでいた。

私たちの——というよりフェリアルの姿を見ると、一斉に頭を下げる。

わかってはいたことだが、完全に国賓として扱われている。粗相(そそう)はできない。自然と体に緊張が走る。

私たちの前に、薄紫色の髪をした青年が進み出てきた。白地に黄金のラインがあしらわれた豪奢(ごうしゃ)な服装からして、彼がこの中で一番身分の高い人物――おそらく王子に当たるだろうと察した。

今、私の髪色は茶色に変えてもらっている。瞳の色も榛色になっているはずだ。ライアンも同様に黒髪黒目へと変えられている。変えていないのはユノアとフェリアルのみだ。

ユノアは変わらず赤髪に黒色の瞳。フェリアルは金髪に森のような緑の瞳。

紫色の髪をした青年がフェリアルの前に立つと、にこやかな顔で微笑んだ。

どうしてだろう。私はそれを、苦手だと思ってしまった。

「はるばるリームア国から我が国にご足労いただき、ありがとうございました。オッドフィー国第二王子、レーヴェ・オッドフィーです。どうかごゆるりとお過ごしください」

「出迎えいただきありがとうございます。リームア国王太子フェリアル・リームアです」

こちらもにこやかな微笑みをのせて、手を差し出した。レーヴェもまた笑みを浮かべて、彼らは握手した。表面上は友好国のやり取りに見える。けれど、オッドフィー国もオッドフィー国で問題を抱えていると、事前にフェリアルとライアンが話していた。

主に王位継承問題。「どの国も悩むことは結局同じだな」とは、ライアンの言葉だっただろうか。

ふと、レーヴェの視線がこちらに向いて、どきりとする。彼の瞳は夕焼けのような茜色だった。

「……こちらは？」

「……僕の婚約者の侍女です」

「へぇ。婚約者の……侍女」

意味深にレーヴェの目が眇められる。なぜだかひどく居心地が悪い。

フェリアルがさりげなく、本当に自然な動作でレーヴェの前に立って、私からもレーヴェからも互いが見えなくなった。彼の姿が見えなくなったことにほっとした。蛇に睨まれた蛙とはこんな気分なのだろうか。射すくめられるような、捕食されるような。そんな心持ちになった。

「彼女は僕の婚約者と昔馴染みでして。長旅になるのであれば彼女を連れていったほうがいいとは僕の婚約者の言葉なんですよ」

「確かお名前は……」

「アリエアですよ」

「そうでした。以前お見かけしたことがあります。遠目からですが……とてもお綺麗な方でしたね。今は体調を崩されているとか。そのせいで婚姻の儀も遅れていると聞きました。お体の調子はいかがでしょうか？　見舞いの品を贈らせていただきましょう」

「へぇ、彼女の顔をご存知でしたか。僕の立太子のときのことかな。……彼女の体調はだいぶよくなってきていますから、お気遣いなく。ね、エアリエル」

「えっ？　あ、……はい。お……嬢様は、だいぶ回復なさっています……」

突然話を振られて、戸惑いながらも答える。侍女とはこんな感じなのかしら。うまく想像ができなかった。

「そうですか。それでは、そろそろ参りましょう。長旅でお疲れでしょう」

「いえ。楽しかったですよ。久しぶりに船に乗りましたから」

「フェリアル王太子殿下は世界でも屈指の魔術師と有名です……今回はどうしてわざわざ船をご利用に？」

聞くレーヴェに、フェリアルは少し考える素振りを見せた。けれどそれは一瞬で、先ほどと変わらぬ微笑みをのせて、彼は答えた。

「たまにはいいかと思いまして」

明らかな嘘である。そしてそれを隠すつもりは彼にはないらしい。だがあっさり言ってのけるフェリアルにレーヴェもこれ以上突っ込むことができないのか、「そうですか……楽しめたのならなによりです」と答えていた。


ようやく通された王城の広間では、第一王子リゼラルドと謁見(えっけん)した。

私とライアン、ユノアは跪(ひざまず)き、フェリアルだけが対等にリゼラルドと言葉を交わしている。

国王陛下は体調が悪く寝台を降りられないと事前に話があった。だからこそ、次期王位争いが激しくなっているのだろう。

リゼラルドは茶金の髪に檸檬(レモン)色の瞳をしていた。その姿は少し、意外だった。第二王子と全く顔が似ていないこともそうだが、第一王子は一見、一般人とあまり変わらない出で立ちだったからだ。立ち居振る舞いもそうだが、身にまとっているものも質素で、とても第一王子の姿とは思えなかった。

しかし彼は終始にこやかにしていた。

「遠路はるばる、ようこそお越しくださいました。オッドフィー国第一王子、リゼラルド・オッドフィーです」

「リームア国王太子フェリアル・リームアです。……以前の夜会以来ですね。リゼラルド殿下」

どうやらフェリアルは、レーヴェよりはリゼラルドと親しいようだった。

「本来なら弟のアーネストもフェリアル殿下をお出迎えすべきですが、あれは今外出しておりまして」

「へぇ。アーネスト殿下とはお会いしたことがないな。いつ頃戻られるのですか？」

「それが……わからないのです。あれは昔から天邪鬼で、猫みたいなものです。ずっと前に城を出たまま、外をふらふらしているようでずっと城に帰っていません。いずれ戻ってくると思いますが」

「つまり、アーネスト殿下は家出をされていると？」

「お恥ずかしながら、そうなります」

リゼラルドは変わらずにこやかな顔で続けた。その顔に、弟を心配する色はない。兄弟間の仲は良くないのかしら……。

普通の人に見えたけれど、リゼラルドも癖のある人物のようだ。

リゼラルドとアーネストは血の繋がりがないと聞く。次期王位争いが激化しているオッドフィー国では政敵に当たるのだろう。

「そういえば、リゼリア姫はお元気ですか？　確か十八歳になられたのでしたよね」

オッドフィー国には王子が三人、姫が二人いる。

オッドフィー国について、船旅の途中、私はライアン、フェリアルに話を聞いていた。

姫の一人の名前はリゼリア。

第三王子アーネストと唯一血が繋がっていて、今は亡き第二妃を母に持つ。赤い髪に、黒の瞳だというその姫にライアンは会ったことがないらしく、フェリアルは以前オッドフィー国を訪れた際に一度会ったことがあると話していた。そのときには既に第二妃は病に倒れ、元々体が弱かったのもあってほぼ寝台から出られない状況であったらしい。

そのときですら「リゼリア姫とアーネスト殿下の立場はとても難しいものだった」とフェリアルは話していた。

そしてフェリアルは彼女のことを〝王族らしくない姫〟だとも称していた。

それはどういう意味だったのだろうか。聞くより先にフェリアルは話を進めてしまったから、ついぞそれについて尋ねることはできなかった。

そしてもう一人の姫の名前は——。

「お兄様！　ひどいわ、リームア国の王太子殿下がいらっしゃったのに呼んでくださらないなんて！」

場に似つかわしくない明るい声が響き、続いてピンヒールが鳴らす甲高い音が響く。

思わずそちらを見ると、茶金色の髪に赤い瞳の可憐な娘がこちらに駆けてきていた。

王族が集まる場で、自由にその場所に出入りできる女性。

つまり、彼女がおそらく。

「リーアライド。……申し訳ありません。フェリアル殿下にお目通りするのは初めてでしたね。第二王女のリーアライド・オッドフィーです。私とレーヴェとリーアライドは母が同じなんですよ。レーヴェは母似ですが、私たちは父似でして。なので、私とリーアライドの髪は父同様、茶金なのです。レーヴェは母に似まして、紫ですが」

「もう。私はお父様似のくすんだ茶金より、綺麗な薄紫のほうがよかったわっ」

「こら、リーアライド」

注意するリゼラルドの声は、しかし言葉ほどきつくはない。表面上、一応注意しているというポーズに過ぎなかった。リーアライドは随分自由気ままに暮らしているようだ。

リーアライドはくるりと私たちのほうを向くと、にこりと笑った。その笑い方は兄のリゼラルドより、レーヴェと似ていた。

「初めまして。リームアの王太子殿下。オッドフィー国第二王女のリーアライド・オッドフィーと申します。お会いできて光栄ですわ」

「こちらこそ。会うのは初めてですね。リーアライド姫」

フェリアルがにこやかに会話をする。

リーアライドはフェリアルをじっと見つめた後、小さく笑いをこぼした。

「私、お会いしてみたかったんです。過去に自分の婚約者として一度は候補に挙がった方ですから」

その言葉に、広間の空気が凍ったのを感じた。リゼラルドもリーアライドがそんなことを言い出すとは思っていなかったらしい。明らかに焦った様子で「リーアライド」と妹姫を窘める。

婚約者……候補？　リーアライドが、フェリアルの？

フェリアルの婚約者は私だった、と聞いていたけれど、それがいつからかは聞いていない。

けれど、フェリアルは指輪の話をしていたときに言っていた。

『指輪を引き継いだ者が王家以外から出た場合、その者は王家の者と婚姻する義務がある』

そして、私は生まれながらに指輪を持っていた、という話もしていた。ということは、私は生まれながらにフェリアルの婚約者なわけで、他に婚約者候補が出るとはどういうことなのだろう……。

「……僕も一度お会いしてみたかったですよ。リーアライド姫はリームア国でも有名でしたから」

「まぁ！　そうでしたの？　どうして？」

「なかなかお転婆だとかで、話は聞いていましたから。幼少期は木に登ることもあったそうで。楽しげな姫だと思っていたんですよ」

その言葉にまたしても広間が凍りつく。〝お転婆〟が姫に対して贈る言葉ではない、というのは私ですらわかる。とてもではないが褒め言葉じゃない。

リーアライドはその言葉に目をぱちくりさせていたが、次の瞬間、軽快に笑い出した。

「ふふ！　そう仰っていただけて嬉しいですわ。最近は少し落ち着きましたの」

「そう。それならよかったね」

なにがいいのか、もはやよくわからない。

どこか刺々しい態度のフェリアルにハラハラしながら、ようやく第一王子との謁見は終了した。

その後、私たちは客室へと通された。

ユノアと私の部屋には先にライアンが入り、馬車のときのようになにか仕掛けられていないか確認してくれた。それぞれの部屋の安全を確かめると、ライアンはさっさと自分の部屋にこもった。

ライアンはオッドフィー国に着いてから一言も話していない。それはそれで疲れるものもあるだろうと思った。

盲信、盲目

時は一カ月ほど前に遡り――ネロルの町外れの空き家でのこと。

フェリアルが罠を張り、その罠に見事クリスティが引っかかった。

彼女は身体強化をするために補強魔法を使ったせいで、魔力が底をついている状況だった。けれどこのままノロノロしていれば目当てのアリエアに逃げられてしまうと思った彼女は、例の男の力を借りることにした。

あの男の依頼のこなし方は雑だし気分屋だし下手したら自分まで殺されかねないが、実力はあるのだ。ただ、自分の気が乗らなければ仕事をしないだけで。

クリスティは彼から禁忌魔法のかかったぬいぐるみをいくつも譲り受けていた。そのぬいぐるみは魔力に触れれば爆発するというシンプルなものだったが、それだけに威力が強いものだった。

禁忌魔法を使うことができるのはこの世界でもごく限られている。見つかれば即処刑。

ぬいぐるみにかけてある魔法も、おいそれと簡単に使える術ではない。確か、無魔法と光魔法の掛け合わせだとクリスティは聞いたことがあった。高度な技であることは間違いない。

その魔法がかかったぬいぐるみを簡単に用意できるのだから、男の顔は相当広いらしい。あの性格さえなければ完璧なのに。

魔力がつきかけているクリスティにとってそのぬいぐるみは、今使える最上の手だ。

アリエアは余命半年を突きつけられた重病人。反撃どころか防ぐ術すらないはず。あとは熊の面をつけた男から引き離しさえすれば完璧だ――。

そう思って、空き家と思わしき場所でぬいぐるみの最終チェックを行っていたときだった。

「へぇ。こんなところでコソコソなにやってるのかと思ったら、まさか殺し損ねていたの」

冷たい声が響き、その声に思い当たりがあったクリスティは心臓を凍らせた。勢いよく振り返り、そこにいた人物を見てクリスティは息を呑んだ。

「ミリア……様」

「わたくしになんの報告もないなんて、いい度胸じゃない。あの女が生きているならすぐ報告しなきゃじゃない？　そう思わない、クリスティ？」

いつの間に空き家に現れたのか、豪奢な金髪が薄暗い部屋でくるりと揺れた。

「コソコソコソコソ。まるでドブネズミね。いえ、それ以下かしら。お前、なんのために生きているの？」

「申し訳ありません……」

「死んで贖ってよ、って、言いたいところなんだけど、それもできないのよねぇ。残念だわ」

巻かれた金色の毛先を、ミリアがつまらなそうにいじる。クリスティは生きた心地がしなかった。

ミリアは、クリスティにとって〝神のような少女〟だった。

彼女はまるで遊びのように人の命を散らす。

気に食わないことがあれば簡単に人を殺すし、恐怖心を味わわせることに悦楽を感じている。

だけど当の本人はそれをなにも悪いと思っていない。

ミリアはどこまでも残酷で、どこまでも無邪気で、そして自分を信じている。自分が悪くないと彼女は思っている。いや、善悪以前に、彼女は自分が全てだと思っている。

以前ミリアはクリスティに笑ってこう言った。

『わたくしはお姫様なの。この世界の主人公なの。わたくしが全てなのよ。あなたたちはこの世界の歯車。欠けても、代わりがいる。でもわたくしはそうはいかないのよ』

それを当然と思い込んでいるし、それ以外はあり得ないと思っているのだ。

アリエアのこともずっと、「結局は結婚なんてできないのに婚約者の座に据えられて本当に可哀想。哀れだわ」と涙をこぼしていることすらあった。

普通ならば頭がおかしいと判断するところだが、クリスティはそんな彼女を崇拝、いや尊敬すらしていた。それは刷り込みにも近い。

「アリエアのことを憎んではダメよ。あの子は可哀想なの。なにも知らないのよ。幸せな箱庭にいて、なぁんにも知らないの。あなたがどんな生活をしてきたか、とか。下町の生活とか。貧困とか。なぁんにも知らないの。だから、憎んではダメよ？」

含みのある声でミリアが言葉を紡ぐ。それはもはや呪詛に近かった。

「欲しいものがあったら自分から動かなきゃいけないの。そういう星の巡り合わせなのよ。生まれだけで恵まれるなんておかしいもの。あなただってわたくしに仕えることができた。貧しい農民の出だけれど、今は立派に伯爵家の侍女でしょう？　それはあなたが望んだからこそなのよ。クリスティ」

そう言われるたびに、クリスティは自分が認められた気分になった。

過去、クリスティは貧しい暮らしを強いられていた。

彼女の村は閉鎖的で、大雪が降れば雪止みを願って人柱が用意されるほどだ。幼いクリスティは次の人柱にと決められていた。次、大雪が降れば、クリスティは人柱にされて死ぬ運命だった。それを救ったのが、ミリアだ。

「なんにもしてないあの子がゆくゆくは王妃なんてふざけてると思わない？　あなたはこんなにも苦労したのに。そんなの許されないのよ。ねぇ、クリスティ」

ミリアはそうやってクリスティに言うのに、同じ口で「憎んではダメよ。あの子は可哀想なんだから」と言う。

可哀想なら、傲慢が許されるのだろうか。

なにも知らないなら、無知であれば、贅を貪り、幸福にひたっていても許されるのだろうか。

クリスティは次第に、会ったこともないアリエアが憎くなっていった。それが、ミリアの洗脳であるとも知らずに。その考えのなにがおかしいのかすら、彼女はわからない。

「全く、わたくしの手を煩(わずら)わせるなんてなんて子なの。信じられないわ。こんな辺鄙(へんぴ)な街にわたくしが来るなんて。あり得ない」

ミリアが苛立ちを隠さずにそう言ったとき、玄関の扉が勢いよく開く音が聞こえた。

驚いて振り向くミリア。

構えるクリスティ。

ミリアはクリスティよりもずっと早くに判断を下した。その間、僅か一瞬程度。振り返った次の瞬間、ぬいぐるみを掴んでドアに向かって投げ、詠唱せずに魔力だけをぬいぐるみに放った。

魔力に触れたぬいぐるみは当然、爆発する。

——ドォォンッ！

轟音（ごうおん）が響き、屋根が崩れてくる。煙がすごい。それでも咳き込まないようにミリアは注意して、爆発をもろに受けて遠くに転がっているクリスティを回収した。

ぬいぐるみの近くにいたクリスティは、大怪我をしていた。

ミリアは防御魔法を展開していたため、事なきを得ている。

もちろんそれに対して彼女は罪悪感とか、申し訳なさとかは感じていない。自分が無事なのだから問題ない。そんなスタンスだった。

一方クリスティは髪が焦げ、服が焼け、手首に火傷を負っていたが、それに構わずミリアは引きずっていく。

「あぁもう、一体誰？　こんなところまでやってくるバカな人間は！」

ミリアの怒声が響く。あの大爆発で扉を開けた者はおそらく死んでいるだろうが、それでもミリアの腹の虫は収まらない。

誰がどんな目的でこんな空き家に来たのか知らないが、タイミングが悪すぎた。

でも、ミリアも、クリスティも知らない。

タイミングが悪かったのではなく、クリスティをマークしていたフェリアルが――そしてライアンがいたのだ、ということを。

ミリアは扉の向こうにいたのが自国の王太子だと知らないし、もっと言えば相手はどこぞの一般人で、既に死んだものだと思っていた。

ようやくクリスティがふらつきながらも体勢を整える。ミリアの手から離れ、壁によりかかったクリスティに、ミリアは舌打ちをした。

「信じられない……駒の分際でわたくしの服に汚れを……。あなたなんて〝呪い〟さえなければこのまま見殺しにしてやったっていうのに……。あり得ない、あり得ないわ……」

「……申し訳ありません。失敗しました」

「そんなの見ればわかるわよ!! バカなの!?」

甲高い声で喚くミリア。

ミリアは自分の顔を見られるのが嫌で、ぬいぐるみに魔力を放っただけだ。ミリアは対外的には自国にいることになっている。それがディアルセイ帝国にいると知られれば、面倒なことになりかねない。

ただでさえ王太子との婚約話がうまく進んでいないのに、彼を追いかけ回していると思われても困る。

ヴィアッセーヌ家から縁談の打診をされて間もなく、フェリアルはしばらく城を空けると各所に連絡だけしてすぐに国を出た。

アリエアは死んだはずだと思っていたから、ミリアはそれを聞いてもさほど焦っていなかった。

けれど、アリエアが生きてると知った今、事態は急変した。

早くあの娘を殺さなければ、面倒なことになる。

「あの娘も、可哀想よね。……死ぬために生まれてきたんだから」

ミリアがぽつりと呟く。その表情は、本当に可哀想だと嘆く少女のそれだった。ミリアは信じて疑わない。アリエアが死ぬということを。そして、手を下すのは自分だということを。

第三王子の暗殺

――時同じくして、一カ月前。

オッドフィー国城内に、気の抜けた声が響いた。

「アーネストが城を出たぁ？　なんでぇ？」

間の抜けた声を出すのはオッドフィー国の第二王女、リーアライドだ。彼女はしどけなくベッドに横になって、面倒くさそうな顔を隠さず侍女の報告を聞いていた。

ついこの間、アーネストの姉、第一王女リゼリアが城を出たばかりだ。

今度は弟か。なんで？

それがリーアライドの率直な感想だった。

「言葉どおりです。アーネスト殿下は城を出られたようです。行先はわかっておりません」

「なにそれ家出ぇ？　子供っぽーい」

子供っぽい、と言ってからリーアライドはアーネストがまだ十三歳の子供だったと思い出す。

子供っぽい、ではなく文字どおり子供なのだ。

大仰（おおぎょう）にため息を吐いたリーアライドだったが、すぐに明るい声を上げた。

「あらっ？　じゃあ殺しやすくなったってことじゃない？」

「リーアライド殿下、言葉をお慎みください」

「いーじゃない。どうせ間抜（まぬ）けな兄上たちは私の部屋になんて来ないで、互いをどうやって殺そうかい。

と虎視眈々と狙ってるだけよ。私は放っておかれてるし？」

アーネストが城を出た今、彼を守る面倒な騎士たちもいない。城内にいるよりよっぽど暗殺しやすい。家出だろうがなんだろうが、アーネストが一人で外出するのはあり得ない。どうせ彼の傍には側近だか護衛だかがいくらか張りついているのだろうが、それでもやりやすくなったことには変わりない。

リーアライドはぱん、と手を打った。

「〝あの男〟に連絡を取って！　今なら殺しやすいでしょ？　お金はいくらだって払ってあげるって伝えて!!」

「……あの怪しげな男に手伝わせるのですか」

「腕が立ってとっても便利！　ってお兄様に教えてもらったんだもん。お兄様が言うならそうなのよ。実際、それで第二妃は死んだんでしょ？」

「殿下。誰が聞いてるかわかりません」

「誰も聞いてないって。それより、あの男に伝えておいてね。いい？　絶対よ」

リーアライドは再度念押しするように言った。

外の日差しが徐々に強くなってきた、初夏の頃の話だ。

もっと簡単にいくと思ったのに。

彼女はそのときのことを思い出しながら手鏡を見た。

鏡には変わらず、可愛らしい少女の相貌が映し出されている。

リーアライドは、自分が可愛らしい娘だと自覚している。だけど、それだけじゃだめなのだ。一番嫌なのはこのくすんだ茶金色の髪。濁った黄金のような、大雨が降ったあとの土の色のような。煌々としている、とは言い難い。リーアライドは自分の髪色が嫌いだった。

「ねぇ、まだアーネストは見つからないの？」

後ろに控える男に聞く。

黒のフードを被った男。一見どころか、何度見てもただの不審者だ。フードを深く被っているせいで顔は見えず、首の白さだけが目立っている。

リーアライドの不満げな声に、彼は僅かに体を揺らした。笑っているらしい。

「まぁまぁ。ゆっくりいきましょう」

「アーネストを殺す。その対価としてあなたは城への潜入を希望した。だから私はわざわざあなたを護衛だとかバカな理由でここに入れてあげたの。ちゃんと仕事してるわけ？　クビ、切るわよ」

「せっかちなお姫様ですね。ちゃんと手がかりはありますよ。アーネスト殿下はまだ国を出ていません」

「それがなに？　国を出てないからなんなのよ。私は早く殺してって言ってるの!!」

「あーもう。落ち着いてください。これだから女性は嫌なんです。思いどおりにいかないとすぐキーキー喚く……」

「なんですって!?」

フードの男の言葉に激昂してリーアライドが勢いよく振り向いた。振り上げたその手には手鏡がある。

男は慌てた素振りを見せたが、リーアライドはそれが男の〝ポーズ〟に過ぎないと知っている。

この男はろくでもない。

侍女が散々怪しい怪しいと言っていたのを信じればよかったと、今は悔いている。だけどここまで来たら引き返せない。

この男には目的も、名前も、素性も、全部バレている。適当に放置なんてしたらなにをされるかわからない。手元に置いておいて、うまい具合にやらないと自分まで破滅することになる。この男は金さえあればなんでもやるのだ。

リーアライドは振り上げた手鏡をなんとか化粧台の上に戻した。

このままじゃ、弱みを握られたリーアライドがいいようにされるばかりだ。

あの姉、リゼリアは年上だからか、上から目線でものを言ってくる。それがものすごく癪に障るし、なによりあの髪だ。私は地味な茶金色なのに、あの女は夕焼けのような茜色。あんな色、あの女にはもったいない。むしってやろうかと何度考えたことか。

第二妃の娘であるリゼリアは、言ってしまえば格下の分際だ。そのくせ、自分よりも綺麗な色の髪を持っていることが心から憎らしかった。

この国の姫は私一人でいいのに。

〝愛されて無邪気なお転婆姫〟と、リーアライドは呼ばれている。そう呼ばれるたびに可愛いと褒められた気がして嬉しかった。

けれど、リーアライドの社交界デビューが近づくにつれ風向きが変わってきた。

今年デビュタントとなるリーアライドは、次第に「姉姫はあんなに落ち着いているのに、妹姫ときたら」と言われるようになった。

その手のひら返しも心から苛立たしいのに、懇意にしていた公爵子息に「リゼリア姫と話がしてみたい」などと言われて余計に腹が立った。

どいつもこいつも格下以下の、ごみくずのようなやつなのに、どうして私を一番にしないのか。心底わからなかった。

リゼリアは城を出た以上、戻ってくることもないだろうし、戻らせる気もなかった。兄に泣きついたりして城への出入りを禁じてもらうつもりだ。

ざまぁみるがいい。あの女。

適当に、どこぞの男に孕まされたとか言っておけばいいわ。お兄様はバカだからきっと私の言うことを聞く。バカだから。

リゼリアの弟、アーネストのことはどうでもよかった。興味もなかった。

だけど彼を殺せば兄にいい報告ができる。リーアライドは、二人の兄にいい顔をしていた。どちらにも同じように「アーネストを殺すから、その犯人として相手をしたてあげればいい」と言ってある。兄王子たちはバカだから、リーアライドの言うことを信じて疑わない。

リーアライドは兄王子たちに協力する素振りを見せて、実際のところ本命は別だった。

本命はリームア国の王太子か、ディアルセイ帝国の皇太子。

リームア国もディアルセイ帝国も、オッドフィー国から見たらずっと格上の大国である。そんなところの王太子妃、または皇太子妃になれたなら、全てはリーアライドの思うままである。

私はこんなところで終わるような女じゃないもの。バカにしたヤツら、全員殺してやる。手始めに自分とリゼリアを比較した大臣を牛に轢き殺させる。そしたら次は例の公爵子息を崖から突き落として、そのまま息絶えさせる。生きたまま酒壺に突っ込んで死ぬまで待ってみるのもいいかもしれない。

リゼリアは、あの女はどうしよう。どうやって殺そう？

考えるとワクワクしてきて、後ろのフードの男に怒っていたことも忘れてしまう。

描いた未来予想図は必ず叶うものだと、リーアライドは信じて疑わない。

まずはアーネスト殺害の疑いで兄王子のどちらかが死ぬ。そうすれば死んだほうの王子を支持していた派閥は大いに荒れるだろう。そうしたらその派閥に泣き真似をして見せ、アーネストを殺したのは死んだほうの王子ではなく、生きてるほうの王子だと告げる。

そこからはもう、考えなくてもわかる。どうせ怒り狂った死んだほうの王子を支持していた大臣や騎士やらが勝手に残ったほうを始末してくれるだろう。

そしたらその騒ぎに乗じて、金庫室に入り込んで王位につく者にしか託されない王杖と王冠、そして王書を盗み出す。

王杖と王冠は文字どおり王位についた者に捧げられる品物だが、王書だけは違う。

それには歴代の王の名前が記され、その書に書かれた者が王位につくのである。本来は正式な場をもって、前国王の手によって次期王の名を記すものなのだが、そんなものはすっ飛ばしても王書に名前さえ書けば次期王は決定する。

王書は一度記載するとどうやってもその文字を消すことはできない。そういう仕様の、オリジナル魔法が施されているのだ。王書の力は絶対。記されたら、書かれた名前の者が玉座に君臨する。

過去、王書を盗まれて意図せぬ書き込みがされたことがあると史実にはある。その王は史上まれに見る愚王と記され、すぐに次の、正規の王家の血筋を持つ者によって王書の名前は更新された。そんな過去があるからこそ、王書は通常、何人たりとも触れられないように厳しく保管されている。

強奪するのはほぼ不可能だろう。リーアライド以外は。

金庫室には一部の王族しか入ることのできない仕掛けがある。

その秘密は、妹に甘い兄王子たちによってリーアライドには教えられていた。入ろうと思えばリーアライドはいつだって金庫室に入れるのだ。

しかし、金庫室の周りには厳重な警戒態勢が敷かれていて、とてもではないが兄王子たちに知られずに忍び込むことはできない。

リーアライドにバカみたいに甘い兄王子たちだが、王杖と王冠を盗み出そうとすればさすがに黙っていないだろう。殺されるに違いない。

リーアライドはため息を吐いた。

「でもまぁ、リームアの王太子が来たのは思ってもないタイミングだったわ。この機に自分のことを売り込んでおかなきゃ。ねぇ、リームアの王太子ってどんな娘が好きなの？　綺麗系？　可愛い系？」

「さぁ？　自己中な女は嫌いだと思いますけどね」

自己中な女なんて誰だって嫌いに決まってるじゃない、とリーアライドは心の中で答えた。

お前みたいな自己中女は蚊帳（かや）の外だよ、という男の嫌味には全く気づいていないようだ。

「……それより、王太子の連れはどうでしたか？」

ふいに、思い出したように黒のフードの男が言う。

「……変わったやつがいたわね。熊の面をしていた」

「それは変わってますね。他には？」

「あとは普通よ。赤髪の男に茶髪の女。女はずっと顔を伏せていたから顔はわからないけど、男のほうは可愛い顔してたわよ」

「男の情報はいらないです。……銀髪の娘はいませんでしたか？」

この男は気味が悪い。存在感があまりにも薄く、ともすれば気配が感じられない。

静かな声は、しっかりと男のものなのに年齢が全くわからないのも気持ちが悪い。

やっぱりこの男、ほんと気持ち悪い。石の裏にはりついてるナメクジみたい。ひっくり返したらいるんだから。塩かけちゃダメかしら。

リーアライドはそんなことを考えながらも答える。

「いないわよ。銀髪の娘なんて」

「……茶髪の娘の名前は？」

「はぁ？　そんなに興味あるの？　不細工かもしれないわよ？」

「可愛いかもしれませんし」

「呆れた」

こんな男でも女遊びをするのか。リーアライドは純粋に驚いた。

それと同時に、僅かばかりの興味も湧く。

元よりリーアライドはお転婆姫と言われ、好奇心を抑える性格をしていない。気になることはすぐ聞くタイプの彼女は、振り返りながら男を見上げた。

しかし、男の顔は変わらずフードを深く被っているせいで全く見えない。

僅かに口元だけは見えるが、それだけだ。

「……あなた、キスするときもそれなわけ？」

「気になりますか？」

「別に。……ああ、そうそう。娘の名前はエアリエル？　とかだった気がするわ。気取った名前よね」

リーアライドはつまらなそうに告げた。

第9章

仕掛けられた罠

罠

　コンコン、とノックの音が響いて目が覚めた。

　客室で一人になった途端、どうやら気疲れしてしまってそのままベッドに倒れ込んでしまったようだった。

（こんな体たらくじゃいけないのに……）

　気怠い体に鞭打ってなんとか体を起こす。少しぼんやりとしているが、それでも眠ったおかげか多少は回復したようだ。私は慌てて扉へと駆け寄った。

「ごめんなさい。どなたでしょう……か」

　扉を開けると、そこには熊の面をつけたライアンと、ユノアがいた。珍しい組み合わせだ。

「……どうかしたの？」

　聞きながら、部屋へ入るよう促す。

　ライアンはそのまま窓際に用意された椅子に座ると、ようやくため息を吐く。

　ユノアはぱたん、と扉を閉めて、扉近くの壁へもたれかかった。

「いやー。敵国って感じ」

「敵国？」

　ユノアが疲れたように言うのを聞いて、思わず聞き返してしまう。

「監視、すっげーされてるじゃないですか。やりにくいったらないですよ。わかってはいたことでしたけどー、息詰まりませんか？　特にライアン、物理的に息詰まるんじゃないですか」

「はは。物理的には詰まらないが精神的にはだいぶ参るな」

ライアンがようやく話し出す。その声にはやりにくさとか不便さとか、そういったものが感じられた。

彼は室内であっても熊の面をつけていて、その表情はやはり読めない。髪色は変わらず黒だった。

「それで、俺がここに来たのには訳があるんだ。ユノア、アリィ。きみたちには街に降りて情報を収集してほしい。城内では聞けない噂話の収集が目標だ。あと……きみは多分、あまり城内にいないほうがいいだろうな」

「……どうして？」

不思議に思って聞けば、ライアンじゃなくユノアが答えた。

「あの、リーアライドって女、間違いなく殿下狙いですよ。近場にアリィがいたら多分ものすごく厄介なことに巻き込まれます。下手に巻き込まれてアリィの素性がバレるのもめんどうだし、それでなくてもありもしない罪状でっち上げられてオッドフィーから出られなくなる可能性だってある。アリィは俺とこのまま城下探索に向かったほうが比較的平和ってことです」

確かに、リーアライドは積極的な人物であったと思う。だけどそれだけで、彼女がフェリアルをどうこう想ってるようには見えなかったけれど……。私が疎(うと)いだけで、他の人にはそう見えたのかしら……。

私は混乱しながらも、ユノアとライアンが言うのなら、と頷いた。

「彼は彼で、内部から情報が引き出せないかやってみると言っていた。俺もきみたちについていきたい気は山々なんだがな、悪いな。どうにもここじゃ身動きが取りづらい」

「ライアンは仕方ないわ。だって……人嫌いで顔を見せたら呪われて、あと、寡黙……だったかしら？

なによりその、熊の面はとても目立つもの。派手に動かないほうがいいと思うのは私も同じよ」

ライアンの設定がやや盛りすぎな気がするが、付けてしまった設定は後から覆しようがない。

私たちはオッドフィー国に警戒されている。リームア国王太子の突然の来訪に、しかも傍には王太子の護衛と称した怪しげな男。警戒されないはずがない。

なんとか、指輪の情報を入手できればいいのだけど……。

「フェリアルは……どうやって内部を探るつもりなの？」

「第二王女あたりにけしかければ案外簡単に、口を滑らせるかもな」

「あー……あのお転婆王女、口が軽そうですもんね」

「俺はああいったタイプの女は好みじゃないけどな」

「へぇ。ライアンの好みとか初めて聞きました。じゃあ逆にどういう娘が好みなんですか？」

どきりとする。ライアンの好み。今まで聞いたことはなかった。

ユノアは軽い気持ちで言ったのだろう。そこに、深い意味はない。熊の面は、本当に邪魔だ。ライアンがなにを考えているのか全くわからない。私だけが、動揺している。それを悟られないように、なにげなく窓の外を見た。

「さぁな。ユノアはどうなんだ？」

ライアンは答えなかった。それにどこか釈然としない気分になるも、ユノアもまた「好きになった子がタイプってことで」と明確には答えなかった。

　意味もなく動揺してしまったことに、私はまた自己嫌悪しそうになった。

　こんな場合じゃないのに。どうしてこうも、感情は思うようにならないのか。

　そんなことを考えていると、ユノアの視線がこちらに向いた。

「アリィはどうです？」

　まさか私も聞かれるとは思っておらず、狼狽えた。

　好きなタイプ？

　黙りこくる私に、ユノアが「あー……聞いちゃダメでしたか？」と気まずそうに言う。

　私は首を横に振って答える。

「考えたことなかったなって。……こんなつもりじゃなかった、みたいな恋はしてみたいけどね」

「えぇ？　アリィって意外と乙女思考なんですか」

「ふふ。誰しも一回は思わぬ恋に落ちてみたいと思わない？」

　今は生きるのに必死で、恋とか愛とか。そういったものからはほど遠いと感じる。

　恋愛は、生きるのに余裕がある人間がするものだ、と思う。地盤が磐石だからこそ、他者との関わりを、深いところまでの侵入を許せる。それは自分という〝個〟をしっかりと持っているからだし、相手に多少荒らされたところでそれを乗り切る力があるからこそ。

　今の私には、恋をする余裕なんてない。

　だけどもし、そんな中でも好きになってしまったら。それは私の予想外にあたる。

　生きるのにいっぱいいっぱいで、明日への不安を、半年後の自分を考えては恐ろしくなる胸の内を抱えて、それでも好きになってしまうようなことがあれば。惹かれてしまうようなことがあれば。

それは大火傷では済まないような気もする。だけど、そんな恋だからこそ体験してみたくなる気もする。

……前の私は、どうだったんだろう？

十六年間、生きていた。それがどんな人生であったのか私には想像することしかできない。公爵令嬢として生きていた私は、どんな生活を、毎日を、送っていたのだろう。楽しいと思うときは、どんなときだったのだろう。どんなときに悲しいと思っていたのだろう。私はその間に、恋をしていたのだろうか？

——フェリアルのことを、どう思っていたんだろう。

考えると、胸がぐっと重たくなる。再会したときの彼の様子を思い出してしまって、ますます心臓が痛い。早く、思い出さなければならない。そう思うのに、思い出すことをどこか怖がる自分もいる。

そんなことを考えているうちに、ライアンとユノアの会話は終わっていた。

「体調が大丈夫そうなら行きます？　とりあえず前のようにぶらぶら食べ歩きでもしましょうよ」

「え？　ああ、うん。……ありがとう、もう大丈夫そう。ライアンは……」

聞いて視線を巡らせれば、ライアンが椅子から立ち上がった。

「そうだな。俺は図書室にでも行くとするか。古代文字について書いてある文書があるかもしれないし、確かめたいこともある」

「確かめたいこと？」

「……もし、sechs（ゼクス）の指輪がオッドフィー国の貴族に伝わるものだとしたら、貴族名鑑を見ればある程度わかるだろ？　この指輪は呪いの指輪なんだからな」

「どういうこと？」

「文字どおり、呪いの指輪。指輪の持ち主に選ばれたらもれなく持ち主は死ぬって寸法だ。それも成人を待たずしてな。……逆に言えば、成人を待たずに早死してるやつは指輪の持ち主だった可能性が高い」

「なるほど。でもそれだけじゃ今の持ち主はわからないじゃないですか」

「だけど知っておけば後から役立つかもしれないだろ。知っていて損な情報でもないしな。それじゃ、そろそろ俺は行く。また後で合流しよう」

ライアンはひらりと手を振って部屋を出ていった。


城下はとても活気があった。その波に飲まれて、自然と私も口角が上がってきた。

大通りに出ればすぐさまあちこちで客引きの声が聞こえてくる。すぐ近くでは卵売りのおじさんと、私とそう変わらない年頃の娘が卵の売り買いをしていた。

ついそちらを見ていれば、ユノアに手を引かれる。

「アリィ、あっち行きましょうよ！　海鮮焼きですよ！」

「え？　ちょ、きゃ、ユノア！」

ユノアに手を引かれて人混みをかき分ける。大通りはたくさんの人がいて、気を抜けば誰かしらとぶつかってしまいそうだ。だけどユノアはそれをすいすいと避けて歩いていく。

どこからか賑(にぎ)やかな音色が聞こえてきた。これは笛の音だろうか？　昂揚(こうよう)してくる音色はまさに活気溢れる大通りには相応しい。

私はあちこちに視線を走らせていたが、ある露店に目が止まった。

露店の前には〝占館〟と書かれている。思わず私はユノアの手を引いた。

「ねぇ、ユノア！　あれ」

「んー？　ああ、占い！　アリィああいうの好きなんですか？」

「やったことがないから、少し興味があるの」

前の私は知らないけれど、今の私に経験はなかった。なにを言われるのだろう。どんなことがわかるのだろう？　ワクワクする気持ちが隠せないのは、活気溢れる街の熱にあてられてしまったからだろうか。

「占いかぁ。ご婦人は好きですよね。恋占いとか巷では人気のようですよ」

「恋占い……」

私は思わずつぶやいた。自然と思い出されるのはアリエア・ビューフィティの婚約者、という彼だった。

「……私、フェルーのこと、どう思っていたのかしら」

「えぇ？」

素っ頓狂な声をユノアがあげる。どうやら私がこの手の質問をするとは思っていなかったらしい。

ユノアはわかりやすく戸惑った顔をしていたが、やがて言いにくそうに答えた。

「あー……俺は部外者ですけど、アリィとは何度か話したことがあるんですよ。まあこれでもあの人の側近ですし」

　ユノアもまた、過去の私を知る人物ということか。私が相槌を打つと、ユノアはぽつりと答えた。

「俺が見る限り、お二人は相思相愛に見えましたよ」

「相思相愛……？」

「もうデロッデロ。甘っ甘。見てるほうが砂糖吐きそうって感じでした。殺されたくないのであの人には言いませんけど。あの人のアリィを見る目はすごく優しかったし、アリィもアリィで恋する乙女ってな感じの目をしてましたた。だから俺は、今の状況のほうに驚いてるんです」

「待って。どういうこと？　私、やっぱりフェリア――」

「俺にはそう見えたってだけですよ。あくまで」

　焦ってつい名前を呼んでしまいそうになった私を遮ってユノアが言った。それで少し冷静さを取り戻したけれど、私の頭の中は大混乱だった。

　私はちゃんとフェリアルを好きだった？　ではなぜ婚約破棄なんて話が出てくるの？　やっぱりあれは、クリスティの作り話？　本当に？　そもそもなぜ、クリスティは私を狙っているの？　仲が良いのではなかったの？

　混乱が混乱を呼び、やはり前の記憶が必要だと強く感じる。

　私が黙り込んだのを見て、ユノアは深くため息を吐いた。

「俺が言うのもなんなんですが――あくまで一意見として聞いてほしいんですけど」

　ユノアは念押しするように言ってから言葉を続けた。

「アリィは考えに考えてドツボにハマるタイプだと思うんですよね。俺はその逆でわりと直感的に生きているタイプというか。ああ！　よく周りに言われるのは本能に忠実とか。あとは野性的な勘が働いているとか。野生動物っぽいとも言われたことあるな。まあとにかく、俺に欠けてるのは思慮深さ……アリィと正反対ですね。でもアリィは少しくらい俺のように後先考えず、まず行動する、って動いてみてもいい気がするんですよ。これは、あのひとの従者だから、ってわけじゃなく、旅の仲間として、あとは……友人として。俺はこれでも結構アリィのこと気に入ってるんです」

「…………」

「気になるなら聞いたほうが早いです。あの人にでも、熊の人にでも、気になることあるなら突撃したほうがいいです。ぐちゃぐちゃ考えてるよりずっと早いでしょ」

ユノアがなんてことなさそうに言い、大通りを歩いていく。

ふわりと甘い匂いがする。蜂蜜とジャムを絡めて、それをスコーンにのせたスイーツが店頭に並んでいる。その隣では肉と野菜を串刺しにしたものが火で炙られている。香ばしい、いい匂いがしてくる。

忙しない人の流れを縫うようにして進む。

そうすればようやくユノア希望の、海鮮焼きの店が見えてきて——そのとき、だった。

——バァァアンッ!!

頭に響くほどの大きい音。反射的に目を瞑るのと、人の悲鳴が遠くから聞こえてくるのは同時だった。

「キャアアアアッ!!」

「な、なんだ!? 火事か!?」

「爆発だ！ ひ、人が死んでる！」

「賊だ！　賊が出たんだ！」

「物盗りか!?」

「早く逃げろ!!」

大通りはすぐさま悲鳴と怒号で溢れ返った。ごった返す人混みの中、ユノアに手を握られる。

「エアリエル、こっち！」

遠くで起きた爆発はこちらまで熱風が届くほどに規模が大きく、熱いなにかの破片が頬に触れた。

「痛っ……」

先ほどまで快晴だった空も、いつの間にか薄く雲がかかり始めている。雨が降るのだろうか。逃げ惑う人と何度も体がぶつかる。悲鳴をあげる女性の声は、もはや怒っているかのようにも聞こえた。

どうして？　なんで。なぜこんないきなり？

ユノアに手を引かれて走る間も、混乱は止まらなかった。ここはオッドフィー国の城下町だ。そう簡単に賊が入り込むとも思えない。であれば、なんだろう？

兄王子たちは次期王位を巡って争っているから、その政争がここまで及んだ？

焦りながらもそんなことを考えていると、

――ドォォンッ!!

耳元で爆音が鳴った。爆風が顔を、体を煽る。

今度はすぐ近くで爆発が起きたようだった。一度ならず二度の爆発に人々は大パニックだった。あちこちで火の手が上がり、今や街は大火事のような有様だ。

それが信じられなくて、ショックで、愕然とした。

さっきまで賑やかだったのに。楽しげに少女が、店主が、卵の売り買いをしていたのに。

先ほどまで華やかな音色を奏でていた音楽も今はない。代わりに聞こえるのは悲鳴に濡れた怒声と、泣き声だけ。

ユノアはまだ走っている。だんだん私の息も切れてきた。どこまで走るのだろう？　そう思ったとき、ユノアは大通りを曲がった。

人気のない路地に入り込むとそこでようやくペースを落とし、早歩きでその道を進む。握られた手が、痛い。なによりユノアはなにも話さない。どこか不安になって、彼に声をかける。

「ユノア、どこに行くの？」

「んー？　もうすぐですよ」

「城に戻らなきゃまずいんじゃない？　なにか不測の事態が……」

「大丈夫ですって。ちゃんと戻れますよ。こっちのほうが近道なんです」

思わず、ユノアに摑まれた手を無理やり押しとどめて、止まった。

「……ユノア？」

ユノアが振り返る。その顔はいつもどおりの彼なのに、どこか違和感を覚えた。なにか、違う。

立ち止まった私に、ユノアが戸惑ったように言った。

「エアリエル？」

「……ちがう。ユノアは、私をエアリエルなんて呼ばないわ」

ユノアは私をアリィと呼ぶ。その呼び方で確信を持った。

彼は、ユノアじゃない……！

私が一歩後ずさるのと、ユノア――いや、見知らぬ男が私の手首を摑んだのは同時だった。

「ああ、そうなんですか。あだ名で呼び合うなんて親しいですね。恋人ですか？」

「……あなたは誰なの？」

ユノアではない、とあっさり認めた男が人差し指を立てた。ユノアにしか見えない顔に柔らかい、人懐っこい笑みを描きながら、男は唱える。

「無術音式――解」

男は、変化魔法を使って姿を変えていた。それも髪や瞳の色だけでなく顔まで変えるとは、相当な魔術者だろう。

クリスティの手の者？　それとも……？　狙われる心当たりならたくさんあった。

変化魔法が解かれ、ユノアの姿が砂のようにぼろぼろと崩れ落ちていく。それはまるで、出来の悪い石像が砂化したようだった。

そして現れたのは、黒のフードを被った人物だった。

おそらく、身長の高さからして男だろう。だけど、それ以外のことは全くわからない。顔もフードを深く被っているから全く見えない。

「あれ、驚かないんですね。びっくりしませんでした？」

まさかユノアではないなんて。思ってもみなかった。震える唇を嚙み締める。

今、ここには誰もいない。私を守ってくれる人は誰もいないのだ。自分の身を守れるのは、自分しかいない。ただ助けを待っているだけじゃ、ダメだ。そんなのすぐに死んでしまうに違いない。足掻かなければ。逃げなければ。

それなのに足は石のように固まって動けない。

フードを深く被っている男は、私をじっと見てきた。男の不自然な威圧に屈して、喉が詰まる。

「まさか生きてるとは思いませんでした。一体どんな手を使っ——……ああ、例の男ですか。あれを使ったんですね。すごい偶然ですね。そんなことってあるんですね」

『まさか生きてるとは思いませんでした』？　ということは、過去、私はこの人に殺されかけたことがある？　いや、この人は死んだものだと思っていた？

でも私を殺そうとしたのはクリスティだと聞いている。実際はクリスティじゃなくてこの人が手を下したのだろうか？

「……なにが目的なのですか？　……私の命？」

「面白いこと言いますね。以前お会いしたときよりずっといい。私は、そちらのほうが好きですよ」

「……そう。どうも、ありがとう」

思ってもみない単語を口にすると、男は小さく肩を揺らした。どうやら笑っているようだ。

やはり、以前の私と彼は会っているらしい。この人に殺されかけた、というのはほぼ事実だと思っていいだろう。

だとすれば、この人が私を追ってきたのは、殺し損ねた私を始末するためとしか思えない。

ぱっと視線を走らせる。細い路地裏、武器になりそうなものなど転がっていない。あるのは道の端に置かれた円型の大きなゴミ箱と——ワインの瓶が転がっているだけ。

相手は魔法を使える。それも、高度の。対して私は使うことはおろか、そもそも魔力が尽きかけている。このままでは結果は火を見るより明らかだ。

私は再び男を見た。男は私の警戒をものともせずに、また話し出す。

「指輪ですよ。指輪。少し気になってるんですよね」

「……指輪？」

「そうそう。指輪がないからっていちゃもんをつけられて、私も困ったんですよ。お優しい公爵令嬢のアリエア様。私に指輪を譲ってくれませんか？」

「……その指輪って、これのこと？」

しゃらり。小さな音を立てて私は胸元からネックレスチェーンを引っ張り出した。チェーンには無色透明の指輪が通されている。それを見て、男はぽん、と手を打った。

「あ、多分それです。そんな大事なもの着けてたんですね。身ぐるみ剝いだわけではないのでわかりませんでした。だって、あの場で全裸にして転がしたらさすがにすぐ死んじゃうでしょうし、それだと契約と少し違ってきますからね。なのに私が失敗しただとか、契約違反だとか散々詰め寄られて本当に嫌だったんです」

男はなんてことなさそうに、本当に至って普通の調子で話していた。まるで〝最近靴の底がすり減ってきて歩きづらいんです〟と世間話をするかのような口調で話している。

私は首の後ろに手を回して、ネックレスの留め金を胸元に持ってくると、震えそうになる手でなんとかそれを外した。指輪は、するりと手のひらにころがってきた。

この指輪は本人が望もうが望むまいが、どうせ手元に戻ってくるらしい。

それなら——囮(おとり)として使える。

私はvier(フィーア)の指輪を握り締めると、一度深呼吸して男を見た——そのときだった。

ぐ、と喉に圧迫感があり、気がついたときには、壁に押しつけられていた。

「カッ……ハ」

「ありがとうございます。まさか自分から渡してくれるとは思ってませんでした。ちょっと見ないうちに随分大人っぽくなりましたね。前は雨に濡れたネズミのように震えていただけだったのに」

「クッ……ひゅ、は、っ……ぅ、離しっ…………ぅ、あ…………！」

喉に回されたのは、男の手だった。男の手が私の喉を片手で握り込み、持ち上げている。足は宙を蹴り、背中が壁に押しつけられる。ごりごりと硬い土壁の感覚が背中にあたる。

呼吸器官を狭められて生理的な涙が浮かんでくる。

（だ、め……このままじゃ死、）

余命を待たずして死ぬなんて、笑い話にすらならない。ここで死んだら私はなんのためにここまで旅をしてきたというのか。

宙を掻く足を無茶苦茶に振り回して、喉を潰す勢いで握り締めてくる手に爪を立てた。がむしゃらに引っかき、つねり、叩いた。

さすがにそれだけ暴れれば、もしくは爪を立てられたのが痛かったのか——男は「痛っ」と声をあげた。同時に、頬に衝撃が走る。

殴り飛ばされたのだと知り、頭がぐわんぐわんと揺れる。喉になにか引っかかり、咳き込んで吐き出せば、それは血だった。殴られた衝撃で口が切れたのだろう。

そう感じたが、確かめる時間はなかった。私は目前に影が迫ったのを見るや、そのまま転がるように狭い路上を動いた。

「爆烈（リスピヤ）」

一瞬のことだった。

つい先ほどまで私がいた場所に、閃光（せんこう）が走る。その閃光は地面を焼いて、続く路上をえぐりとっていった。もしあのまま私がそこにいたら、今頃私は骨すら残らず焼き殺されていただろう。

ぞくりとする。だけど怯（おび）えている余裕はない。

私は咄嗟に近くに落ちていたワイン瓶を手に取った。意外にも、中身はまだ入っていた。

むやみに投げて当たる相手じゃないとわかっている。

中身が入っているのは好都合。

私は男の位置を確認すると、ワイン瓶を大きく振り被った。

男はあっさりとそれを避けた。けれど、壁にぶつかり割れた瓶から中身が飛び散り、男のフード——頭辺りに赤黒い液体がべったりとついた。いつのワインかもしれないそれは、腐っていてもおかしくないだろう。男の「うわっ」という声が聞こえる。

あとはもう、走るだけ。

私は手にした指輪を遠くに投げると、そのまま反対方向を向いて振り返らずに走った。

あの男はなぜか知らないが、vier（フィーア）の指輪を探している。それならば、私を追うより先に指輪を取りに行くはず。

そう考えたのは正しかったようで、男はすぐには追ってこなかった。

えぐれた地面を走って、すぐに曲がる。曲がり角の多い路地でよかったと思う。焦るあまり何度ももつれる足を叱咤してわけもわからず曲がりくねった裏道を駆ける。

そのまま走り続けて、角を曲がった先には――

「い、き、どま……り」

目の前には壁しかなかった。

行き止まりだ。袋小路だ。しばらくは一本道だったから、戻って違う道を探す余裕なんかない。

どうしよう？

どうする？

どうすればいい？

焦る私の目の前にそびえ立つ、石造りの壁。

登る？　でも、どうやって？　私、壁を登ったことなんか、ない。

後ろのほうで轟音が聞こえる。男が魔法を使ったのだろう。

曲がり角の向こうから、砂を踏むような足音が近づいてくる。

目の前にあるのは壁。

後ろは、一本道。

絶望が音を立てて近づいてくる。

ここまで、なの？

もうだめなのだろうか？

足掻いても、どんなに必死になっても、私はこの場で死ぬのだろうか。

咄嗟に胸元のネックレスを握り締めた。

だけどそこには、いつもの硬い感触はなかった。

消えたアリエア

「黒閃（ギムーヴ）」

唱えると周囲の魔力が男の手のひらの上に凝縮され、そして一気に黒光となって弾け飛んだ。周囲一帯は薙（な）ぎ払われ、路地沿いの建物は粉々になった。破片がフードにぶつかり、それを男は嫌そうに払った。

「あーあ、外したか……」

ぽつりと呟く。

頭上から滴（したた）る濁ったワインは、ひどい腐臭がする。それに舌打ちをした。

落ちた指輪は回収したものの、その指輪は少し変わっていた。無色透明だし、内側には数字の4を意味するvier（フィーア）と刻まれている。

（これが4の指輪ってこと？　じゃあ1も2もあるのか？　というか、なんでこれがそんなに大切なんだろーねぇ……なにかいわく付きとか？）

男は侍女が店で散々喚き散らしたことに気分を悪くしていたが、侍女の言う〝指輪〟には興味があった。

ぽつ、ぽつ、と雨が降ってくる。先ほどまで快晴だったのに、急に天気が崩れてきた。しかし今の男にとってそれは好都合だった。なによりこの腐ったワインを雨粒で少しでも落としたかった。

腐ったワインをぶっかけられた苛立ちは深く、捕まえたらまず足の一本でも折ってやろうと決めた。

そうすれば逃げることもできないだろうし、アリエアの希望も潰せるに違いない。

怯えた顔をしながらもその瞳の中に希望を抱いているのも面白くない。

以前の、塗り潰したような真っ暗な瞳をしたアリエアを思い出す。それよりは今のほうが圧倒的に面白いが、それは望みを踏みにじるのが楽しみだからだ。

もう逃げられない、死ぬかもしれないという恐怖を前にして、アリエアはどうするだろうか。前のように怯え、震え、諦めるのだろうか。

それだとつまらないんだよなぁ。

自分の不始末は自分で、なんて格好いいポリシーは男にはない。ただ、気が向いたから掃除する。そう、これは掃除だ。

この先の角を曲がれば行き止まり。ここら一帯の地図は頭に入れた上でことに及んでいる。

「さて、鬼ごっこは終わりですかね。アリエアお嬢様」

言いながら、最後の曲がり角を曲がる。

そうすれば、そこは袋小路で、目の前の行き止まりに絶望するアリエアが――。

「…………は?」

そこに、彼女はいなかった。

男はさすがに間の抜けた声をあげずにはいられなかった。目の前にあるのは依然として変わらぬ突き当たりの壁のみだ。

なぜ。どうして。

目の前は一本道で、その先は壁しかない。逃れられる場所などないはずだ。

男は急いで突き当たりの壁に触れるが、種も仕掛けもない。どこかを押せば壁が動いたり、へこんだりして迂回ルートを取れるような小細工など、あるようには見えなかった。

であれば、アリエアはどこに逃げた？

周りを見るが、やはり姿はない。

男は壁を見上げる。石造りでできた壁は高く、とてもではないがアリエアが登れるとは思えない。

いや……登った、のか……？

男は上着の内側に留めてある手のひらほどのナイフを二本取り出すと、おもむろにそれを壁に突き刺した。

硬いはずの石造りの壁に、鈍い音を立ててナイフが突き刺さる。男は器用にもそれを足場にして壁を登った。もしかしたら、彼女はこの壁の向こうにいるのかもしれない。そんな予測を立てて。

第10章　魑魅魍魎

悪夢の続き

行き止まりで、アリエアが目の前の石壁を見上げて絶望しかけた、そのとき。

ずどん、という音が重たく響いた。

足が踏み締めていた地面が急に消え、下に落ちていく感覚。そしてそのまま地底にドサリと落ちた。

「痛…………ぅ」

思わず小さな呻き(うめ)きを漏らし、腰を摩った。

ここはどこだろうと上を見れば、そこには暗闇だけが広がっていて、立ち上がって手を伸ばしても天井に触れることはできなかった。かすかに潮の匂いがする。風……空気がべたついているのだろうか。地底はむき出しの土で、湿っていてひんやりとしている。

焦っていると、間延びした声が聞こえてきた。

「今度は娘っ子か。まあいい。顔を見せな」

声が聞こえてきたほうを向くと、ぽつぽつと明かりが灯(とも)るのが見えた。道に沿って蠟燭(ろうそく)が等間隔に並んでいる。ゆらゆら揺れる火に照らされて道の奥から現れたのは、老婦人だった。

目が合うと老婦人はにんまり笑った。

「これは上出来なのが来たね。茶髪というのが多少面白みがないが……贄にするより売り飛ばすほうがよさそうだ。恩も売れるしねぇ」

「ほんとだ。しかしこんなところから落っこちてくるなんてよほど運のない娘っ子だなぁ」

老婦人の後ろからまた一人、背の高い男が顔を覗かせた。

私は思わず胸元を握り締めた。けれど、指輪はそこにはない。それだけなのにやけに心許なく感じる。

視線を走らせれば、火のついた蠟燭は奥へ奥へと続いている。ここは洞窟のような場所なのだろうか？

男は「来な」と首を反らして促した。

「…………」

そのまま動かずにいると、男がズボンの後ろに手をやり、なにかを抜き出した。

「痛い思いしたいならそこでそのままにしててもいいけどよぉ。お嬢ちゃん、痛いのやだろ？」

まっすぐに伸びるそれが、鞭（むち）だと気づいてゾッとする。どくり、どくり、と心臓が早鐘を打つ。

なにがしたいのか。なにを目的にしているのか。選択肢をあやまれば痛めつけられ、最悪殺されることも、もちろんあり得る。

私は口を噤（つぐ）んだまま立ち上がった。背筋に嫌な汗が伝う。

「お利口さん。じゃあこっちだ」

男は私に逆らう意思がないのを見てとると、そのまま背を向けた。

どうにかして逃げ出さなきゃ……でも、どうやって？　内部構造がわからないのにどうやって逃げる？

今はまだ、大人しくしていて……機を見れば……きっとタイミングはあるはず。

逃げるのに十分なタイミングが訪れるまで、従順でいよう。そう決めて、息を潜（ひそ）めて男の後を追う。

「……」

ここは本当に、どこなんだろう？　一体、なにをするつもりで……。

男はしばらく歩くと、扉の前で立ち止まった。木造でできた扉には無骨な鍵がかけられている。この中に入れられるのだと簡単に予想がついた。

男が鍵を鍵穴に差し、ガチャガチャと忙しない音を立てる。何度か鍵が鍵穴に突っかかるところを見るに、おそらくかなり古いものか、造りが荒いのだろう。

鍵を開けて扉を開くと、中には十数人の少年少女がいた。

「ほら、入んな」

「きゃっ……」

背を押され、躓(つまず)くようにして室内へと入る。入ってしまった、という事実に胸がどくどくと嫌な音を立てる。ここに入ってしまえば、鍵がなければもう出られない――。

ぐ、と手を握る。思い浮かぶのは、ライアン――そして、フェリアル、ユノアの姿だった。

彼らがいないというだけでこんなにも心細い。私は一人だという事実を突きつけられる。

唇を噛んで、扉の閉まる音を聞いた。次いで、鍵がかけられる。

この後、彼らはどうするつもりなのだろう？　いつまでここに閉じ込めておくつもりなのだろう。

部屋は薄暗く、十数人の少年少女が、おのおの膝に顔を埋めていたり、壁にもたれて虚空(こくう)を見上げていたり、ひたすら泣いていたり。様々だった。

彼らの諦観(ていかん)に、絶望の空気に呑まれそうになるが、すんでのところで堪(こら)える。

ゆっくりと息を吸って、吐く。簡単なことだがそうすれば少しは気持ちが落ち着いた気がする。

大丈夫。きっと、大丈夫だから。

奇跡が起きるでもなし、助けは呼べないものと思ったほうがいいだろう。突然はぐれたユノアは私のことを探してくれているだろうけど、ライアンやフェリアルは無理がある。彼らは城内にいるし、ライアンに至ってはあまり動き回れない。フェリアルもフェリアルで、確認することがあると言っていた。

頼れるのは自分だけ。頼るな。他人に甘えて、他力本願で助かろうとするな。

旅をするということはこういうこと。覚悟を決めたつもりだったそれは、やはり〝つもり〟に過ぎなかったらしい。甘かったんだ。

こういう事態も含めて旅なのに。私は守られることにどこか甘えて、頼りきっていた。

自分の不甲斐（ふがい）なさを自覚し、歯を食いしばる。

弱気になっている暇などない。私は辺りを見渡した。室内は薄暗いが、いくつか火の灯った蠟燭が燭台（しょくだい）に置かれている。高さはそれなりだが、工夫すれば取れないこともない。

いざとなったら、あの蠟燭を使って……。

そう考えていたときのことだった。

奥に座っていた小柄な少年が、唐突に立ち上がってこちらに向かってきた。周りは無関心。というより、自分のこと以外を考える余裕がないのか、誰もそちらを見ていない。

少年は私の傍に寄ると、おもむろに口を開いた。

「……あんた、vier（フィーア）の指輪の持ち主？」

それは思ってもみない言葉だった。

「え……」

少年は私の前に座ると、声を潜めて言った。暗い室内でもわかる宵闇(よいやみ)色の髪が、今の私の目には優しく映った。

「俺、アーネスト。"sechs(ゼクス)"の指輪を持ってる」

「！」

どうして？　なぜ、このタイミングで？　そもそもこの人は誰なの？

いや、アーネストってどこかで……。

「あなたは……アーネスト第三王子……？」

私が小声で聞くと、彼は目を丸くした。彼の瞳は暗闇でもわかる、真っ赤な血のような色合いだった。

「なんでわかったの？　というか、まずあんたの素性から教えてよ。どこの誰？　あ、リームア国の人間なのはわかってるからさ」

「え……？」

「vier(フィーア)の指輪は代々女の王族にしか伝わらないんだろ。だからあんたがリームアの王族関係者っていうのはわかってる。あんまり時間がないんだから早く教えて」

少年――アーネストの声に急(せ)かされて、私は焦りながらも情報を整理した。

家出をした、とされているオッドフィー国の第三王子のアーネスト。その彼がここにいて、そしてsechs(ゼクス)の指輪の持ち主……？　まず、なぜ彼はここにいるのだろう。なにか理由があるのだろうか。

それとも私同様に捕まってしまったのだろうか。

「私は……」

そこまで言って、自分の素性を明かしていいのか迷う。

彼が味方かどうかはまだわからない。sechs（ゼクス）の指輪を持っている以上味方だと思いたいが、それでも彼は王族。アリエア・ビューフィティがここにいると知られて、それをリームア国に流されでもしたら大変なことになる。そんなことしないと思いたいが、確証がない。

勝手な判断をして取り返しがつかなくなってしまったら……。

「エアリエル……エアリエルです」

私は仮の名前を口にした。

「エアリエル？　姓は？」

「ありません」

「……嘘だ。その指輪は王族関係者の女にしか伝わらないいんだろ？　お前がただの町娘、とかそういった可能性はゼロだ」

どうしてそう自信満々に言いきれるのだろう。私は戸惑いながらアーネストを見つめる。

そもそも、まだ私は彼の指輪を見ていない。指輪が偽物だという可能性もある。

そう、ここまでがあのフードの男に仕組まれていると考えてもおかしくない。

偶然落ちた地下の監禁部屋で、これまた偶然、探していた第三王子のアーネストと会い、さらに彼がsechs（ゼクス）の指輪の持ち主だった——なんてあまりにもできすぎている。

「あなたの……sechs（ゼクス）の指輪は？」

「あー……気になるよね、そりゃあ。まあいいよ。俺のはこれ」

渋られるかと思いきや、意外にもあっさり見せてくれるようだ。

アーネストは目元にかかる長めの前髪をかき上げた。露(あらわ)になった右耳には様々なピアスが差し込まれていて、少年の耳とは思えないそのピアスの数に私は思わず目を瞬かせた。

赤くきらめくルビーのピアスが耳の上のほうに数個、そして耳裏から耳朶にかけて黒ピンのような形のピアスが二つ、バツの形のように重なっていて、それは十字架のようにも見えた。

そして——。

「これ。sechs(ゼクス)の指輪。あんたも知ってるだろ」

アーネストが言いながら手探りで耳元に触れた。

彼の指先、耳朶にはまるゴールドの輪型のピアスには、無色透明の指輪が吊り下がっていた。

「近くで見てもいい？」

「いいけど、ちょっと待って。外すから」

アーネストはそう言うと、器用にも手探りでピアスを取り外した。彼の手のひらに微かな金属音をさせて金色の輪と指輪が落ちる。

彼から指輪を受け取って、暗い室内の中、微かな蠟燭の火を頼りに目を凝らす。

(se(ゼ)……chs(クス)……)

刻まれていた文字を確認すると、私はアーネストの手にその指輪を戻した。

「それで、あんたはなんなの？　なんで素性偽ってるの？　なんでこの国にいるの？」

私は四苦八苦しながら言葉を探した。周りも周りでなにかボソボソと話しているようで、私たちの会話を聞いている人はいない。みな、それどころではないだろう。

私はなにもかかってないネックレスチェーンを手繰(たぐ)った。

「……私は、指輪の呪いを解くために、ここまで来たの。sechs(ゼクス)の指輪を……探しに来た。指輪の話は知ってる？」

アーネストは少し驚いた顔をしながらも小さく頷く。そしてさらに声量を落として話し始める。

「神堕ちの話だろ。本当は神でもなんでもない化け物で、それを三人の賢者とかそういった奴が封じ込めた――この指輪に」

あまりにもあっさり話をまとめた彼に驚きながら、私は頷いた。

どうして彼はこの話を知っているのだろう。

私がそれを尋ねようとした、そのとき。

木の扉の向こうから、荒い足音が響いた。現実が音を立てて戻ってきたようではっと気を張り直す。気配を殺して、その先を探るようにじっと木の扉を見つめる。

ガチャガチャ、ガチャガチャ、とけたたましい金属音が響いて、数秒経ってから扉が開かれた。「ほら、入れ」という投げやりな声が続く。そのまま誰かが中に入ってきた――と思いきや、その人は男に押されて床に顔を擦りつけるようにして転んだ。

その痛みを想像して私は思わず顔を顰(しか)めてしまう。

しかし男はそんなことには構わず、「お前は顔が可愛いから鳥だな」とよくわからない言葉を残して去っていく。

ばたん！　と勢いよく木の扉が閉められ、また忙しない音を立てて施錠される。

そして男が遠ざかっていく足音が聞こえた。

「……あの、大丈夫ですか……？」

思わず、顔面を打ちつけた男――だろうか。髪が短いから――に声をかけると、その人は勢いよく顔を上げた。

「ビンゴ！　アリィですね!?」

「……っユノア!?」

その人は、思ってもみない人だった。

感情論≠理論

時は少し戻り――。

アリエアとユノアと別れて自室に戻ったライアンは、部屋の中だからといって面を取るようなことはしなかった。ここは民宿ではなく、オッドフィー国の懐である城内だ。

ここに来るまでの間にライアンは見知った人間をたくさん見かけた。向こうもおそらく、ライアンの顔を覚えているだろう。万一顔を見られるような事態にでもなれば、すぐにライアンの素性は割れるに違いない。

髪色と瞳で誤魔化してはいるものの、顔立ちは変えられない。いや、無魔法にはあるのかもしれないがそんなのはおとぎ話に近い。

ライアンはベッドにどさりと背中から倒れ込み、天井を見上げた。真っ白な天井、それだけは自国の城と似ていた。

今までも面をつけて旅をしていたとはいえ、さすがになにも話せないのは今回が初めてだった。思った以上に疲れる。

……こんなんで本当にうまくいくのか？

頭をもたげたその疑問を、しかし目をきつく瞑って否定する。

うまくいくのか、ではない。やり切らなければいけないのだ。

ライアンは自分の腰元まである髪に触れた。気がつけばもうこんなに伸びてしまっていた。

それをなんとなしに眺めていたライアンだったが、ふとこちらの部屋に向かってくる気配と足音にぴくりと指先を揺るがせた。

少しして、扉がノックされる。ライアンはベッドから起き上がると、ゆっくりと扉を開けた。

そこには先ほど別れたばかりの男がいた。

「少しいいかな」

「……」

ライアンが面の奥からじっとフェリアルを見ると、彼はつい、と視線を横に逸らした。フェリアルの部屋がある方向だ。どうやらこの部屋ではなく、フェリアルの部屋で話す必要があるらしい。

ライアンはなにも言わずに扉を閉めると、彼の部屋へと向かった。

フェリアルの部屋はライアンやユノア、アリエアよりもいっそう豪華な部屋だった。

ライアンは後ろ手に扉を閉めると、フェリアルを見る。

「それで？　なにかあったのか」

「リーアライド王女……。彼女に、指輪についてなにか知っているか、聞いてみようと思うんだよね」

壁にもたれていたライアンは「そうだな。それが一番早い」と同意した。フェリアルは椅子に座り、足を組んだ。

まず、リーアライドに直接コンタクトを取ってみる。

あの第一王子と第二王子はどちらに先に話しかけても面倒なことになりそうだが、リーアライドは中立なように見える。いや、ある意味そうなのだろう。

兄王子たちはあの王女に警戒心を抱いていない。だから、接触を図るのならリーアライドだ。

けれど、リーアライドは王女だ。二人きりで室内で話したとなればどんな噂が流れるかわかったものじゃない。しかもここはオッドフィー国の城内だ。噂はオッドフィーに都合のいい内容になるだろう。

噂に尾ひれがついて広がり、結果的にそれが事実と受け止められる。その流れが大いに予想できて、それを防ぐためにライアンを呼んだのだった。

「もしsechs（ゼクス）の指輪が王家に伝わるものであれば、彼女はなにかしら知っている。確信的な部分は知らないとしても、部分的には知っていることがあるはずだ。それこそ、指輪を誰が持っているか、とかね」

「そうだな。それで——既成事実の醜聞（しゅうぶん）防止に俺を呼んだというわけか」

「まあね。僕には婚約者がいるから」

「……婚約者、な。少し聞きたいんだが、婚約者なんて、そんないいものか？　俺には理解し難いな。幼少期からの付き合いで情が湧くことはあるかもしれないが、それがどうして恋愛に行き着く？　安易すぎないか」

「きみがそういった話を振ってくるとは思わなかったな。……でも、いいよ。少し話そうか」

フェリアルは足を組んだままの体勢で、言葉を続けた。

「感情はね、理論ではないんだ」

「……随分もっともらしいことを言う」

「言葉どおりだよ。人は抑制された生き物だから、感情なんてものに鈍くなる。気がつくのが遅くなる。だけど、気がつけばそれは簡単な話だ。……ひとつ聞きたいけど、もしかしてきみは初恋もまだ？」

「初恋、ねぇ……。そんな可愛らしい単語、久しく聞いてないな」

「まぁ、そう話すことでもないからね。特にこういった、真面目な場を設けて話すこともない」

「……」

「恋はいいものだよ、とは一口には言えないな。それぞれ形があるんだ。例えば、恋をすることで勇気を貰える、元気を貰える、明日を強く思い描ける。そういうものもあるんだろうね。……恋は人を強くする、なんて言うだろう？」

「…………これは驚いたな。きみからそんなロマンのある話が聞けるとは。きみ、意外とロマンチストだな？」

「本音だよ。ただ、僕には少し……相性が悪いみたいだけどね」

「……へぇ？」

　フェリアルの恋の相手というのは、聞かなくてもわかる。アリエアだ。彼女への想いは先ほど彼が言ったように明るく、優しいものではないということか。

　ライアンは少し興味が湧いた。愛だの恋だの、ライアンはうんざりだった。だからこそ、フェリアルが夢見がちな発言をしたことに驚いたが、どうやらそれは一般論で、彼自身の恋というものはそんないいものではないらしい。

「それじゃあそろそろ王女殿下にお会いしたいと先ぶれを出そうか。向こうもきっと、僕に話がある」

「ああ、元婚約者だっていう話をしていたな」

「婚約者じゃなくて候補だけどね」

　フェリアルが席を立とうとしたとき、ちょうど狙ったかのようにノックの音が響いた。

「お休みのところ申し訳ございません。第二王女殿下が、お話があると参られています」

こちらから向かうより先に、リーアライドが来てしまったらしい。

思ったよりせっかちな娘だな、とライアンは思った。けれど王族同士の挨拶の場に乱入してきた少女を思い出し、いや、相応かと思い直す。

フェリアルは扉を見たあと考えるように視線を落としたが、やがてライアンを見た。

その瞳の意味を理解したライアンはため息を殺し、そのまま扉に向かう。

なにも言わずに扉を開くと、そこには一人の侍女がいた。突然扉が開いて驚いたのか、その瞳はやや見開かれている。けれどその反応は微々たるもので、ほぼ無表情と言える。

「……殿下は中に？」

その言葉にライアンが頷く。

言葉を話せないというわけではないが、寡黙という設定から沈黙を守っているらしい。

侍女の後ろからリーアライドが姿を現した。

彼女はまずぱちりと目を瞬かせてライアンを見ると、すぐについと視線を部屋の奥へと動かした。

「殿下に用があるの。失礼するわね」

そして、侍女を押しのけライアンを押しのけ入室した彼女は、やはり図太いというか無神経というか、マナーというものを知らないなとライアンは思った。

リーアライドはフェリアルを視界に入れると、先ほどの傍若無人ぶりとは打って変わって淑やかな動作でドレスの裾を持ち上げて礼を取った。

「ごきげんよう、フェリアル様。少しお時間よろしいでしょうか」

「ああ、ちょうどよかった。私もあなたを訪ねようと思っていたところだったんですよ」

静かにフェリアルが返し、着席を促した。リーアライドは席に着いたが、ライアンが気になるようでチラチラとこちらに視線を寄越してくる。

侍女は王女を送り届ければもうお役目御免だと思ったのか、王女が入室したと同時に退室してしまっている。それでいいのか、王女の侍女が。

一体どんな教育方針なんだとライアンは内心思う。一国の王女を、異性の部屋に一人でいるのを許容する。しかもリーアライドとフェリアルはほぼ初対面だ。

……ああ、だからか。

フェリアルはリームア国の第一王子で王太子だ。間違いが起きれば幸いとし、むしろ起きるのを推奨している。これは、ライアンが席を外せば朝に轉る鳥のごとく噂話と称した事実無根の話があちこちで飛び交うだろう。

身分を偽らずリームアの王太子としてこの場にいるフェリアルに同情心を抱いたライアンだったが、だからといって代わってやれるかと言われれば否なので、彼は大人しくこの場の安全装置となった。

「……そちらの方は席を外して欲しいのですけれど？」

「淑女のマナーとして異性と室内で二人きりにならない。王女のあなたが知らないはずがないよね」

フェリアルが柔らかな口調で、だけどしっかりと釘をさす。しかしそれで止まるような王女ではない。

「そうですけれど……でも、このことは極秘事項なんですの。あまり口外するわけには……」

「安心していい。彼は僕の腹心とも言える人物だ。少し変わった人間ではあるけどね。だから、あなたも気にしなくていい」

「……妙な面をつけている時点で安心などできません」

「はは。それもそうだね。だけど困ったな。彼は訳ありで面を取れないんだ。あなたが呪われても構わないならいいけど……どうする？」

「呪いって、本当ですの？　それは一体どんな……」

「気になる？　……見てみる？」

フェリアルが唐突にそんなことを言い、僅かに腰を上げる仕草をしたものだから王女はさすがに焦ったように首を横に振った。

「それでしたら仕方ありませんわ。しかし……この話は極秘中の極秘。決して他では口にしないと誓ってください」

「誓うとはまた随分大げさだね」

「誓ってくださいませんの？」

「善処するよ」

「…………。お願いしますわ。それで、本題ですけれど……フェリアル殿下はオッドフィーが欲しくはありませんか？」

彼女はピンクのレースがあしらわれたドレスの上で手を握りしめ、大胆な取り引きを持ちかけた。

「……」

フェリアルは沈黙を守っている。その反応に、リーアライドは逸る(はや)ような様子で言葉を続ける。

「お兄様たちはこのままいけばいずれ、血で血を洗うような争いを起こすことになるでしょう。私はそれを望みません。王位を巡って民たちの命が脅かされるくらいなら……私は危険を承知の上で、彼らからそれを取り上げたい」

「……へぇ、それで？」

「お兄様たちは邪魔で邪魔で仕方ない第三王子……アーネストを殺害するつもりですわ。そしてきっと、アーネストが死ねばそれを互いのせいにするに違いない。そうすればもう、誰も止められなくなる」

なるほど、とフェリアルは内心呟いた。リーアライドはこうしてリームアとの繋がりを得ようとしているのだろう。

どこまで本当でどこまで嘘かはわからないが、アーネストの命が危ないというのはおそらく本当。彼の死が両陣営の争いの火蓋を切って落とすことになるだろうことも。けれどそれを狙っているのが兄王子たちなのか、それとも第三者が別の思惑を持ってそうしてしまうのかは、彼女の話だけだと測りかねるところだ。

フェリアルは口元に指を当て、少し考える素振りを見せた。

リーアライドは自分の話をフェリアルが完全に信じたと思って疑っていなかった。なぜならリーアライドは今まで自分の話を疑われたことがないからだ。それは彼女が王女で、なおかつ兄王子たちに散々甘やかされてきた結果だった。

「兄王子……レーヴェ殿下とリゼラルド殿下はどうしてそんなに第三王子に執着するの？　第三王子なんて三番手、普通なら次期王位争いには絡まないだろう？」

思ってもみない質問だったのか、リーアライドは目を瞬かせた。彼女にとってそれはあまりにも当然な前提であって、それを知らない他人がいるという意識がなかった。

「え？　えーと……それは、アーネストが次期王位を認められる指輪を授けられているからだけど……」

「指輪？」

期せずして出た指輪という言葉に、内心ハッとしてフェリアルはリーアライドを見るが、リーアライドは気づかずに話を続けた。

「お父様から、預けられたらしいの。アーネストは魔力が多いから次期王に指名されたのだとお兄様たちは仰っているわ。けれどまだアーネストは十三……十四歳でしょう？　お父様の調子はだいぶよくないし、もしいざ王が代変わりするとなったとき、今のアーネストじゃまだ幼すぎるわ。そして、それを免罪符にしてお兄様たちは……」

「王位をものにしようとしてる、ということか」

フェリアルはため息をぐっと飲み込んで言葉を続けた。どこの国も似たり寄ったりの事情だ。

フェリアルは一人っ子で王位継承争いこそ起きないものの、逆に王太子妃争いは凄まじいことになっている。アリエアはその争いの中心にいる。

フェリアルはふと、ライアンの言葉を思い出した。

『いつになっても権力というのは人を狂わせる』

それは確か、ライアンとアリエアと合流したばかりのことだった。過去のことを一切覚えていないアリエアに、確認がてら彼女の話をしたときのことだ。そのときライアンがそう言ったのだった。

全くそのとおりだ、とフェリアルは思う。上位貴族であればあるほど、権力に魅入られる者が多いと感じる。フェリアルはそんなことを思いながら、少し気になっていたことをリーアライドに聞いた。

「……先ほどあなたは兄王子たちから王位を取り上げると言ったけど、なにか考えが？」

「それは……」

ここまで来たのだから無策というわけではないのだろう。けれどあまり大々的には言えない内容。

「王書です」

「……なるほど。あなたも随分思いきりがいい」

それだけで理解したフェリアルがリーアライドに言う。彼女は褒められたと感じたのか、頬を淡く染め、「いえ……」となにに対してかの否定をこぼした。

しかし、彼女は『民たちの命が脅かされるくらいなら』と聖女めいたことを言っているわりに、第三王子が死ぬことにはなんの頓着もないようだ。必要のある犠牲だとでも思っているのか。それにしたってアーネストの暗殺について少しも気遣う様子がないのは〝聖女〟を装うにしては考えが足りていない。

わかってはいたことだったが、リーアライドの狙いはフェリアル――もっと言えばリームア国王太子妃という身分。そのためなら周りを全員切り捨てるという、その大胆不敵ぶりには些か驚いたものの、だからといって手を結ぶかと言われたら答えは否だ。

そもそもフェリアルにはリーアライドの案を呑むという選択肢そのものがなかった。

……思わぬ収穫も得られたし、そろそろ帰すか。

フェリアルがそう思ったときのことだった。

「もし、私が――オッドフィー国がリームア国のものになれば、そうすればリームア国は他とは一線を画した大国となります。ディアルセイ帝国なんて比較にもならない。どうでしょうか、フェリアル殿下。オッドフィー国を利用しませんか？」

フェリアルは考える素振りを見せながら、内心息を吐いた。利用、ときたか。

彼女は思いもしないのだろうが、その『比較にもならない』とこき下ろしたディアルセイ帝国の皇太子がまさに今この部屋にいる。知っていたら口が裂けても言わなかっただろう。

ライアンは相変わらず身動きひとつせず黙って聞いているが、彼は今、なにを思っているのだろう。

フェリアルはリームア国とディアルセイ帝国の均衡を安易に崩すつもりはなかった。いろいろと理由はあるが、その中でも最たるものが、均衡が崩れればその被害が甚大なものになるからだ。

リームア国がディアルセイ帝国より、国土が広がろうが国力が上がろうが、その均衡が崩れた瞬間、戦争に発展しかねないと彼は考えている。

そしておそらく、ライアンも同じ考えだ。だからこそ、フェリアルはリーアライドの案には乗らないし、オッドフィーを欲しいとも思わなかった。

「……ありがとう。だいぶわかったよ。あなたの話も考えておく。だけど、ごめんね。僕一人の判断でこの話を進めることはできないから。父上にも相談させてもらっていいかな」

もちろん嘘である。

フェリアルの父――リームア国の現国王は数年ほど前、フェリアルの母親が風邪を拗（こじ）らせてこの世を去って以来、腑抜け同然となっている。

その頃から国政を担っているのはフェリアルであり、リームア国現トップは実質彼である。

そのため彼は国王の許可など得ずとも独断で動けるわけだが――しかし、彼はあえてそう言った。

この場での話し合いを終わらせるためである。

「……わかりましたわ。でも、お願いいたします。くれぐれもこの話は」

「内密に、ね。わかっているよ。よそに漏らせばあなたの命が危うい」

「……わかってくださっているのならいいのです」

命が危ういとはっきり言われたリーアライドはどこか焦るような、不安そうな声を出した。

フェリアルはそんな彼女を冷たい瞳で一瞥して、次にライアンに視線を向けた。

それだけでフェリアルの言わんとしていることを理解した彼は、壁から背を離してそのまま部屋の出口に進み、おもむろに扉を開け放った。

フェリアルはリーアライドににこりと笑ってみせる。

「お帰りは気をつけて、リーアライド姫」

完全に、帰れという意味である。

にこやかな笑みも相まって、リーアライドは席を立たざるを得なかった。元よりこれ以上話すことなどない。

どうにか話を引き延ばして——そしてこの部屋に鎮座する邪魔者、熊の面の男を追い出してフェリアルと二人きりになり、既成事実にも劣らない見かけだけの事実だけでも作ろうと思っていたのに。

それすらうまくいかない。

焦るリーアライドは、自分に言い聞かせるように心の中で繰り返し呟いた。

大丈夫、まだ時間はあるわ。まだ、時間はある……。

リーアライドは苦々しい気持ちで部屋を後にした。

ミリア・ヴィアッセーヌ伯爵令嬢がオッドフィー国城内に現れる一日前の話である。

謎解き

リーアライドが去った後、部屋にはまるで嵐が過ぎ去ったあとのような疲労感のみが蓄積されていた。フェリアルはしかり、ライアンも黙っている。

先にその沈黙を破ったのはフェリアルだった。

「指輪の持ち主についてはある程度把握した。次は、その持ち主の居場所だ」

「先に殺（や）られるとなるとまずいな。あっちが見つける前に保護したいところだが……」

リーアライドの話からおそらく、第三王子アーネストが持っているのはsechs（ゼクス）の指輪だろう。彼女はアーネストが魔力が多いから指輪を託されたと考えているようだが、実際は逆で、指輪が彼を選んだのだ。それにどうやら、指輪に食われてもなおあり余る魔力を保持しているらしい。

指輪持ちなのに魔力欠乏症にならず、それどころか周囲から「魔力が多い」と評されるなど、まるで化け物だな、とライアンは思った。そこでふとライアンは、前に自分がした作り話を思い出した。話した相手はアリエアだ。

『俺は少し人と違うんだ。魔力量が並大抵じゃない。指輪に魔力を食われてもなお、あり余る魔力ってことだ。だから魔法を使える』

まさかsechs（ゼクス）の指輪の持ち主が、そんな正攻法で指輪の呪いに耐えられるとは思わなかった。

この後どう動くか、フェリアルの意見を聞こうと口を開こうとしたライアンだったが、ふいにこちらの部屋に向かってくる足音に気がついた。

足音はフェリアルの扉の目の前でぴたりと止まった。そして、ノックがされる。

「お休み中申し訳ございません。お付きの方よりお手紙を預かりましたため、お持ちしました」

扉を挟んで聞こえるのは侍女の声だ。ただし、先ほどの王女付きの侍女ではない。

ライアンが扉に向かい、無言で扉を開いた。突然開いた扉とそこに現れた熊の面の男に驚いたのか、侍女は少しばかり身を仰け反らせた。けれどすぐに姿勢を正し、真っ白な封筒を差し出した。

「こ、これを。殿下の側近のユノア様からお渡しするよう頼まれました」

「…………」

一礼して去っていく侍女を見送ってライアンは扉を閉め、受け取ったばかりの白い封筒を確かめた。そしてフェリアルに向かって薄い封筒をひらひらと振る。

「……覚えは?」

「それは、ユノアが常備してる封筒だね。隅のところに百合の模様が型押しされているだろう」

「へぇ。百合があしらわれた封筒とは、随分洒落(しゃれ)てるな」

フェリアルはちらりとライアンの手元にある封筒を見ると、「きみが開けていいよ」と言った。ライアンはその言葉を受けて、ぺり、と糊(のり)を剝がして封筒を開ける。中からは綺麗な白い紙が一枚出てきた。

「おっと……これはただの業務連絡ってわけでもないようだぞ？」

ライアンの言葉にフェリアルがソファから立ち上がり、ライアンの持つ手紙を覗き込む。

「……本当だ。ユノアにしては珍しい内容だね」

フェリアルも同意する。

〈外はすっごい快晴ですよ！　喉がすっごく渇きます‼　なのに飲みもの売ってる場所が少ないんですよ〜〜。旅芸人が琴笛を吹いて、その音色にみんな集まってるから身動きも取りにくくて。そうそう。エアリエルが占館に興味を持ってるようでした。星占いとかって当てになるんですかね？　殿下の好きな香草焼きも買えたので期待しててくださいね！〉

もう一度目を通し終わったライアンに、フェリアルが「水だね」と答える。ライアンも同意見だった。

二人がこの手紙に疑問を抱いた理由はいくつかある。まず、天気のことだ。

確かにユノアとエアリエルが出かけたときには外は晴れ、快晴といってよかった。けれどその後すぐ、曇天になったはずだ。ユノアがいつこの手紙を出したかはわからないが、内容どおり、占館を見たり香草焼きを買った後なら、時間的に快晴ではなかっただろう。

そして、次の「喉が渇く」という一文。そもそも、ユノアらしくない物言いだった。ユノアはああ見えて、報告書には必要以上のことを記載しない。自分の私情を交えたコメントはおろか、自分自身の感情など記さないはずである。上げ出すとキリがないが、そういった些細な違和感からフェリアルとライアンはこの手紙が他に意味を持つと考えた。

「そこに水差しがある。かけてみよう」

フェリアルが水差しを持ち、手紙の上でそれを傾ける。水がじわりと手紙の上に広がり、インクがみるみるうちに滲み――いくつかの文字が消え、間を空けて字が並んでいた。

〈外　旅芸人が琴笛を吹いて　エアリエル　星占い　き　えた 期待〉

フェリアルの雰囲気が氷のように鋭くなった。表情こそはそのままだが随分鋭い瞳をしたフェリアルが、紙面をじっと見つめていた。相手が紙ではなく人間だったら、威圧していることだろう。

「暗号を解いたと思ったらまた暗号か……」

ライアンがこぼす。ユノアは脳筋だと思っていたが、意外と頭が回るらしい。そう思いつつ一方で、うまく考えがまとまらなかったからこそこの暗号になったのではないかとも思った。

――それか、時間があまりにもなかったか。

この可能性は当たっていて欲しくない。そう思いながらもライアンは文字に視線を走らせた。

「外……旅芸人が琴笛を吹く……おそらくこれは場所の指定だね」

「エアリエルはそのままだから、アリィになにかあったんだろう」

「星占い……きえた……」

「アリエアが消えたという意味だとしたら、星占いにかかるのは〝期待〟だ」

「まさか俺たちが来ることを願っての〝期待〟……なわけないよなぁ。しかもこの期待、という文字半分消えかけてるしな。〝待〟の部分が。となると」

「安易だとは思うけど……〝きた〟かな……」

「きた、北ね……。つまり、旅芸人たちがいた場所から北の方角ってところか」

「ユノアがそう書いているということは彼も向かってるんだろうね」

そう言ったきりフェリアルは黙り込んだ。彼は今、ひどく葛藤しているだろう。リームア国の王太子として、ここでいきなりアリエアを探しに行くような真似はできない。しかも今のアリエアはただの〝エアリエル〟であって、彼の婚約者でもなんでもない。ただの侍女だ。フェリアルが探しに行くには理由が必要になる。

ライアンは大きくため息を吐くと、フェリアルに言った。

「きみ、行くなと言っても行くつもりだろう？」

「……さすがにね。もう、同じような過ちは繰り返さない。悪いけれど、僕はこのまま行こうと思う」

フェリアルの瞳は真っ直ぐで、怖いほどに真剣だった。危うさと切なさ、祈るような焦りを内包している。一度触れれば爆発してしまいそうだとも思った。

なにも言わずに手紙を畳み出した彼がなにを考えているか、ライアンにはわからない。察することはできるが、思いの丈まではわからない。

恋ってやつはつくづく面倒だな。優等生が服着て歩いてるようなこいつでさえ、こうなるのか。であれば、自分の婚約者はどうだろうと振り返る。

繰り上がりで皇太子になった自分に、そのまま据え置きで婚約者になった彼女は、自分のことを好いていないように見える。それはライアンも同様なのでどっちもどっちなのだが。

幼い頃からずっと共にいるからといって、それが恋情になるか？　そんな容易な話じゃないだろ。

それはもはや——刷り込みに近いのではないか。そう思ったが、ライアンは言わなかった。

「光術迎式第四の唄——炎風(ラズラ)」

フェリアルが静かな声で唱えると、ぽわりと火の塊(かたまり)が現れてふわふわと浮かび上がり、瞬く間にユノアの手紙を灰にした。フェリアルは手のひらに残る灰を無感情な瞳で見ると、重ねて「炎風(ラズラ)」を唱える。

灰になったのを確認してから、さらに灰を魔法で焼き尽くそうとする。用心深いというか、ここまでいくと少し異様だ。

その、どこか異様なフェリアルの様子に、ライアンは小さく息を吐いた。
長い一日になりそうだと思った。

逆転の発想

「ユノアなの……!?」

思わず何度も確認するように彼を見る。対してユノアも私の体を上から下まで、検分するように見た。

「アリィ怪我は……してますね……。しかもけっこーひどい。これは俺怒られるなぁ～……」

ユノアのぼやきが聞こえて、私は慌てて彼の両腕を掴み、それに驚いたユノアが目を丸くした。

「どうしてユノアが……？　いえ、それよりどうしよう。ここからどうやって出たら」

「落ち着いてアリィ。俺がここに来たのは自分の意思……っていうか、アリィを追っかけてたら、ここに落ちてきたんですけど。あと俺も出口はわからないです」

「ユノア……」

なにから言っていいかわからず思わず口ごもる。ユノアは「大丈夫ですって、なんとかなりますよ」と軽快に言う。彼のその精神の強さが心底羨ましかった。

なにが起きてもおかしくない状況で、ユノアと合流できた。これは思ってもみないことだ。

「熱い再会のところ悪いんだけど、お兄さん誰？　魔力ないよね」

アーネストの言葉にハッとする。私はユノアを掴んでいた手を解いた。知らない間に随分力を込めていたようだ。手のひらが少し痺れている。ユノアはアーネストの近くに座ると、彼をまじまじと見た。

「アリィ。この子誰？　知り合いですか？」

「知り合い……というか、あの」

「この人もアンタのパーティーメンバーなの？　指輪関係者じゃないよね」

　つらつらと話すアーネストに、私は彼に聞きたいことがあったことを思い出す。

「あの、アーネストは……どうしてわかったの？　私がvier（フィーア）の指輪を持っていること。ユノアに魔力がないことも。あと、指輪の話を知っているのはなぜ？　あなたはなにを知ってるの？」

「うわ、たくさん聞いてこないでよ。混乱する。えっと……まずは俺がどうしてあんたたちのことがわかったか、だっけ」

　ユノアは私とアーネストを見比べ、考えを整理するように少し黙り込んだ後、アーネストに短く尋ねた。

「あなたがアーネスト第三王子殿下、っていうのは当たりでいいんですかね？」

「そうだよ。俺がアーネスト・オッドフィー。オッドフィー国の第三王子」

「第三王子がなんでこんなところにいるんです？　捕まったんですか？」

　ユノアの言葉に、アーネストは首を横に振って答える。その際サラサラとした黒髪が揺れて、その合間から赤色のピアスが覗いた。

「俺は自分の意思でここに来た。あんたたちが来たのは想定外だけど。だからこそ困ってるんだよ」

「待って、あなたは自分から捕まったというの？　そもそもここ……」

　ここは一体なんなの、と聞こうとしたところで、アーネストが「しっ」と人差し指を自分の口に立てた。そして扉の外を窺っていたかと思うと、ぱっと私たちを見た。その顔には焦りと緊張が浮かんでいる。アーネストはなにか言いかけて、直前でなにかに気がついたのだろう。あ、という顔をする。

「魔力ナシに魔力欠乏症……!?　嘘だろ、魔法使えないじゃん……!!」

またた。どうして私が魔力欠乏症だとわかったんだろう。

アーネストは大分慌てた様子を見せているが、ユノアは黙って彼を見ている。その表情はいつもどおりで特に緊張などしていなさそうだ。こういった場に慣れているのか、肝が据わっているのか。どちらにせよ、今この場に冷静でいてくれる人がいるのはとてもありがたいことだと思った。

「なにかまずいの……？」

「ここは、娼館に売り飛ばすか神堕ちの供物にするか選別される部屋なんだよ！　可愛い顔した男と、明らかに箱入りみたいな顔したあんたがいたんじゃ二人揃って娼館行きだよ！　それじゃまずいだろ!?」

「うっわ。ものすごくまずいですね。あと俺可愛いって言われるの嫌いなんで。ちょっとそこのところよろしくお願いします」

「今悠長にそういう話してる時間ないの!!　ああもう、どうしよう？　俺は自分の見た目は変えれるけど、他人の姿を変える魔法は無理なんだよ。魔力加減が難しくて。しかもこの後、俺は〝始まりの地〟に着いたら一人で抜け出すつもりだったのに……あぁーもう、どうしよう！」

始まりの地？　今、始まりの地って言ったわよね……？

「じゃあ、こっち側を変えるんじゃなくて、入ってくる奴らに幻覚を見せればいいんじゃないんですかね。こりゃー娼館入りは無理だぜ！　って感じの見た目とかにすれば……」

――ガチャガチャ！　ガチャガチャ！

耳障りな音が続いて、そしてジャラジャラと鍵束が擦れるような音が響き、ギイ、と軋んだ音を立てて扉が開かれた。

そして、それと同時にアーネストが静かに呟く。

「無術音式――欺（レイ）」

小さな声だったがそれは確実に術式として起動し、ふわりと魔力の粒子が周りに煌（きら）めきを見せた。

しかしそれも束の間。すぐに暗闇の中に溶ける。

入ってきた男は部屋の中をぐるりと見渡した。もう魔法がかかっているのだろうか？

「アァ？　可愛い顔した女と男がいるって聞いたから来たのに、いねーじゃねーか!!　こいつか？」

そう言って男は別の少女のほうにずんずん進んでいった。少女は悲鳴のような声を出している。

ぐ、と思わず手を握る。止めたい、と後先考えない思考が脳に踊り出す。だけどそれはできない。

少女を庇うには、あまりにも私は無力すぎる。

ただ黙って見ていると、少女の顔をまじまじと見た男が「ふん」と鼻を鳴らした。

「まあまあだな。おい、今から言うやつはついてこい。逆らったら殺す。まあ、黙ってついてくりゃ命だけは助かる。感謝しな」

男はそう言いながら一人、二人、と少年少女を指さしていく。そのたびにあちこちで息を呑んだような引きつった声が聞こえる。

命が助かるとはつまり、この場で選ばれたほうが、娼館に売り飛ばされるということなのだろうか。

私は自分の手に力がこもるのを抑えられなかった。悔しい、と強く思った。ここで、彼らを助けられない自分が。無力で、守られることしかできない自分が。なにもできない自分が、ひどく歯がゆくて苛立たしかった。なにより、こんなにもどうにかしたい、なにかできないかと考えているのに、それを実行に移す実力が、能力が自分にないことがひどく恨めしかった。

そのまま黙ってただ床を見ていれば、ユノアが私にしか聞こえない小声で伝えてきた。

「大丈夫です。フェルーが来ますから」

「え……」

――本当にフェリアルが、ここに来るの……？

ここに閉じ込められるのはユノアも想像していなかったはず。そもそもフェリアルたちは私が捕まってしまったことすら知らない。どうやって連絡を取ったというのだろう……？

焦りと不安が込み上げる中、男の「泣くなうるせぇな!!」という怒声に部屋の空気がビリビリと痺れた。大男の発した威圧感に、少女や少年は完全にすくんでしまったようだ。

男はそのまま扉を大きく開け、またしても重々しくそして手荒に、木の扉を閉ざした。

静かになった空間で、アーネストが続けた。

「……俺がここに来た目的は始まりの地の場所を確認すること。あんたたちが乱入してきたことでちょっと手違いが起きちゃったけど、俺はこのまま確認したい。つまり、ここから脱出しない」

「始まりの地、ってなんでしたっけ……えーと、ああそうだ。〝全てはそこから始まった〟ってやつですか？　聞いたことあります」

ヒユーツ海のどこかに沈んだ教会から指輪の話は始まったと、以前ライアンからそう聞いた。アーネストはその教会の位置を確かめようとしている、ということなのだろうか。

「神堕ちがいるのがその始まりの地で、だからあなたはその場所を確認したいということ？」

私が確かめるように聞くと、アーネストは私を見て、一度強く頷いた。

「そう。神堕ちがいるっていうより、封印されてるって言ったほうが正しい。俺はその場所を知りたい。日記にはヒユーツ海のど真ん中、としか記載がなくてそれ以外の情報はなかった。だから、直接向かう」

「日記？」

「オッドフィーの城に保管されてる、禁書指定されてる本のひとつだよ。古代語だからなにが書いてあるか普通はわかんないだろうし、ただの古びた文献──誰かの日記程度にしか認識してないと思う」

価値がわかんないんだ、とアーネストは呟いた。

アーネストはその日記を読んで神堕ちの情報とか、指輪の情報とかを得たということなのだろうか。

「あなたが指輪の話を知っているのも、そこに書いてあったから？　だけどじゃあどうして私がvier（フィーア）の指輪を持っていることや魔力欠乏症のこと、ユノアに魔力がないことがわかったの？　……それも日記に書いてあったの？」

「そんなわけないでしょ。日記は文字どおり日記なんだから。そもそも千年前のものだからあんたたちのことなんて書いてないよ」

「千年前？」

「千年前、もっと細かく言えば千百二十八年前。それが指輪のそもそもの始まりらしいんだよね」

アーネストが話し始めて、私とユノアはそれを黙って聞く。

「ヒユーツ海のとある神殿に神堕ちは降ろされた。発生したって言うのかな？　とにかくそれで神堕ちは生まれたんだ。それを封印したのが現在の指輪の持ち主の祖先にあたる人。まだ国とかそういう区分はなくて、大陸全部が繋がってたとか、未開の地が多いとか書かれてて、そこら辺はわかんない。だけど、彼らは勇者だとかで崇められて、結果権力を得て王族なりなんなりになったわけ。ここまではいい？」

「ちょ、ちょっと待って」

いきなり舞い込んできた情報に混乱してアーネストを止める。ユノアは口元に手を当ててなにか考え込んでいた。

私たちの祖先が、過去、神堕ちを封印した人たちということ？　だから私たちに指輪が伝わっているのだろうか。

私は囁くような声でアーネストに問いかけた。

「それも日記に書いてあったの？」

「まあね。むしろそれにしか書いてなかったかな」

「日記って、古代語で書かれてるんですよね。アーネスト殿下は読めるんですか？」

ユノアが聞き返す。私もそれが気になった。

vierの指輪とneunの指輪を重ね合わせたとき、なにか文字が見えた。あれは古代語だろうとライアンがあたりをつけていたが、古代語の翻訳は難しいと二人揃ってこぼしていた。リームア国の王太子とディアルセイ帝国の皇太子が二人揃って、だ。

「読めるっていうか、わかる」

「古代語の翻訳についての本なんてもう残されてないのによくわかりましたね」

ユノアが聞くと、アーネストは「ああー……」とどこか面倒くさそうな、投げやりな声を出した。

「そういうの必要ないんだよね。ちょっと、俺は変わってるから」

「へぇ？」

ぼかした答えにユノアが探るような声で返した。

変わってる……？

「日記には指輪の始まりから封印まで、全て書かれてた。もちろん——指輪の抹消方法についてもね」

「！」

思ってもみない情報に私はアーネストを見る。指輪の抹消方法について書かれていた!? 逸る気持ちが抑えられなかった。

「どうすればいいの？」

「簡単だよ。指輪を三つ揃える。神堕ちの封印を解いて消滅させる。存在そのものを消してしまえばさすがの化け物も再生はできない」

「指輪を、三つ……」

「そう。簡単そうに見えて意外とここで躓く。vierの指輪は偶然あんたを見つけたことで揃ったけど、残りはneunの指輪だ。多分持ってるのはディアルセイの皇族の誰かだとは思うんだけど、あの国に行って探すっていうのはなぁ……。ちょっと骨が折れると思う」

「neunの指輪ならあるわ。……私の友人が持ってる」

友人というより仲間のほうが意味合いが近かったかな、と私は思ったが、特に訂正する必要もないだろう。私が言うとアーネストは「本当に？」と驚いた声を出した。

「本当よ。指輪はもうふたつあるの」

そこまで言って私は、自分の指輪をあの怪しげな男に投げたのを思い出した。胸元のネックレスには変わらずなにもかかっていない。捨てても戻ってくるというから投げつけたはいいものの、戻ってこなかったらどうしよう。今更ながら不安になる。ぎゅ、とネックレスを握った。指輪はいつ、どのタイミングで戻ってくるんだろう……？

「じゃあもう揃っているわけか。neun（ノイン）の指輪の持ち主は今どこにいるの？」

「……オッドフィーの城内に。うまく行けばここまでたどり着いてくれると思いますよ」

ユノアが答えた。

「なるほどね。どうしようかな。時間が本当にないんだよね。ヒユーツ海のど真ん中っていうんだから船で向かうことになると思うんだ。で、俺一人とそこの赤髪のあんたくらいなら船から逃がすことくらいわけないんだけど。でもそっちは魔力欠乏症でしょ？　下手に魔法使えないじゃん。つまり、詰んでる」

詰んでる、と一言でまとめたアーネスト。

アーネストは始まりの地を確認したら、移動魔法で脱出する算段だったのだろう。けれど私がいることでその計画に乱れが生じた。私には移動魔法が使えない。つまり、私が船から逃げ出す手段はない。

「アリィくらいなら俺が運んで岸まで連れていきますよ」

「神殿はどこにあるかもわかんないんだよ？　そんなとこからここまで？　泳いで？　絶対無理」

「さすがに一晩中泳げって言われたら俺もきついなぁと思いますけど、まあ休み休みいけば大丈夫じゃないですか？　岩場とかありますし。ああでも、結構時間かかるよなぁ……」

本気でそう言っているらしいユノア。でもユノアはそういったところで虚勢を張る人間ではない。真面目にそう言っていることからおそらく、彼は過去や今までの経験を踏まえて、本気でできると言っているのだろう。

改めてユノアはその見た目に似合わず体力とか膂力(りょりょく)が突き抜けているのだと思い知らされる。加えて、今の状況では自分のことが完全に重荷になっていると感じて、肩身が狭かった。

「ええ、なにあんたゴリラなの？」

「ユノアですよ。あとこっちはアリィと呼んでください。あ、アーネスト殿下のことはなんとお呼びすれば？」

「……アストでいいよ」

そういえばユノアは今の今まで自己紹介をしていなかった。私もまた、エアリエルという名前を告げただけだった。確かに、アリィと呼ばれるほうがいい。

「わかりました、アスト様？」

「様はいらない。それじゃ気づかれるじゃん」

「了解です。では、アストで」

ユノアが話をまとめるとアストは話を再開した。

「とにかく、neun(ノイン)の指輪の持ち主まで揃ってるなら話は別だ。魔力欠乏症もいることだし、この場からの離脱を優先しよう」

「でも」

「なに？　あんた死にたいの？」

「そういうわけじゃないけど」

むしろ死にたくないから行動している。私は再度アストに尋ねた。

「始まりの地に神堕ちが封印されているというのはわかった。その場所に指輪を持った人間が三人揃って、神堕ちを再度封印……いえ、消滅させることが指輪の抹消方法ということも理解したわ」

「うん」

「聞きたいんだけど、この機会を逃して、他に始まりの地を知る方法はある？」

聞くと、アストは黙ってしまった。やはり。

オッドフィー国の第三王子であるアストが危険を承知で自らこの怪しげな集団に捕まり、その場所を知ろうとする。それはあまりにも無鉄砲だ。けれど裏を返せば、そうせざるを得ない事情があったということだ。例えば……これ以外に始まりの地を知る方法がなかった、とか。

アストは少しの間のあと、ため息を吐いた。

「現状、ない。本当は、事を荒立ててこの機会を逃して、奴らに逃げられるような真似はしたくない」

「だったら」

「でもこのまま、なにがあるかわからない始まりの地に行くのは危険すぎる。場所だけ確認して、無理を承知でアンタに移動魔法をかけて死なれたらもっと困るんだよ。だから、ここを出ようって言ってるの」

ネックになっているのは私に移動魔法がかけられないことだ。

「……フェルーたちは、ここに来るのよね？」

「……俺の残した暗号をちゃんと解読してくれたなら、まあ」

「それなら私はここに残るわ。アストとユノアはこのまま始まりの地の場所を確認してほしい」

ユノアが驚いた顔をした。アストも同様に驚いているようだ。私はユノアとアストの顔をそれぞれ見た後、続けた。

「ここには、フェルーたちが来るのでしょう？　私は大丈夫だから。だからユノアたちは……」

「可能性の話ですよ。本当に来るかはわかりません」

さえぎるようにユノアが言う。

私はじっとユノアを見た。ユノアも真剣な瞳でこちらを見ている。

いつもは穏やかな黒色の瞳が、今は力強い色を宿している。その真摯（しんし）な瞳を見て、それだけユノアも真剣なのだと知る。だけど私だってふざけているわけではない。

「……始まりの地の場所を知る必要があると思う。そのためにはアストが必要。そして、後から合流することを考えるとユノアは彼についていたほうがいいと思う」

「わかってますか、アリィ。ここに残るということは、娼館に行くってことですけど」

「わかってる。だから、次彼らが来たとき、アストには彼らの好みそうな容姿に見えるよう、幻覚魔法をかけてほしい」

私がアストに言うと、彼は顔を顰めた。

即答は得られない。私が一人残ることに簡単に同意は得られないだろうとは思ったが、やはりそのようだ。だけどこの場ではこれが最適解であり、最善だと思った。

私がついていけば間違いなく足手まといだ。それをわかった上でついていくことは、私にはできない。

「悪いんですけど、認められません。俺はフェルーに言われて、あなたを守る義務があるんです。だからあなたをここで一人にさせるわけにはいかないんですよ」

「でもアストにはユノアが必要だわ。彼が移動魔法を使ってこちらに戻るとき、合流するのにあなたは必要になる。……大丈夫よ。死ぬわけじゃない」

「死なないだけで、なにが起きるかわからない」

「でも、死ぬよりずっといい。もしかしたらこれが、始まりの地を知るラストチャンスかもしれない。今回は身の安全を優先して、この場を切り抜けて……。だけどもし、それからずっと始まりの地に関する手がかりすら摑めずにいたら？　そのまま、タイムリミットを迎えたら、それこそゲームオーバーだわ」

「まだラストチャンスと決まったわけじゃありません。それに死ぬよりずっといいって言葉、俺嫌いなんですよね」

ユノアが、ふいに眉を寄せた。いや、どちらかというと睨んでいるように見える。

いつも温和な、軽快な様子の彼が、初めて見せる不快にも似た感情に、胸がザワザワする。

ユノアは明らかに私に怒っている。そして、私の案を呑めないと言っている。

だけど、私も引くことはできない。タイムリミットがあるのだ。時は待ってくれない。

「じゃあこれは仮の話です。このまま俺があなたを一人ここに残して、フェルーたちも間に合わなかったとします。後々合流したはいいものの、あなたは思い出したくないような思いをしたとする。……それでも、いいって言えるんですか？」

「それは……」

答えを探すより先に、ユノアが言った。

「言えないですよね。いや、いいってあなたが言っても俺が嫌なんですよ。そういうの」

ユノアが一気にまくし立てる。語気は強い。彼がこんなふうに怒るところを、私は初めて見た。

「……アリィ。確かにこの場合、あなたがこの場に留まるのが一番いい判断かもしれません。だけど、そういう自己犠牲的な考え、俺嫌いなんですよ。わかりますか？」

「………自己犠牲なんかじゃないわ」

確かにユノアの言うとおり、フェリアルたちが来るのが遅れたり、合流できなかったりするかもしれない。むしろ彼らが来ると決まっているわけではないのだから、あくまで可能性としてしか考えてはいけないだろう。

だけどそれでも、私が彼らについていくよりここに残ったほうがいいのは明白だ。

情けない、と思った。

もし私が少しでも強ければ。魔力欠乏症でなければ。

「自己犠牲ですよ。死ななければいいって言ってる時点でそう。なんで、他の選択肢を探さないんですか？　俺、アリィのそういうところ、嫌いです」

「…………」

ユノアの歯に衣着せぬ言葉に、私は押し黙った。ユノアは私の言葉を待つことなく、話を続ける。

「俺、怒ってるんですよ。はっきり言いますけどアリィは一人じゃなにもできないですよね。魔力欠乏症で魔法も使えないですし、特に体術に優れているわけでもない。そんな中で、どうやってうまく乗り切るって言うんですか？　無理ですよ」

話は平行線をたどっている。

　このままではユノアを説得できない。次、いつ男がこの部屋にやってくるかわからない中、悠長に話し合っている時間はない。

「フェリアルたちはきっと来てくれるよ。大丈夫。ユノアを心配させるようなことはしないから。だから、お願いユノア。……時間があまりないの」

　それは、今この場においてのこともそうだし、私自身のタイムリミットのことでもある。あと五カ月。その間にもう二度と始まりの地の手がかりを掴めないかもしれない。五カ月という期間は長いように見えて短い。移動の時間も含めればぎりぎり足りるかどうか、というところ。ディアルセイ帝国からオッドフィー国に来るのにだって一カ月を要している。

　そう考えると、この好機を逃すわけにはいかなかった。

　切実にそう訴えると、ユノアはなにも答えなかった。

　ただ、眉を寄せて難しそうな顔をして私を見ている。口にはしなくても「許可できない」、その意思がありありと伝わってきた。その表情は、普段の彼とは全く違った。いつもの軽快な様子はどこにもなく、あるのはピリピリとした鋭い雰囲気だけだ。それだけ、彼も本気ということなのだろう。

「……どうするの？」

　ずっと沈黙を守っていたアストがユノアに尋ねる。どうやら彼はこの場の選択権をユノアに託したらしい。ユノアは私をちらりと見たが、やがて小さくため息を吐いた。

「わかりました。じゃあこうしましょう。アリィはこの場に残ってもいいです。ただし、俺も残ります」

「ユノア」

思わず言うと、ユノアが咎めるような視線を寄越した。

「これでもかなり譲歩してるんですよ。普通、こんなの認められませんからね。あなたはご自分の立場を今一度思い出してください。記憶がないとはいえ、普通認められません」

自覚はないが、私は公爵令嬢なのだ。この場合、なにかあったら責任を追求されるのはユノアなのだろう。私が一人ここに残るのが最適解だとは思ったが、ユノアの立場を思うとこれ以上はなにも言えない。頷く他なかった。

「決まったね。あと、俺もそこの赤髪のおにーさんとほぼほぼ同意見」

ユノアはアストに向き直った。

「アストには申し訳ないんですけど、あなたには一人で始まりの地の確認をしてきて欲しいんですよね」

「それは元から一人で行く予定だったから別にいいけど。でもその後の合流方法については考えないとだよね。城に戻るのはできないしなぁ」

アストがぼやくように言って、ユノアが「ああ、兄君がいらっしゃるんでしたね」と続ける。

「そうそう。王位継承で揉めに揉めてるからね。いつ殺されるか気が気じゃなかったよ。そんな中、俺がリームアとディアルセイの王族皇族と繫がりがある、なんて言ったら多分、城から出られなくなる」

ふと、アストは私と共にいるのが、ユノア、リームア王国の王太子であるフェリアル、そしてディアルセイ帝国の皇族であると知っているのだということに気づく。

このまま合流すればneun（ノイン）の指輪の持ち主がディアルセイ帝国の皇太子であるライアンだと気づくだろう。ライアンは素性を隠してオッドフィー国に滞在している。それをどうするかと考えたが、しかし今はこの場をどうするのか決めるのが先だ。

私はアストに声をかけた。

「アスト。次に彼らが来たら彼らの望むような容姿に見えるよう、幻影魔法をかけて欲しいのだけど」

「あぁ、うん。わかった。でも絶対、解くだけで大丈夫だよ。あんたは見るからに箱入り。で、赤髪のおにーさんは見るからに可愛い顔してる。だから魔法は不要。解くだけで大丈夫。……それで、聞きたかったんだけど。アンタって結局なんなの？　どこの誰？　ただのエアリエルっていうのは嘘だよね」

アストがそう言って、私は彼にいまだ自分のことを話していないことを思い出した。この場で明かすか迷ったが、もうここまで来たら話してしまったほうがいいだろう。

そう思って口を開きかけたとき。

ドスドスと踏み鳴らすような足音が聞こえてきた。

ユノアの足跡

城下町で爆発が巻き起こったと城に報告が上がった。

あちこちで連鎖的に起きる爆発は故意的なものだろうと即座に判断されて、オッドフィー国の防衛を司る騎士隊が列をなして城から出ていく。当然城下町の出入り口は封鎖。城内へ繋がる跳ね橋も騎士隊が城を出ると上げられ、完全に警戒態勢へと移った。

「やりにくくなったな」

ライアンがこぼす。

フェリアルは窓の外の慌ただしく走る侍女や侍従の姿を見ながら答えた。

「オッドフィー国は王位継承問題で内部が揉めに揉めてるからね。今はことさら、外部からの介入は受けたくないだろうね」

「……この状態だと動くのは難しい。どうする？」

「決まってる。どうあっても僕は彼女を探すつもりだ」

フェリアルが即座に言い切ると、ライアンは小さくため息を吐いた。そして腕を組む。

「今きみが動けば、今回の騒動にリームアが関わってるのではと詮索されるぞ。最悪個人間の話じゃなくなる」

「わかってる」

それがわからないほど、フェリアルはバカじゃない。ライアンはとんとん、と腕に自分の指を打ちつけながら彼に尋ねた。

「今回の爆発、アリィも関わってそうだな」

「だから急ぐんだよ。無駄話をしてる暇はない。適当な理由をつけてここを出る」

「そう急ぐな。……仕方ない。そういえば、きみは十八歳だったか」

「……それがなんだ？」

「俺は十九だ。つまりきみより年上。ひとつしか変わらないと言ってもな」

「だから？」

「お兄さんが一肌脱いでやろうって言ってるのさ。きみがなんて言おうがこのタイミングで城を出るにはそれなりの理由が必要になる。それこそ、婚約者が危篤だとか、国に戻らざるを得ない理由ができた、とか」

脈絡のないライアンの話にフェリアルはいらだちを隠さず、彼を射すくめるように見る。どうやらかなり気が急いているらしい。今こうしている間にもアリエアになにかあるかもしれない、一刻も早く彼女の下に行きたい、という気持ちがありありと見て取れる。ライアンはそんな彼に告げた。

「簡単だ。ここに、ディアルセイ帝国の皇太子が来ると報せが入ればいい。他国で諍いなんてごめんだろ。そういうわけでリームアの王太子は用も済んだし帰るわ、っていう筋書きだ」

「……頭が痛い」

「だろうな。俺もこんな無鉄砲な計画立てたのは初めてだよ。とにかく、すぐに報せを飛ばす。城から出てしまえばあとはどうにでもなるだろ」

リームア国とディアルセイ帝国は表立って諍いこそ起こしてはいないものの、かなり仲が悪い。それはオッドフィー国においても周知の事実だ。

リーム国の王太子がオッドフィー国に滞在中、ディアルセイ帝国の皇太子まで来るとなれば雰囲気の悪化は免(まぬが)れない——もしライアン……アシェルとフェリアルが旅の仲間で、顔見知りではなかったら、の話だが。

もし彼らに面識がなければフェリアルはアシェルと顔を合わせることは避けただろう。他国に来てまで揉め事を起こしたいような性格を、彼はしていない。

周りはアシェルとフェリアルが顔見知りで旅の連れとは知らない。だからこそできる作戦、のようなものだった。

しかし、そもそもフェリアルがオッドフィー国にいる理由自体があやふやなのに、ライアンはどう理由をつけてこの国を訪れることにするつもりだ。

フェリアルはいろいろと突っ込みたかったが、しかしライアンは既に決行を決めたようだった。

ライアンが人差し指をくるりと回す。すると彼の指先に光が集まった。魔力だ。

フェリアルはちらりと彼を見たが、止めることはなかった。ライアンの案を却下したところで妙案が浮かぶわけでもない。それなら彼に任せてもいいかと思ったのだ。

悠長に話し合いをする時間すら、今は惜しい。

「全術迎式七の理——動楼(ヴィコール)」

ぽわ、とライアンの足元に光が集まる。

移動魔法だ。ライアンはどうやら一度魔法を行使してディアルセイ帝国に戻るらしかった。

フェリアルは壁にかけられた時計を見る。今は昼を少し回ったところだ。

ライアンの不在を隠せるのは少なくとも夕食の時間までだろう。そこまで時間をかけるつもりはないだろうが、待てるとしたらそこまで。

いや、アリエアになにが起きているかわからない以上、そんな悠長にしている暇はない。

「一刻だ」

「そんなにかからないさ」

ライアンが答えたのと同時。

小さな淡い光だったそれは瞬く間に閃光となり、次の瞬間、ライアンはその場から消えた。

フェリアルは窓の外を見る。

移動魔法を使えばこの城から出るのは造作もない。だけどフェリアルもライアンも部屋からいなくなったと気づかれたら、大変な騒ぎになるのは目に見えている。面倒だが、適当な理由を作ってから城を出なければならない。

「――くそ」

小さく呟いた。目をきつく閉じる。

目を閉じれば、いつだってあの日の彼女が頭に浮かぶ。アリエアとの最後の茶会だった。彼女はいつものように微笑み、控えめに笑い、そして優しい瞳をしていた。

彼を好きでたまらない、という瞳をしていた。フェリアルだけをその瞳に映していた。

ユエン湖に行こうと話した。アリエアはつかの間、驚いたような顔をしていたけれど、やがてすぐにゆるゆると笑みを浮かべた。

あのとき、どうしてアリエアは一瞬戸惑ったのだろう。

後からそれが頭に思い浮かんで、だけどそのときは突然ユエン湖に誘われて驚いたのだろうと思っていた。だけど、違ったのだ。おそらく彼女は魔力欠乏症であり、自分の体調が著しく悪くなっていたことに気づき、それを憂えていた。

フェリアルの誘いをしっかりと受けられるかどうか、それを心配していたのだ。

あのとき、僕がもう少し彼女を見ていたら。

思っても、思っても、尽きない後悔だった。

手からこぼれ落ちたのはかけがえのない毎日で、慈しみで、戻らない日々だ。

自己嫌悪がひどく、もういっそ、なにもできなかった自分が彼女を求めてはいけないのではないか、という思考にすら陥った。

だけど、理性と本能は別だ。

理性は、自分では彼女を幸せにできないかもしれない、いや、幸せにする資格などないのではないかと冷静に囁いてくるのに、本能は彼女がいないと毎日を生きられないと感じている。

その後、ライアンはきっかり時間内に移動魔法を使用し、一人の青年を連れて部屋に戻ってきた。

突然知らない男を連れてきたライアンに、フェリアルは懐疑的な視線を向ける。

「彼は、ディアルセイの人間かな」

「彼はレルド。金さえ払えばどんなことだってする。裏切りとは縁遠い人間だよ。金さえ払えばな」

「金さえ払えば、ね」

「あいにく、俺の国元に信頼できる人間なんていないからな。こいつを連れてきた」

男は部屋の様子やフェリアルを見ていたが、特に驚くような素振りはなかった。慣れているのか、ライアンに説明を受けていたのか。レルドはライアンの視線に気づくと、ひとつ頷いてフェリアルのほうを向いた。そして恭(うやうや)しい動作で頭を下げる。

「お初にお目にかかります、フェリアル王太子殿下。レルドと申します。まあ、本名ではないのですが」

「というより、彼には名前がないんだよ。だから俺がつけた名前を名乗ってもらってる」

「……それじゃあ、それが本名なんじゃないのかな」

「この男は少し変わっているんだ。まあそれはいい。それより、これだ」

ライアンは一通の手紙を取り出した。封筒にはディアルセイの国花が型押しされている。赤の封蠟(ふうろう)に押された印は紛れもなく本物だ。

「この短時間でこれを調達するのは結構大変だったんだぜ。突然の里帰りに周りはてんやわんやだったしな。まあそれもなんとかなったが」

しかし骨が折れた、と続けるライアンはレルドに手紙を渡した。レルドはそれを恭しい手つきで拝領すると、そのまま手のひらを宙に翳(かざ)した。柔らかな光が集まる。

「荷の重いことをさせて悪いが、頼んだぜ」

「はい。しっかり金銭はいただきましたから。全術迎式七の理——動楼(ヴィコール)」

手紙を携え、レルドが消える。

「手紙の内容はこうだ。『オッドフィー国の第二王女が面白いことを考えていると聞いた。ぜひ話を聞かせて欲しい』——こんなあけすけではないが、要約するとこんなところだな」

「それはまた……思い切ったな」

「こうすればいやでも第二王女に疑いの目が向く。そうすれば煩わしさは減るし、俺たちも動きやすくなるだろう」

第二王女の国乗っ取り計画は、表沙汰になればそれこそ血を流す争いになるだろう。この手紙の意味するところはなんなんだと、リーアライドを疑問視する声があがるに違いない。

彼女はそれを知らぬ存ぜぬで通すつもりだろうが、なにも知らないはずの王女の話を聞きに大国の皇太子がわざわざ来るはずがないと、それくらいは頭の緩い兄王子たちでもわかるはずだ。そうすれば警戒心は妹にも向くだろう。

兄王子たちに限らず大臣たちもそうだ。嫌疑の目を向けられ、あの王女は動きにくくなるはず。一石二鳥とはまさにこのことだ。

レルドの手紙を受け取ったオッドフィー国は、それはそれは慌ただしい様子を見せた。

特に第一王子は明らかに挙動不審で、皇太子とフェリアルを鉢合わせさせたくないがために、わざわざフェリアルの部屋を訪れた。

そして、ディアルセイ帝国の皇太子が突然来訪するようだ、と前置きをし、情けないことに今の国内の情勢は不安定だから一度この国から出たほうがいいと、まるで親切心からそう言っているかのように言ってみせた。

実際のところは、突然のディアルセイ帝国の皇太子の訪問と、妹王女の件について、そして謎の爆発のことで頭がいっぱいなのだろうが。

もしフェリアルとディアルセイ帝国の皇太子――まあライアンなのだが――が鉢合わせて、なにかのきっかけで争いにでもなったら、オッドフィー国としてはたまったものじゃない。王位継承争いどころではなくなる。

オッドフィー国を戦場にするわけにはいかないと、第一王子リゼラルドはフェリアルに帰国を促した。本当はディアルセイ帝国の訪問も拒否したいのだろう。けれど相手は大国。それができる立場ではないのは彼らが一番理解している。

第一王子はキャパが狭いのだろうか。明らかに慌てふためいていて、動揺を隠しきれていなかった。あまりの慌てっぷりは、彼の足元をおぼつかなくさせた。フェリアルたちの部屋から退室する際に、自分の足に自分の足を引っかけた彼は見事に転びそうになっていた。

彼の心境も察するところだが、こうなってくれて好都合だ。

フェリアルはちらりとライアンを見る。彼は熊の面をしているためなにを考えているのかは読めなかった。

二つの選択肢

扉が開く瞬間、ユノアはアストに声をかけた。

「幻覚魔法をお願いします。さっきとは違う容姿で」

アストは瞬時に呪文を詠唱し、ふわりと光の風が揺れる。

部屋が開いたのと、アストの詠唱が終わったのはほぼ同時だった。

——ガチャリ。

入ってきたのはまた別の男だった。

私は怯えそうになる自分を叱咤した。ここで逃げたら元も子もない。手を強く握り、意図的に息を深く吐いた。喉が急激に渇く。自分の発する声が震えないか、心配だった。だけど腹に力を込めて、覚えてもいない『公爵令嬢』のときのことを思い出そうとして——想像して、堂々とした声を出した。

「ねぇ、私をここに残して欲しいの」

男は私の言葉を聞くと、頭からつま先まで査定するように順繰りに見て、にやりと笑った。

「へぇ、なかなかの別嬪が残ってるじゃねぇか。悪くねぇ」

男の手が無遠慮に伸びてきて、反射的に突き飛ばしたくなった。だけどそれを堪える。感じるのは恐怖、恐れ、……そして、悔しさから来る強い衝動。

「だけどなぁ。あんまり数やって調子のられても困るんだよなぁ。恩はちゃぁんと返してるし、必要以上の対価をやるギリもねぇんだ」

男の言葉から、少しでも私は状況を把握しようとした。私の手首を掴む男の手はじめじめと汗っぽく、湿っている。『必要以上の対価』？　それは誰に払っているのだろう。娼館に人を売り飛ばして、彼らは利益を得ている。それをどこかに献上しているということだろうか？　だとしたらなぜ？

そうだ。こんなに大がかりな活動ができるということは、裏に誰かしら権力者がいるに違いない。彼らはここで人を攫う代わりに、その権力者に金を渡しているのではないだろうか。

いろいろ考えているうちに、男は答えを出したようだった。

「よし、お前残りな。娼館なんぞに行かずとも俺が可愛がってやる」

（なっ……!!）

予想外の男の言葉に思わず息を呑む。けれど焦ってることに気づかれては不審がられるだろう。

「本当ですか？　私、それなら――」

「やめといたほうがいいですよ」

割って入ってきたのは、ユノアだった。

だけど薄明かりの中照らされるのは、先ほどとはまた違う風貌の彼だった。

「その女、さっき自分がギルドクラッシャーのミュゲだと言ってました。死にたくないからここに残る、とも。ミュゲは今、なんか組織に追われてるようです。匿ってくれるならどこでもいいらしいですよ」

「ミュゲ!?」

ミュゲ……？　私は知らないが、その名前はかなりの威力を発揮したらしい。男はその名を聞いた途端私の手首を離した。突然放り出されて思わず硬い床に倒れ込む。少し膝を擦って痛いが、そのまま黙って成り行きを見守る。

　ユノアはどういうつもりで突然こんなことを言ったのだろう。私が残ることに彼は同意していたのに。

「違っ……私は！」

「違う？　さっきあんなに堂々と名乗ってたのに？　死にたくないからってなんでも利用するとはまさに毒花だな」

　冷たく聞こえるユノアの声は、だけどほんの少しだけ焦りを含んでいた。少し早口なのも、焦りゆえだろうか。彼も、思わぬ事態になってしまったと思っているのかもしれない。私は口を噤んだ。ここはユノアに任せたほうがいいのかもしれない。ユノアの考えていることがわからないから、なおさら。

　黙る私に、男は鼻を鳴らす。

「随分別嬪だと思ったが、なるほど。あの毒花か。どうりで男好きする顔してると思ったぜ。そんな純粋そうな顔してやることやってるとはな。これだから女は嫌いなんだ。この女狐が！」

　男はいきり立って足を強く打ちつけた。ダン！　という強い音がして、思わず目を閉じそうになった。けれどそれをなんとか堪えてみれば、男はいらいらしたように私の前にしゃがみ込んだ。ぐしゃりと前髪を持ち上げられて、何本か髪が抜ける。痛い、と思ったが歯を強く噛んで痛みに耐えた。

「あの毒花が混ざってたのは誤算だったが、まあいい。ここで死にな。カミサマの供えもんになるんだ。光栄だろ」

「…………」

「んだその目は!!」

瞬間、強い衝撃が頬に走る。そのまま床に叩きつけられて、殴られたのだと知る。口の中に血の味が広がった。

黙って地面に伏せたまま、私は手で頬に触れた。熱を持っている。じわじわ熱い頬に触れていると、男がまた鼻を鳴らして立ち上がり、バンッ！　と扉を苛立たしげに閉める音が聞こえた。

そして静寂と、暗闇が部屋に戻る。

「アリィ、こっちに。アスト、治癒魔法をお願いできますか」

すぐにユノアの小声が聞こえてくる。ついで小さく呪文を唱える声が聞こえて、頬に柔らかな感覚があった。アストが治癒魔法を使ったのだろう。手をしっかりと握られているおかげか、そんなに寒さも、冷たさも感じなかった。静かになった部屋で、ユノアの小声が耳元に響く。

「申し訳ありません、アリィ。こうする他ありませんでした。俺の落ち度です」

「大丈夫。でもどうして？　突然」

「一人でここに残るのは危険です。娼館ならフェルーたちも足取りを追えますが、あの男に単独行動をされては居場所が摑めなくなる。……痛みますか」

ユノアの声は静かだった。いつも以上に感情のない声に、私は首を横に振って答える。

「ううん。もう痛くない。でも、どうするの？　私、船に乗ったら――」

船に乗ったら、始まりの地までは降りられないだろう。私がそこまで行ってしまえば、帰ってくる術がない。私が言うと、アストが答えた。思い悩んだような、難しい声音だった。

「船に乗るまでの間に地上に出るだろうから、そのときになんとか、あんただけを逃がす。俺の部下の息がかかってる店があるから、そこまで行って。そうすれば」

複数の足音がこちらに近づいてくるのが聞こえた。そしてまた扉が開いた。勢いよく開いた扉は近くに木くずを飛ばす。そういえばあの男は鍵をかけずに行った。

入ってきたのは、覆面の男たちだった。先頭に立った男が、人差し指で奥を指す。男の手にはランタンがあって、辺りをぼんやりと照らしている。

「立て」

「…………」

「立てって言ってんだろ、ぶっ殺すぞ!!」

男の罵声(ばせい)が聞こえて慌てたように少年や少女が立ち上がった。私たちも立ち上がる。先頭に立つ覆面の男はちらりと私を見たが、やがてまた奥を見る。

「奥の扉を開ける。そのまま進め」

奥の扉……?

まさか、と思って見ていると、男はそのままズカズカと室内に入り込み、奥の壁に手をついた。するとどういう仕組みなのか、その壁がズズ、と重い音をたてて動き、左右に割り開かれた。その先には岩壁の通路が伸びていて、先に、まだなにかある――。

どくりと心臓が跳ねる。どこに向かうのだろうという心配と、恐れ。

ユノアが「まさか」と呟いたのを聞いた。

「……アリィ、作戦変更です。このまま、船を壊します」

「……え?」

ユノアの言葉に疑問の声をあげかけた瞬間、通路の奥、ぽっかりと空いた暗闇から、微かに潮風の匂いが漂ってきた。

そこで私は気がついた。地上に出られない……？

潮風の匂いの先に、きっと船がある。そして私たちは、それに乗って始まりの地まで運ばれるのだ。

アストの言っていた、地上に出るタイミングは、きっとない。

このままだと私は始まりの地まで行ってしまう。帰る手段もないまま。だから、ユノアは船を壊すと言ったのか。

選択を、しなければならなかった。

このまま、始まりの地まで行くか。それともここで、船を破壊して脱出するか。

私はごくり、と唾を呑んだ。

第11章 戦闘、勃発

始まりの地へ

男たちに追い立てられ、少年少女たちが通路の奥へと進んでいき、私たちもそれに続く。歩きながら私は言った。

「始まりの地まで、行こう」

「アリィ……？」

「これが最後の手がかりかもしれない。チャンスを無駄にしたくない」

言うと、ユノアは黙った。

「なるほどね。じゃあ、船を乗っ取っちゃう？　それが一番早いよ」

軽く言うアストに、ユノアが悩むように顎先に指を添えた。

「乗っ取る……確かにそれが一番早いですけど。アスト、できますか？」

「俺を誰だと思ってるの？　できないわけないじゃん」

アストが挑発的に言う。

そして、とうとう暗闇の先にたどり着いた。

冷たい岩壁に挟まれた通路の先は洞窟のようになっていて、おそらくその先は海に通じているのだろう、潮の香りが強くなった。真っ暗な水面に浮かぶのは、巨大な船。今から私たちはこの船に乗るのか。

石でできた床が途切れ、船に乗るための足場が組まれている。足場はかなり高い造りになっていて、ところどころに燭台が置かれている。ほの暗い光が船を、私たちを照らす。

「乗れ！」

男の怒鳴る声が聞こえてきた。少年少女が足場を登らされ、そのまま船に乗り込む。

ついに私たちの番になった。ユノアがちらりと、その黒色の瞳をアストへと向ける。

アストがひとつ頷いて、その指先にぽわりと緑色の光が宿った。

「光術迎式第七の唄――夢現」

彼が呟いた瞬間、彼を中心にして黄色の光が広がった。さながらそれは桃源郷のような景色で、光の渦に巻き込まれそうになった私は思わず目を瞑った。

「オリジナル魔法ですね。アリィ、俺の傍にいて」

「う、うん」

ぶわりと舞い上がった光の中、微かに花の香りがする。それは一瞬だったようで次の瞬間には光は収まっていた。

ふと周りを見ると、音もなく男たちが倒れていた。見れば少年少女も同様に眠りに落ちているようだ。操られるようにその場に横になる彼らに外傷はなさそうだが、穏やかな表情でその場で眠る様子はどこか異様だった。

「広範囲魔法ですね。……あ、アスト。ピアスが」

ユノアが気づいたように言う。つられて見れば、アストの耳にあったはずの赤いピアスが彼の足元に転がっている。ルビーだろうか。ヒビが入り、完全に壊れてしまっているようだ。

「ピアスは俺の魔力を抑えるためにしてるものだから。……広範囲魔法は魔力をかなり食うし、術式レベルも高い。そのせいで負荷がかかって、壊れたんだろ」

そのままアストはちらりと船を見る。

洞窟内には、海水が壁にぶつかり、それが跳ね返る音だけが微かに響いている。

「船は広そうだね。俺とユノア、どっちかここに残ったほうがいいかな。多分、まだ来ると思うし」

アストがちらりと後方、私たちが来たほうを見る。びゅう、と前方から風が吹いた。向こうが海に繋がっているのだろう。

「対象者を識別して選り分ける広範囲魔法は通常のそれより負担がかかるんだ。船の中にまでは多分届いてないと思う」

「なるほど。それなら俺は魔法が使えないので、ここはアストが残ってくれるとやりやすいですね」

「じゃ、俺が残る。ユノアとあんたは始まりの地にたどり着くための地図を探して。多分、ある」

アストの言葉に、私は深く頷いた。

足場からいざ船に乗り込むと、胸がひどくうるさく鳴った。

ユノアが船室の入り口を開ける。船内は蠟燭が多く灯されていて、かなり明るかった。

中に入ると、左右に道が分かれている。壁は白く、もちろん案内板のようなものはない。ユノアが注意深く周囲を見回し、着込んでいたローブの留め金を外して、その裏地に貼りつけていたのだろうか――鈍い色をした暗器をひょいと取り出した。

「多分中にも人はいると思うので。アリィは離れないでください」

「……私にもなにかできないかしら」

守られてばかりなのは心苦しい。そんな思いから言うと、ユノアはこちらをちらりと見た。

「アリィは、俺の後ろで守られていることが仕事ということで」

「……わかった」

ユノアなりに言葉を選んだのだろう。確かに武術の覚えがない私が下手に出しゃばっても、足手まといになるだけだ。もし人質にでも取られたりしたらかなりやりにくくなることは間違いない。

ふと、足音が聞こえてきた。右手のほうだ。

ユノアが構えの姿勢を取る。

それと同時に、背後で爆発音が鳴った。おそらく、アストのほうでも戦闘が開始している。

「てめえらなにしてんだ！」

ドスの利いた声が響き、体格に恵まれた男が前方から勢いよく走ってくる。その男はそのままユノアに蹴りを繰り出した。ユノアは男が攻撃してくると察していたのか、それをいなし、手に持った暗器――ナイフの柄で男の首裏を殴打し、男の意識を刈り取った。あまりの早業（はやわざ）にユノアをまじまじと見てしまう。

「この調子でどんどん行きます。アリィ、走れますか」

「大丈夫！」

ユノアの言葉に従って、そのまま彼の後を追う。すぐにまた新たな男たちが現れ、戦闘意欲がある者もない者も、ユノアにことごとく意識を落とされていく。

しかしいかんせん、人が多すぎた。

ユノアが一人なのに対し、相手はわんさかとあちこちから出てくる。さすがのユノアも、相手が多すぎるせいでたびたび傷を負っていた。蹴りを決められたユノアがそのまま後方――私のほうまで下がり、ローブの裏に手を回す。そこから出てきたのは矢尻の先のようなものだった。ユノアはそれを手早く相手に投げ飛ばし、それが刺さった者が次々と倒れていく。赤が散り、生々しい匂いに鼻が刺激される。

「っ……」

「アリィ、すみません。でも目は瞑らないで」

ユノアが短く言い、また彼はナイフを構えて相手の男とその刃を打ち鳴らす。そして突如ナイフを投げ捨てたユノアは床に落ちている誰かの剣を拾い上げると、それでまた交戦を始める。ハラハラすることしかできない自分が不甲斐ない。そう思っていたとき、

――しまった!!

ふいに後ろから手首を取られた。焦って振り返ると、男が私の手首を掴み、そのまま引き寄せられる。

「アリィ！」

見れば、ユノアが焦ったように相手の男を切り伏せているところだった。けれどやはり、数が多すぎた。ユノアは戻ろうとするけれど、しかしそれを許さないとばかりに次々と男たちがユノアに斬りかかってくる。

私は私を掴み寄せている男と視線を合わせた。

「悪いが、ちょーっと捕まっててくれるかな。大人しくしてりゃ、痛い思いはしねぇ」

「……」

このまま大人しくしているのは容易(たやす)いことだ。けれど、そうすればユノアが劣勢になる。私はなんとか男の拘束から逃れようとしたが、首を絞めるように腕を回されて、身動きが取れない。

「……っ！」

このままじゃ、だめだ。ユノアが負けてしまう。足手まといにならないと、決めたばかりなのに……！

私は男の手首を摑むと、そこを目掛けて嚙みついた。

男が悲鳴をあげた。まさか嚙まれるとは思わなかったらしい男が私を手放す。この機会を逃してはならないと私はそのまま転がるようにユノアの近くに行き、足元に転がるナイフを拾った。

「ギャアアア！」

「てっめぇ……このアマ！　殺してやる！」

「どうぞ。殺せるものなら」

ナイフを握った先を男に向ければ、その先が僅かに震えているのに気がついた。武器なんて多分、生まれて初めて持った。記憶がない部分は定かではないけれど。柄を握っても、慣れない感覚。

それでも離さずに、男を見据えていれば、ふいに男の眉間に矢尻の先のようなものが刺さった。血がぴゅ、と飛ぶ。息を吞むと同時に、男が後ろにひっくり返った。

「アリィ、すみませんでした。……このまま駆け抜けます。行けますか？」

「いけるわ！」

「じゃあ――走りますよ!!」

そのままユノアに手首を取られて、その先を駆ける。途中、人の体に躓きそうになりながらも今は考えてはならないと思い、そのまま走った。曲がり角を曲がると、廊下にはもう誰もいなかった。

「どこかに船長室があると思うんですけど……。大体が二階にあるからまずは階段かな……」

ユノアが言うのと同時に、右手のドアが乱暴に開けられた。

それを瞬間的に感じ取ったのか、ユノアが私の手首を掴んだままその場から飛んだ。私もそのまま引きずられるように後方にズレる。

「あれー？　今、殺したと思ったんだけどな」

出てきたのは、身長が高い、水色の髪の男だった。男は中性的な佇(たたず)まいで、ほっそりとした印象を受けた。少し前まで私たちがいた場所に、剣を突き出している。木のドアを貫通しているそれを、そのまま勢いよく引っこ抜くと、へらりと笑った。なんだか危機感を感じさせない人だ。けれど、直感的に思う。この人は、相当まずい。今までのどの男よりも強くなさそうに見えるけれど、それがかえって怖い。

男は色素の薄い瞳でぱちぱち私たちを照らす。そしてぱっと表情を輝かせた。

「あっれ、ユノアじゃん！」

「ルイビス………」

舌打ち混じりにユノアが言う。ルイビス、と呼ばれた男はにこやかにユノアに話しかけた。それに反して、ユノアの顔は暗い。

「やあやあ、こんなところで会うなんて奇遇だね。なに？　きみも任務？　僕もさ。安金積まれて引き受けたはいいけど見返りと対価が合わなくてどうしようかと思ってたんだよね。一緒にバックれない？」

「最悪。お前とこういうところで会いたくなかったよ」

「奇遇だね。僕も僕も。それで――その女の子は誰？　ユノアの恋人？」

「バカかよ。俺にそんな人がいるわけないだろ」

ユノアは言いながら、剣で突きを繰り出した。突発的な動きで、私には速くて見えなかった。気がつけば、ユノアに掴まれていた手首が解放されている。

そのままルイビスは両手を挙げた。

「待った待った。僕、ユノアとやるつもりないよ」

「はぁ？」

ユノアが険のある声を出す。警戒するユノアに、ルイビスはへらへらと笑って言った。

「僕もそっちに味方するって言ってるの。どうせ安金だし、それなら面白いほうにつく。自然の摂理だね」

「……お前、少しは勉強したら？」

ユノアはそう言いながらも、剣を下ろした。どうやら、ルイビスはこちらに敵意がないようだ。ユノアは一度ルイビスを見ると、すぐにこちらを見た。

「アリィ。彼はなにを考えているかわからない男ですが――こういったことに関しては信頼できます。ひとまず今は、先を急ぎましょう」

「う、うん」

あっという間のことだったが、私にはユノアの言葉を否定する理由はなかった。

「そう言えばユノアちゃんは今、なにやってんの？　組織抜けて、一人旅？　それとも子供のお守り？」

「無駄口はいい。それよりお前、この船に詳しいだろ？　船長室、どこにある」

ユノアがばっさり言うが、ルイビスは気にせずあっさり答えた。

「二階。案内してやるよ」

どうやらユノアとルイビスは、気安い仲らしい。ユノアが鋭い言葉を投げかけるのも初めて聞いた。

「こっち」

彼の後を追って私とユノアも歩き出す。ルイビスとユノアの関係が少し気になったが、今この状況で聞けることでもないと思い、口を噤む。

「この上が、船長室ー。それで、なに調べたいの？」

ルイビスの間延びした声と、階段を登るときのギシ、ギシ、という音が続く。

「始まりの地への地図、わかる？」

「あ〜、この船の行先ね？　始まりの地、沈められた神殿。地図、どこにあるか知ってる」

「！」

「ユノアの狙いどおり、地図の保管場所は船長室。船長は〜まだ乗り込んでないから後から来るね。僕が始末してあげてもいいけど、どうする？」

ギィ、ギィ、と音を立てながらルイビスが階段を登りきる。ユノア、私も続いて階段を登りきると、そこは一階とあまり様相が変わらなかった。

「アリィ、隣歩いて」

「隣？」

「後ろだと、反応が遅れますから」

ユノアの言葉に、私は頷いて彼の隣を歩く。ルイビスは私たちのやり取りをちらりと見たものの、その前方にある扉を足で蹴破るようにして開けた。けたたましい音を立てて、扉が開く。

「始まりの地って、ヒューツ海のど真ん中に沈められた神殿なんだって。ちょっとワクワクしない？

僕がこの仕事引き受けたのも、沈んだ神殿があるって、ロマンがあるからなんだよね」

「化け物がいる場所にロマンもなにもないだろ。あるのは怪異だよ」

「人類の敵だしね」

「お前、そこまで知ってるのか」

「吟遊詩人がね。教えてくれたんだよ。知ってる？　銀髪の、まあまあ小柄で、髪がこんぐらいのやつ。今回の件にも一枚噛んでるんだけど」

「俺は知らないな。アリィは？」

ユノアが私を見るが、しかし私にも心当たりはない。ルイビスは自分の顎辺りに手を添えていたが、しかし興味を失ったように「あ、そー」と続けた。

しかしふと、何か引っかかりを覚える。銀髪の、男……。何だろう。この違和感は。焦りのような、おそれのような感覚。ボタンを掛け違えてしまったような、そんな感覚。

銀色の、髪の短い男。どこかで見たことがあるような……？

あともう少しで何か思い出せそうだったそのとき。背後の廊下が騒がしくなった。

唐突にユノアに腕を掴まれて、その背後に隠される。

固唾（かたず）を呑んで部屋の先の足音――話し声――人の気配を窺っていると、ふいに扉が開いた。

ユノアが剣の柄に手を添えた瞬間。

「おっ、ビンゴ。ここで合ってたね」

「アスト!」

アストが、部屋に入ってきた。

そして、その後ろには随分久しぶりに感じる姿があった。

白金の髪が、室内の蠟燭に照らされて淡いオレンジ色になっている。その長いまつ毛は伏せられている。瞳が——合った。翠色の瞳と目が合って、息を吞む。時がゆっくりと流れているように感じた。

その隣には、雪のような髪と、雪のような雰囲気を纏った人がいて、懐かしさを感じる。怜悧な蒼い瞳、それに安堵を感じてしまった。

まだ、別れてからそんなに経っていない。

下手したら数時間のことだ。だけど、それでも随分久しく感じてしまった。私が思わず彼らを見つめるのと、その人に声をかけられるのは同時だった。

「アリエア!」

「フェルーっ……ライアン……!」

——来てくれた。

そう思うだけで、胸が詰まりそうになる。張り詰めていた糸が緩むのがわかる。ほっと、体全体が安堵に包まれた。

アーネストとライアン

「これはユノアの鉄針だね。彼の仕込んだ武器のひとつだ」

フェリアルは壁に突き刺さった細長い鉄針に触れると、そう告げた。

「じゃあこっちだな。さながらヘンゼルとグレーテルか」

ユノアは、彼らがここにたどり着くと信じていたのか、それともわかっていたのか。彼は石壁に一定間隔を空けながら鉄針を挿し込んでいた。

「しかし石壁にぶっ刺すとはな……あいつすごい力だな」

「ユノアは腕力とか膂力とか、そういうのが人並外れてるからね」

「人は見かけによらない、を地で行くやつだな」

「それ、ユノアには言わないようにね。あれでいてすごく気にしているようだから」

フェリアルとライアンはユノアの足跡を追って路地裏を進むと、やがて突き当りへとたどり着いた。目の前は行き止まりの、袋小路だ。高い壁がそびえ立っている。ユノアはともかくとして、とてもではないが、アリエア一人では乗り越えられないように思う。

「さて、行き止まりだが、どうする？」

ライアンが尋ねると、フェリアルは周りを注意深く見回しながら答えた。

「……壁を登ったのであればユノアからのメッセージがあるはずだ。だけどないということは」

「ここに答えがあるということか」

ライアンがコツコツと硬い石壁を叩きながら言う。フェリアルはじっと足元に続く石畳を見ていたがやがて口を開いた。

「アリエアがこの壁を乗り越えたとは思えない。だとすると、地面にヒントがあるんじゃないか」

「なるほどな。落とし穴みたいな細工になっているかもってことか」

「そうだね。その可能性が高いと思う。それか、魔法的罠でも仕掛けられていたか。だけど魔力痕は感じないし、その線は低いように思う。万が一、魔力によるものだとしたら魔力痕を完全に消し得るくらいの実力の持ち主だということになるけど」

「それができるやつはかなり限られるな。この国の第三王子はかなりの魔力持ちだと聞いたが、関わってるかな……」

独りごちるようにライアンが言う。

フェリアルはおもむろに屈み、靴先に触れた。ライアンは彼が何をするのか行動を見守っていたが、フェリアルが靴先から取り出したのは手持ちナイフだった。

「物騒なところから取り出すな」

「狙われやすい立場だからね」

一言で答えたフェリアルは、取り出したナイフを行き止まりの地面に向かって軽く放り投げた。なんの変哲もない、どこにでも売っているようなナイフが弧を描いて地面へと落ちていく。

そして――ナイフが地面にカツン、と落ちると突如として地面ががっぽりと口を開いた。まるで、元々空洞があった場所に取り急ぎで仕切りを作っただけのような地面がぱたりと下に落ちたのだ。

フェリアルとライアンからは暗い空洞しか見えないが、地面の下はどこぞの地下へと繋がっているのだろう。

「……」

どう出たものか考えるライアンに、フェリアルもまた、現れた空洞をじっと見ている。やがて、消えた地面は何事もなかったように戻った。先ほどの様子を見ていなければ通常どおりの地面である。完全に空洞が消え地面がふさがってから、ライアンが腰のベルトに差していたナイフをまたも投げる。しかし、先ほどのフェリアルとは違い、そのナイフにはチェーンが繋がれている。

「変化なし、か」

ライアンが投げたナイフが地面にぶつかるが、地面はなにも変わらなかった。ナイフが重たい金属音を立てて地面に転がるだけだ。ライアンが器用にチェーンを引っ張ってナイフを引き戻す。

「罠が発動したら一定時間は使えないようになっているんだろうね」

「行くか？」

「……そうだね。次ので行こうか」

おそらくユノアとアリィもそこにいるだろうから。フェリアルはそう続けた。


地面の罠の先が人身売買組織の根城であることに、王族として政務にあたる彼らはすぐに気がついた。

どこの国も、法の整備を行き渡らせるのは難しいらしい。

『次の』で地下に迎え入れられたふたりはその薄暗い穴倉で目を細めた。彼らの侵入に気づいて男たちが集まってくる。男たちはフェリアルを見定めるような目で見た。その下卑た視線に、フェリアルの眉が僅かにしかめられる。ライアンは通常どおり仮面をしていたので、その不躾な視線を直に浴びることはなかった。

「へぇ、ちょいと図体はでかいが綺麗な顔をしているなぁ」

「今日は豊作だな。いい鳥ばっか手に入る。籠にしてもいいなぁ」

「上物は籠のほうがいいぞ」

うひゃひゃ、と男が下品な笑い声をあげる。フェリアルは腰に下げた剣の柄に触れる。すぐ抜剣するような真似はせず、フェリアルもライアンも注意深く地下内を観察していた。

男たちの後ろには道が三つほどに分かれているようだ。石をそのまくりぬいて造ったのか、地下は肌寒い。ライアンとフェリアルから見て一番右手には明かりが煌々と灯されている。おそらく一番右の道が、彼らの私室なのだろう。

アリエアとユノアがこの組織に連れていかれたと考えるのなら、おそらく彼らはまとめて、商品用の部屋に入れられているはずだ。他にも捕らえられた人はいるだろうし、だとすれば……。

一番左の道の奥には扉があり、厳重に鍵がかけられている。暗くてわかりづらいが、南京錠が幾重にも施されているようだ。おそらく資金などが置かれているのだろう。

真ん中の道は非常に暗く、道の入り口に屈強な男が二人見張りのように立っている。アリエアたちがいるのは真ん中の道だとフェリアルはあたりをつける。

「ここに、赤髪の男が落ちてこなかったか？」

言いながら、フェリアルは剣を抜いた。すらりとした刀身が薄暗い地下の中に浮かび上がる。

「な、んだぁ！　あんたら、あの男の仲間か！」

「正解、ということかな」

フェリアルが小さく笑うと、恐れをなした男が樽に刺さっていた鉈（なた）を抜き取り、それを構えた。

「まだここにいるな？」

「うるせえ！　妙な面をつけやがって！　お前も一緒に島送りにしてやる!!」

吠えた男が鉈を振り被り、フェリアルの剣にぶつけてくる。それを見た男たちが次々に興奮したようにそれぞれ、己の得物（えもの）を持って襲いかかってきた。

「どうする」

「数が多いな。一気に片を付ける。きみの得意魔法は」

「光だから、殺してしまうな。きみは」

ライアンの得意魔法は光魔法だ。加えて彼は無魔法が苦手ときている。この場で光魔法を飛ばせば死者が出ることは確実だ。答えたライアンに、フェリアルは相手の鉈を強く打ち返して距離を大きく開けると、彼にしては珍しく大きな声で言った。

「わかった。僕がする！　――無術音式――捕（ルビン）」

彼が呪文を詠唱した瞬間。

周りに無数の光が走る。男たちがまぶしそうに目を細めた直後、光の縄のようなものが彼らを拘束していた。

「彼らは重要な証人だ。殺すわけにはいかないからね」

フェリアルが人差し指をす、と動かし魔力を操作する。そうすると光の縄はいとも容易く動き、彼らをひとまとめにした。

「捕らえた者たちは？」

冷たい声で問いかけられた男は、口ごもりながらも答えた。

「ひっ……し、知らな」

「正直に答えないと自分たちが痛い目見るだけだぜ。それとも、そういうのが趣味か？」

ライアンが捕らえた男たちの前でかがみ問いかけると、威圧感に身を引きながら男は声を荒らげた。

「っな、なわけないだろう。馬鹿が！」

フェリアルは三つの道に視線をやる。そして、僅かにその緑色の瞳を細めると、指先を小さく回した。彼が展開している無魔法の魔力が操作され、男たちを縛る縄がどんどんきつくなる。圧迫されて呻いた男たちのうち、一人がすぐに音をあげて叫んだ。

「ま、真ん中の道だ！　真っ直ぐに行った部屋の先に、お前らの仲間はいるっ。うう、答えたから離してくれえ！」

「そう」

しかしフェリアルはそれだけ言うと、特に縄の強さを変更することもなく真ん中の道に向かった。ライアンもまたそれに続く。

そして、道の先、先ほど男が言っていた部屋には鍵がかかっていなかった。それを訝しく思うフェリアルだが、すぐに室内から漂う純度の高い魔力痕に気がつく。

（魔術を使用したものがいるのか……）

室内からこぼれる魔力痕は、滅多にないほどに濃度の高いものだった。フェリアルやライアンと同等。いや、もしかしたらそれ以上かもしれない。

「光術魔法か」

ライアンが答える。魔力の残滓でそれはわかるが、なんの魔法が展開されたかまでは把握できない。

警戒態勢を解かないまま、フェリアルはライアンへと目配せをする。そうしてタイミングを合わせ
部屋に入るが、中はがらんどうだった。

「暗いな」

ライアンが呟く。部屋の奥に、さらに道があるようだ。フェリアルが無言で炎を生み出す。魔術を
詠唱するほどでもない小さな火の塊が空中に浮く。

室内は暗かったが、ついさっきまで誰かがいたような気配があった。

「この先だな」

ライアンが言い、二人は部屋の奥に向かっていく。ぴゅう、と冷たい風が頬を撫でる。潮の香りが
する。この先は海に続いているようだ。

そして二人は、石畳でできた道を抜けた先で一人の少年を見つけた。開けた場所は船着き場のよう
になっており、一艦の船が停船していた。

黒髪の少年が警戒するようにライアンたちを見る。

「あんたたち、誰？」

フェリアルは船をじっと見てから少年に尋ねる。

「きみは？　僕らの敵かな。味方かな」

「お兄さんたちが敵か味方かはわからないけど……。僕は指輪を持つ者の味方だよ」

「……きみがアーネスト・オッドフィーか。sechs（ゼクス）の指輪を持っているな？」

問いかけたライアンは、手首を持ち上げて自身のブレスレットにかかるneun（ノイン）の指輪を見せた。指輪を見とめたアーネストは、耳元にかかる髪を払いのけて自身の指輪を見せると、答えた。

「そうだよ。……僕がアーネスト・オッドフィー。この国の第三王子だ。あなたたちはディアルセイ帝国の皇族、リームア国の王族の人だね。——ようこそ、わが国オッドフィーへ」

それから三人は、アリエアたちを追って船に入り、ほどなくしてアリエアたちと再会できたのだった。

妙な海路

「フェルー、よかった。来てくれたんですね、来てくれなかったらどうしようかと思いました」

ユノアも安堵したのか、いつもの口調に戻っていた。先ほどまでの張り詰めた空気はなく、どこか気さくな雰囲気に戻っている。

「その男は？」

「どーも初めまして。ユノアくんの元バディで、今はあなたたちの案内人を務めます、ルイビス・ハーテンダーです」

ルイビスが無駄に恭しく腕を前に広げ、頭を下げる。

「きみの元バディか。偶然か？」

「疑わないでくださいよ。偶然です」

ユノアが答えると、ライアンは元から疑ってなどいなかったのか「まあ、そうだろうな」と続ける。

彼らのやり取りを見守っていると、ふとまた、柔らかな声で名を呼ばれた。

「アリエア」

「フェルー……」

そちらを見ると、フェリアルが安心したような、泣きそうな、苦しそうな顔をしていた。

「遅くなって、ごめんね」

「そんな。……間に合ってくださって、ありがとうございました。……助かりました」

私が答えると、フェリアルはなにも言わずに唇に微笑みを乗せるだけだった。

そして、ライアンがちらりとこちらを見る。

「怪我はなさそうだな。よかった」

「怪我はしましたけど、彼が治してくれたんですよ」

ユノアが答えて、アストを見る。

「まあね。……これで指輪の持ち主が、全員揃ったね」

アストが耳につけたピアスを指し示す。

ライアンもまた、手首のブレスレットを手繰り寄せた。無色透明の指輪を持つものが三人、揃った。

「あまりここに長居して、応援を呼ばれても面倒だ。すぐに出よう。……ユノア、出せる？」

「出せます。ルイビス、お前、船の操縦もできたな？」

その言葉に、窓辺に寄りかかって話の流れを見守っていたルイビスは頷くだけで応えた。

「俺とこいつで、船を動かします。フェルーたちは到着までの間、休んでいてください」

「いや、俺が動かそう。見たところきみも満身創痍だ。この中で比較的動けるのは俺か彼のどちらかだろう？　彼は彼で、きみと話すこともありそうだし——まあ、ここは俺に任せてくれ」

そう言ったのは、ライアンだった。

ルイビスはそのまま私たちに背を向けて本棚へと向かい、その足元をおもむろに蹴り飛ばす。本がたくさん詰め込まれて重たそうな本棚がぐらり、と揺れて床に倒れた。

——ダァンッ！

重たい音を響かせて倒れた本棚の裏に、金庫が取りつけられている。

ルイビスは慣れた手つきで金庫の扉に付いた二つのダイヤルを回し始めた。

「これさぁ、かなり厄介で、同じタイミングで同じ数にしなきゃいけなくて～、僕もすごい練習したんだよね。うざったすぎてハンマーで叩き壊そうかと思った」

ハンマーで叩き壊せるのかはわかんないけど、とルイビスは続けてダイヤルを回した。かちゃ、と音がしてルイビスが中に手を突っ込む。

「……なるほどな。厳重保管ってわけだ」

ため息混じりにライアンが言って、ルイビスの手元を覗き込む。そこには一枚の青い薄紙があった。ルイビスは地図をライアンに渡した。

「えーと……ルイビスだったか。操舵室へ案内してくれるか？　ユノアと、あとそこのきみ。アリィも含めてきみたちは一度休むべきだ。どうせすぐには着かない。適当な部屋で、少しでも休んでおけ」

ルイビスは一言「はーい」と言って、部屋を出ていく。ライアンもそれに続き部屋を出た。部屋には、ユノア、アスト、フェリアル、私が残される。私はふと、癖のように首元のネックレスに触れて、そこに馴染んだ感触がないことを思い出す。

そうだ私……指輪が！

「あの、アスト。私、指輪が……」

「指輪？　なに、どうかした？」

「その……投げてしまったの。ここに来るときに、追われていて、つい」

アストに言うと、フェリアルが私の胸元を見る。

私の手が手繰り寄せたネックレスチェーンにはなにも通っていない。

「あー……指輪はさ、呪いの指輪なんだよ。捨てても燃やしても潰しても戻ってくる」

捨てても燃やしても、なにをしても手元に戻ってくる指輪。

だけどその、なにをしても戻ってくる指輪が、今はまだ、戻ってきていない
「指輪を手放してから二十四時間すると、指輪は必ず戻ってくる。安心して、指輪はそんな簡単に持ち主から離れない」

アストがどこか投げやりに、自嘲するように笑う。彼はそのまま続けて、大きく伸びをした。

「うっ、あー……疲れた。俺も少し寝るよ。あ、そうだ、廊下すっごいことになってたな……少し綺麗にしておくから」

そうだ。忘れていたが、今この船には何十、下手したら百人近い死体……に近いものがある。思い出して、息を詰める。そして私は、外で寝かされていた少年少女の存在を思い出して、フェリアルに尋ねた。

「あの……外の子供たちは？」

「子供たちなら、既に保護して安全なところに運んでいるよ」

「……よかった」

フェリアルの言葉に安堵する。気になっていたのだ。

アストが部屋を出ていこうとするのに、ユノアも続いた。

「俺も手伝います。船が出る前になんとかしたほうがいいですしね」

「そしたら、それが終わったら呼んでくれるかい？　僕はアリエアとここで待っているから」

「フェルー……でも、私も」

「女性が見るものじゃないよ。大丈夫」

「終わったら呼びに来るよ。ほんと、疲れた」

ばたん、と音がして、私とフェリアルだけが部屋に残った。

「心配かけてごめんなさい。あと……ここまで来てくれてありがとう」

フェリアルに言うと、彼はこちらを見た。その瞳は変わらず綺麗だったが、どこか冷たくも見える。

フェリアルは私が消えてしまうことを恐れている。

それは今の私ではない、過去の自分。

公爵令嬢だったアリエア・ビューフィティの行方不明がトラウマとなっているのだろう。それを知っているからこそ、彼に心配をかけるような真似をしてしまったことに心苦しくなった。

「無事でよかった」

フェリアルの指先が私の頬に触れる。その指先は、彼の瞳の色同様冷たかった。

黙った私にフェリアルは「呪いの指輪とは、まさに言葉どおりだね」と言った。

「そんなものがあるせいでアリエアに負担をかけてしまったし、きみをこんなところまで連れてこさせることになってしまった」

「フェリアルのせいじゃないわ」

思いつめるように言うフェリアルに、私は返した。

指輪はもっとずっと前からあるとのことだし、私以外にも指輪の被害者はいる。

だけど、こんなひどい呪いのようなものは私の番で終わらせたいと思った。もし、私がここで死んでしまったりするようなことがあれば、指輪はまた別の誰かに引き継がれるのだろう。そしてまた、悲劇が生まれる。それは避けたいことだと思った。

「なによりも大切にすると……誓ったんだけどな」

言ったフェリアルの声には、後悔と悔恨といった感情が痛切に滲んでいた。聞いただけで胸が苦しくなるようなその声に、私は彼の想いを推し量った。

「あの……。あのね、これは、以前の私とは違う、今の私からの言葉なんだけど」

言葉を切って、彼を見た。きっと彼は、ずっと自分を責めている。私が行方不明になって記憶を失った責任は全て自分にあると思い込んでいるのだろう。

でも、私は違うと思った。もしたとえ、彼に責任の一端があったとしても、彼は十分すぎるくらい私のためを思ってくれている。彼は一国の王太子だ。おいそれと国を空けられるはずがないのに、彼は今私のためにここにいる。自国とは遠く離れた地にいるのだ。

私はゆっくりと、言葉を選んで続けた。

「あなたと以前の私のことは、わからない。でも。……きっと、前の私も、そんなに弱くなかったはずだよ。王太子の婚約者って多分、守られてるだけじゃダメなんだよ、きっと。自分でなんとかする力を持ってないといけない。私は、力不足だった。あなたの婚約者でいるために必要な器量が足りていなかったのかもしれない。……だからね、ええと。フェリアルのせいじゃないんだよ。全部あなたが悪いとか、そんなことは絶対にない」

フェリアルが、驚いたような顔をする。私は言いながらも少し焦っていた。

以前の私の考えていたことはわからないし、今の意見は完全に今の私のものだ。フェリアルに、なにも知らないくせにと思われたらどうしよう。思いつめている様子の彼の負担を少しでも和らげたくて言ったはいいけれど、今更ながら少し狼狽える。

沈黙が続き、私はなにか言い繕おうと顔を上げた。しかし、フェリアルの顔を見て、言葉をなくした。フェリアルの瞳に、涙が浮かんでいたからだ。水晶玉のような透き通った瞳に、涙が滲んでいる。

「……はは。まさかアリエアに言われるとは思ってなかったな」

小さく、フェリアルが呟く。そして彼は、私の短くなった髪先に触れた。髪をひと房摑むとそのまま持ち上げて、毛先に口づけを落とした。

「……っ」

髪が短いせいで、フェリアルが毛先に口づけると、随分近い距離となってしまう。

あまりの距離の近さに動揺すると、フェリアルが顔を上げて言った。

「……ありがとう、きみを好きになってよかった」

彼は柔らかい笑みを浮かべていた。

だけど、その声は僅かに震えていた。


「アリー、調子はどうですか？　もう船も出航するみたいですけど、船酔いとか大丈夫です？」

「ユノア。ありがとう、問題ないと思うわ」

あの後フェリアルと別れた私は、船の中の一室に落ち着いた。船酔いしてもよくないしと、あらかじめできる対策として少しでも睡眠をとっておこうと思ったのだけど、眠れない。

ユノアが部屋を訪れたのはそんなときだった。巾着を手にした姿と気遣う台詞に、既視感を感じる。

確か以前、ディアルセイ帝国からオッドフィー国に向かう途中、ライアンもこうして訪ねてきてくれて。

それで――。

「……」

「アリィ、どうかしました？」

そのときのことを思い出した私はうっかりライアンとキスしたことまで思い出し、顔を押さえる。

もしまた魔力欠乏症の症状が出たとしても、ライアンにだけは頼ってはいけない。

「なんでもないわ。ユノア、その巾着は？」

気になってユノアに尋ねると、彼は私の椅子の近くまで歩み寄り、巾着の中から中身を取り出した。

「キャンディです。気持ち悪くなったら……まぁ気休めにしかならないかもしれないですけど、なめてくださいね」

「キャンディ……？」

「味もいろいろありますよ。パイナップル、オレンジ、キウイとか」

私はユノアから巾着を受け取った。

「あの、ありがとう。ユノア」

「どーいたしまして」

「キャンディだけじゃなくて、さっきのことも。改めて、お礼を言わせて欲しい。ユノアがいなかったら、きっと私死んでいたわ」

「そんな大げさな……って言いたいところなんですけど、確かにそのとおりですね」

ユノアは言うと、「俺もキャンディ貰いますね」と私の持つ巾着からキャンディを取り出した。中を見ないで適当に取り出した飴玉は黄色だった。レモン味だろうか。

私も巾着から取り出した赤色のキャンディを口に入れる。いちご味が口に広がったそのとき。不意に、ユノアがあっさりとした口調で尋ねてきた。

「アリィは今後どうするか決めてるんですか？」

「え……？　んぐっ」

キャンディが喉に張りついてしまい、むせる。ユノアが慌てた様子で「えっ。ちょ、大丈夫ですか」と背中を撫でてくれ、私はなんとか頷く。

「ご、ごめんなさい。ありがとう。今後のこと……ね」

「いや、そんなに驚くと思わなくて。すみません。一応、俺にも関わることなんで聞いてもいいかなぁと思ったんですけど。でも繊細な話題なら答えなくていいですよ」

ユノアがやはりあっさりと言う。

私は黙ったまま、フェリアルと話したときに抱いた感情を思い出した。それは焦りにも似た、恐れのような感情。早く答えを出さなければならないのに、どれが正解かがわからない。せめて、以前の私が考えていたことがわかれば……。

「……迷っているの。私が今、選択をしたことによって、記憶を取り度した後、どうしてそんな選択をしたのかと後悔することが、怖い」

「それは、主とのことですよね？」

ユノアが真剣な声で聞く。私は頷いた。

「フェリアルのためを思ったら、私は彼といたほうがいいのかもしれない。だけど、本当にそれでいいの?って迷ってる。記憶を取り戻す前の私は彼と婚約破棄をするつもりだったと聞いたわ。それがどこまで本当かはわからない。だけど、もしそれが本当だったとするのならどうして私は婚約破棄をするつもりだったのか、なぜそれを願っていたのかがわからないの」

「う〜ん?」

ユノアが顎に手を当てる。私は椅子の座面に視線を落としたまま続けた。

「なにを選択すれば正しいのか、私にはわからない。でも、わからないと言って答えを出さずにいることも、逃げだと思っているの。答えを出さずに長引かせるのは、彼にとっても、私にとっても、よくないことだとわかってる」

「……まぁ、アリィの考えていることはわかりました。でもそれ、俺に言ったところで俺は殿下の従者なので。どう答えても主寄りになっちゃいますよ」

「……うん」

「それをわかって聞いてるなら、答えは出てるんじゃないですか……って、嘘ですよ!　そんな意地悪言いませんから!!　相談する相手がいなくていっぱいいっぱいなんですよね。わかりますよ。でも……うーん、これ、俺から言ってもいいのかなぁ……」

ユノアはそこまでよどみなく言ってから、少したためらう様子を見せた。

ややあって、ユノアと目が合った。

「……恋愛感情において正解とかって、あります?」

「え……」

「さっきから、聞いてれば正しいのかとか正解かとかばっかりですけど。そこにアリィの感情ってあるんですか？」

「私の……感情」

目から鱗だった。感情。私が、どう思っているか。

「アリィがどうしたいか。どうなりたいか決まったときに、主には報告する、でいいと思いますよ。あくまでアリィの友人として、俺からの助言です」

「ユノア……」

「殿下の側近としては、アリィにはこのままくっついてもらいたいんですけどね」

笑いながら話すユノア。〝今の私〟に向けてくれた彼の言葉が嬉しくて、私は彼に深く感謝した。

第12章 終焉 始まりの地

伝わるもの

　王族など生まれながらの呪いだ。

　彼はずっと、その呪いに苦しめられ、振り回されてきた。時には彼が大切にする感情さえもきたなく踏みにじった。くそったれな世界だ。

「いいかい。僕たちは偉いのではない。僕たちは民の崇拝すべき偶像ではあれど、神ではないのだ。僕たちは、民の、彼らの意見を汲まなければならないのだよ。正しき王とは、そうあるべきだ。自分のためだけに生きるなどは許されない。それが、栄誉を許された僕たちの誇りなんだよ」

　兄の声を思い出す。あのときの兄はまだ、自分の未来を知らずに絶望することもなかった。ただ、幼い弟に、空想の産物である理想論を説いた。優しげな顔で、それが正しいと信じて疑わずに。

　幼い弟は兄を尊敬していた。だからこそ、その言葉を疑うこともなく、むしろその教えを説く兄がひたすらきらきらして見えたのだ。

　自分は兄の助けとなる。父親との情は薄く、母はもはや最後に会ったのがいつかすら覚えていないが、兄弟の親愛だけは確かに存在した。

「うん！　兄さん。僕は兄さんの教えを守るよ」

　弟は難しいことはわからなかったが、王族の人生は自分たちだけのものではない、という旨は理解した。庭園の中で、美しい兄弟たちは大輪の花々の陰にひっそりと隠れるようにしながら大人の真似事をした。それだけで、自分が素晴らしい大人になったかのような。そんな気がしたのだ。

「…………くそっ」

起き抜けに、ライアンは悪しざまに罵(ののし)った。その苦々しい感情をうまくコントロールできずに、眉を顰(ひそ)める。汗がひどい。彼は、自分の長髪に触れる。こんなにも伸びてしまった。それはすなわち、それだけの時間が経ってしまったことを意味する。

ライアンはしばらく考え込んでいたが、なにかを振り払うように部屋の窓に視線を向けた。

船は既に、出航していた。

「ライアンは髪が長いけれど、不便ではない？」

それは船旅が始まった直後のこと。

アリエアとライアンは船長室で地図を広げながら今後のことについて話をしていた。

ライアンは航海図を見ながら、長い船旅になるだろうと言った。

ざっと一カ月はかかる見通しだ。しかも今回は完全に個人旅であるので、元々船に乗せられていた食料が尽きればどこかで補充しなければならない。補充に適した国を互いに確認していたとき、ライアンの編んだ三つ編みがするりと彼の胸元に滑ってきたので、アリエアはつい気になって聞いてしまっていた。

「髪か？」

「結構長いようだから……」

「ああ。まあ、そうだな。確かに不便はある」

ライアンは自身の髪先へ視線を移していたが、やがてどこか皮肉げな笑みを浮かべた。

「髪と人生は一蓮托生だと思わないか？」

「え？」

「例えば、きみの髪」

「！」

ライアンの指先が、ふいに私の髪に触れた。突然の接触に、思わずドキリとする。毛先に軽く触れてから、私の頭頂部にトンと指を置く。

「ここから、毛先まで。髪が伸びる間、その髪はきみと共にずっとあったわけだろう？」

「……うん」

「爪は都度切る。一カ月に一度だったか、肌の細胞も入れ替わる。変わらずずっと共にあるのは、今持ち得る長さの髪だけだ」

ライアンはふぅと息を吐いた。どこか影を含む彼の雰囲気は搦めとるような色気があって、やや腰が引けた。

「つまりな、俺が言いたいのは、髪には記憶が宿るということだ」

「………なんとなくわかるような気がするわ。でも、私は自分がどうして髪を切ったかわからないから、今ひとつその実感がないの」

「そうだったな」

ライアンはくっと笑った。

彼が珍しく相好を崩した姿を見て、妙に落ち着かなくなった。彼が無防備な笑みを見せたのは初めてのように感じたから。

「俺は、願をかけてるのさ。この、髪にね。女々しいとはわかってるんだがな。どうにも藁にも縋るっていう思いだったのかもしれない」

そう語ったライアンは、どこか他人事のようだった。

私は直感的に、これは踏み込んではいけない話なのだと悟った。

ライアンはあまり自分の話をしない。それは自身の婚約者であったり、病に伏したという第一王子のことであったり。彼は、旅路において必要である情報は提示するが、彼個人の話は一切しないのだ。そしてきっと、それを聞くのなら安易な気持ちではいけないのだと思う。

私が思わず黙ったとき、ぷつ、と音が聞こえた。

「……ん？」

ライアンが後ろに視線を向けると、彼の長く美しい髪がさらりと揺れた。編み込まれていたはずの髪が、解けている。どうやら、紐が切れてしまったらしい。

「切れたか。いや、もった方か？」

「紐の予備はあるの？」

「ああ。いつも二、三本は用意している。こんな生活をしていると、ものがだめになりやすい。かなり負荷をかけてるんだろうな。まぁ、覚えはある」

彼はそう言って、ざっくりと髪をひとつにまとめるように持ち、片手でベルトに引っかけてあった紐を一本解いた。それを慣れたように手に取り、髪を結ぼうとする彼に、私はつい言った。

「髪、私が結んでもいい？」

ライアンは驚いたようだった。

切れ長の瞳をぱちりと見開いた彼の表情は珍しく、だけど一拍すれば元通りだ。

好奇心とほんの僅かな興味から提案すれば、ライアンがふ、と笑って紐を差し出してくれた。

「それじゃあ、ありがたくお言葉に甘えるとするかな」

彼から受け取ったのは生成りの紐だった。無地で飾り気がないのがライアンらしい。

――彼は、この髪に願をかけてると言っていた。

王侯貴族では男性が髪を伸ばすことを文弱だと批判するきらいがある。

その知識を自然と繰り出した私は、それが〝公爵令嬢アリエア〟が得たものだと知っている。〝公爵令嬢アリエア〟の記憶は全く思い出せないのに、彼女が得た日常生活の一部は流れるように思い起こすことが――いや、知っていて当然とばかりに記憶の片隅に鎮座している。

ライアンのことも気になるが、それ以前に自分のことすらわかっていない。

「まとまればなんでもいいから、仕上がりはそんなに気にしなくていい」

ライアンの言葉に頷き、彼の髪先を掬う。恐ろしいほどさらさらしていた。掬った先から、髪が絹糸のように手のひらからこぼれ落ちていく。

「わ……」

ライアンが小さく笑う。

「俺はやったことないが、他人の髪を結ぶのは案外難しいだろう？　自分の髪でさえ最初はてこずった」

「今は慣れたのね」

「さすがにな」

私はライアンに断り、彼の柔らかい髪を大まかに三束に分けた。

「ライアンはいずれ、この髪を切ってしまうの？」

この程度の問いかけなら問題ないだろう。私がそう思って尋ねれば、ライアンは一拍間をあけて言葉を返した。

「そうだな。いずれ、ね」

「……私、初めて自分以外の髪に触れたわ。こうやって、誰かの髪に触れて編み込むのなんてやったことない」

「そりゃあきみは公爵家のご令嬢だった。あったほうが問題なんじゃないか？」

「それもそうね。でも、一度くらいなかったのかしら。幼い頃とか」

「それはわからないが、大体はきみが編まれるほうだったんだろうな。きみは王太子の婚約者だったのだし、傅(かしず)かれる側だ。慣れてなくても仕方ない」

私は彼の髪先を編み込みながら、ふと、なんてことないように尋ねた。

「ライアンは、婚約者がいるのよね」

その言葉は、しかし少しだけ硬い声になってしまった。他意はない。だけど、気になってしまった。

ライアンがディアルセイ帝国の皇太子だと聞いたときも驚いたが、彼に婚約者がいると聞いたときもとても驚いた。

彼は少し――いや、かなり独特な、人を寄せつけない雰囲気があったから、なおさら。

私の言葉に、ライアンは少し黙った後に窓の外へと視線を移した。既に船は出航し、見えるのは一面の蒼ばかり。

「ああ。そうだな」

どうにも素っ気ない切り返しだった。ライアンらしくない、と思う。彼は口達者で、いつも飄々とした会話をしているから。

だけど、思わずそう口にしてしまうほど、つつかれたくないことなのだろうと思った。

つくづく彼は秘密主義者だ。とはいえ、聞かれたくないことをわざわざ聞く必要もない。

本当に少し、気になっただけだ。ライアンが愛する女性とはどんな人なのだろう、好きな人の前ではどんな顔をするのだろう、と。

私は手早く毛先まで編んでいくと、ライアンから借り受けた紐で結び終えた。

「できたわ。ごめんなさい。慣れていないから、少し不格好かもしれない」

「まとまってるなら十分だ。それに、髪を結ぶのは結構手間なんだ。きみが申し出てくれて助かった」

いつもは均等に編まれている髪が、今はゆったりとした三つ編みで、束もそれぞれ太さが少しだけ違う。

普段から彼と顔を合わせている人が見れば、すぐに彼が編んだものではないと気づくだろう。

「ありがとう。また機会があればやらせてね」

だけど、今までにない経験して、私は少しだけ気分が晴れた。

これから始まりの地に行くのだ。

この旅もいよいよ終わり、うまくいけば指輪も抹消することができる。

私の記憶はまだどうなるかわからないが、それでも私はタイムリミットを気にせず過ごすことができるのだ。その後のことはそのとき、考えればいい。

私がそう判じていたとき、ライアンがふと私に問いかけた。

「なあきみ」

「はい？」

振り向くと、彼はじっと私を見ていた。そしてどこか探るような視線を送ると、私に尋ねる。

「きみは、この旅が終わったらどうするか、考えているか？」

「それは……」

まさかライアンに旅が終わった後のことを聞かれるとは思っていなかった。

私が口ごもると、ライアンが静かに話した。

「きみがあの男との道を選ばないというのなら、ディアルセイに来るという手もある」

「え……」

私が思わず驚きの声をこぼすと、ライアンがまた小さく笑った。

「なにもあの男との道を選ぶか、それともそれ以外の……漠然とした道を選ぶか、という二択しかないわけじゃないんだ。俺はきみの意見を尊重するよ」

「……」

「随分悩んでいるだろう」

「……それはそうよ。だって、簡単に決められることじゃないわ」

「そうだな。きみの考えは正しい」

「だけど……考えすぎて時間ばかりが過ぎていって、フェリアルを振り回しているように思う。もうこの旅も終わるって私もわかってる。それまでに答えを見つけなきゃいけないのに、私の思考は堂々巡りだわ……」

自己嫌悪するように言うと、ライアンは少し考えるような素振りを見せてから私に言った。

「アリィは少し考えすぎるきらいがあるからな。いっそ、先に道を決めて、後から意志を伴うという方法もある」

「先に道を決めて……？」

「きみの性格上、一度決めた選択を覆すことはしないだろう。であれば、どの答えを選んだとしてもそうあれるように努力するんじゃないか？」

「そう……なのかしら」

ライアンは私を買い被りすぎている。私はそんなできた人間ではない。選んで後悔しない、誰にも迷惑をかけない選択肢を選び取れる自信がない。自分自身が何をしたいのかもわかっていないのに、曖昧（あいまい）なまま道を選んでもいいのだろうか。

黙る私に、ライアンは「もうひとつ」と人差し指を立てた。

「きみみたいに考えが空回りする人間は、消去法で選んでもいいかもしれない」

「消去法？」

「提示された選択肢、もしくは自分の考える〝もしも〟の道。それらを、ひとつずつ具体的に考えてみる。そうすれば現実的な部分が見えてくるだろう。メリットとデメリット、両方書き出していって、今すぐその人生が送りたいかどうかで判別すればいい」

その考え方は目から鱗だった。私が目をぱちぱちさせていると、ライアンがまた微かな笑みを浮かべる。

「全て が〝なし〟になったのだとしたら、その中でデメリットが少ないものを選べばいい」

「……ライアンは、本当にいろいろな考え方をしているのね。ありがとう。考えてみるわ」

「いい結果が聞けるのを楽しみにしてるよ」

そのとき、扉のノック音が控えめに響いた。見れば既に支度を終えたユノアが扉を開いてこちらを見ていた。

「皇太子殿下、アリィ。そろそろ夕食の時間ですよ。――なんか邪魔しちゃいました？」

「どうだろうな。それよりきみは俺をそう呼ぶが、俺はそう呼ばれるのは好きじゃない」

「……ではどうお呼びしたら？」

ユノアが尋ねるとライアンは少し考える素振りを見せた。

「なんでもいいと言うとまた肩書きで呼ばれかねないからな。名前で呼んでくれないか？」

「ディアルセイ帝国の皇太子殿下を名前で呼び捨てろと？」

「あのなぁ。きみが思うほど俺にそんな価値はない。勘弁してくれ」

「俺は主に仕(つか)える身ですよ。殿下の御名を呼び捨てるなど、あり得ません。それより、早く食堂に集まってください。みんな――とは言いにくいですが、協調性のあるメンバーは揃ってますよ」


一方、オッドフィー国王城内はざわついていた。城下町で起きた爆発の原因がいまだにわかっていないばかりか、ディアルセイ帝国の皇太子の到着が遅れると報告があったのだ。

第二王子レーヴェは癇癪を起こした。

「くそ！　馬鹿にしやがって。小国だからって見下してるのか！」

「落ち着いてください、殿下。誰が聞いていないとも限りません」

「わかっている!!」

側近の静かな忠告も、今の彼にとっては耳障りでしかない。側近はため息を吐いた。

そして、今しがた入ってきた報告を再度繰り返した。

「ディアルセイ帝国のライアン皇太子殿下は、道中偶然、リームア国の王太子と行き合い、急遽話し合いの場を設けたそうです。そのため到着が遅れる見込みとのこと」

「偶然!?　そんな偶然があるもんか!!　リームアもディアルセイもうちを狙っているんだ。あいつらは常々どちらが上か、なんて馬鹿げた論争を繰り広げている。オッドフィーが手に入ればその論争に終止符を打てると考えているんだ！」

「ですがそうであれば、リームアとディアルセイで話し合う意味がございますか？　もしレーヴェ殿下の仰るとおりであれば……」

「リーアライドは何をしてるんだ!!」

「リーアライド姫はなにも知らないと」

「なにも知らないだと!?　じゃあディアルセイの皇太子はどういう意味であの手紙を書いたんだ」

「それはディアルセイ帝国の皇太子殿下がご到着されるまでわかりかねますが……」

可愛い妹だと可愛がってきたが、己の道の邪魔をするのなら許さない。

腹立たしげに床を踏み鳴らすレーヴェの耳に、扉を叩く音が聞こえた。

そして、新たにもたらされた報告に、レーヴェはいよいよ苛立ちが爆発しそうになる。


件の姫君ことリーアライドも、ほぼ軟禁のような目にあって歯噛みしていた。

お目当てのリームアの王太子には逃げられた上、なぜかディアルセイの皇太子が彼女に用だと言う。

リームアの王太子が無理なら、ディアルセイの皇太子でも構わない。

「……婚約者が病弱だと有名なフェリアル殿下のほうが手に入りやすそうだと思ったのに」

リームアの王太子は逃してしまったが、ディアルセイの皇太子はものにしてみせる。

ディアルセイの皇太子——アシェル・ディアルセイはこの国にやってくる。リーアライドに会うために。それは彼が己に関心があることを指し示している。今度こそ、リーアライドは失敗しないようにせねばならない。

しかし、アシェルのせいでやりにくくなった。

彼が余計なことを言うから、兄たちはついにリーアライドに警戒するようになってしまった。こうなれば身動きすらとることができない。アーネストを殺したところで、うまく彼らに責任を擦りつけられるかが微妙なところだ。もし失敗すれば己の命が危ういことを彼女は誰よりも理解している。

「確か、国に女がいると聞いたけれど、どうせ王族じゃないんだもの。王族の処女を奪ってしまえば、娶らないわけにはいかないわ。私が正妃になるのよ……」

リーアライドは化粧台の前で、今後の展開を想像してはひとり笑みを浮かべた。

＊＊＊

レーヴェを散々動揺させた存在が、厳かに、そして堂々とした様子で周りに控えるものを見た。

豪奢な金髪に、物怖じせず周りを見渡す豪胆さ。さすが大国リームアの貴族だ。それも、ただの貴族ではない。格式高く、誉れ高いヴィッセーヌ伯爵家の令嬢なのだ。であれば、その堂々たる姿にも納得がいく。ヴィッセーヌ伯爵家の令嬢であるミリアは、見定めるように室内を見渡した。しかし、肝心の娘がいない。

それがわかると、ミリアはす、と目を細めた。大輪の花のような高貴な雰囲気が広がり、見ているものはそれに圧倒された。

およそ人に批判などされたこともないだろうし、批判すらさせないできたのだろう。それほどまでの、圧倒的な自信。

「ご機嫌麗しゅう。みな様。突然の訪問、申し訳ございません」

彼女がふわりと挨拶をする。

対して対応するのはレーヴェ第二王子だ。リゼラルドはディアルセイの訪問の予定を調整するという、引きこもってしまった。うまい具合に面倒な相手を押しつけられたのだ。レーヴェは冷ややかな目でミリアを見ていたが、しかしその圧倒的な存在感に気圧されていた。

ミリアは見定めるような目でレーヴェを見ていたが、やがてふ、と息を吐く。

そして先程よりも幾分か柔らかい表情で話す。

「こちらにフェリアル殿下がいらっしゃっているとお聞きして、参ったのですが」

こてん、と首を傾けて目を細めるミリアは蝶を搦めとるような婀やかさがあった。さながら手弱女然とした仕草に、レーヴェはしばし見とれた。そして、徐々にその頬が熱を持っていく。やがて惚けたように黙ってしまった彼に、慌てて側近が返答を促す。

「殿下」

「あっ!? あ、ああ……フェリアル殿下、フェリアル殿下だな……」

「どうかなさって？」

「いっ……いや」

レーヴェはそう返答したが、その視線はあきらかに泳いでいたし、挙動不審だ。頬はいまだに赤い。どうやら彼は、ミリアに見とれていたようだった。彼はいまだに頬の赤みが残る状態で、ごほん、とわざとらしく咳払いをする。

「ええと……フェリアル殿下はですね……もう既にお戻りに……」

「何ですって!?」

瞬間、ミリアは悲鳴をあげた。

そして、眉を寄せる。先ほどの様子とは打って変わって、ミリアの機嫌は急降下した。元々感情が山の天気のように乱高下する娘だ。ミリアの侍女たちは慣れていたが、オッドフィー側の人間はその危うい様子に不安を覚えた。

彼女はとんでもないヒステリックなのではないかと思ったのだ。そして、その恐れは的中していた。

「殿下がいらっしゃるというから向かったのに……。一足遅かったということですか？」

「いえ……突然、ディアルセイ帝国の皇太子殿下が訪れることになりまして」

「オッドフィーに？　ディアルセイの皇太子殿下が。どうして？　なんのために？」

その声には嘲りの色があった。たかがオッドフィーに大国であるディアルセイの皇太子が赴く理由がわからない。しかも、リームアの王太子が訪問した直後だ。なにかあると思わないほうがおかしい。

訝しげな視線を寄越すミリアに、レーヴェはどこか上の空のような口調で答えた。

「は……。リーアライドに用があるとかで」

その瞬間、室内が凍りつく。

それは本来であれば口にしてはならないことであった。相手がディアルセイと仲の悪いリームア側の人間であればなおさら。

普通、国の訪問理由を他国の、しかもその国と仲の悪い国に正直に答えるものはいないだろう。そうするものは余程の愚者だ。

しかし、レーヴェはその〝余程の愚者〟に堕ちてしまったらしかった。周りの凍るような空気に気づかず、レーヴェはぺらぺらと話した。

ディアルセイ帝国の訪問理由を。

それを一通り聞いたミリアは、ふぅんと女王様のような仕草で片眉を上げた。

そして扇をパ、と広げると、レーヴェを蔑むように見た。小国相手とはいえ、王族相手にあまりにも無礼な態度だ。しかもミリアは王族というわけではなく、伯爵令嬢に過ぎない。

本来であればありえないことだったが、レーヴェは頰を赤く染めてちらちらとミリアを見ている。

どうやら彼は、ミリアに落ちてしまったらしい。彼の側近であるバートンは、自分の予想が的中してしまったことを嘆いていた。

ミリアは派手な美しさがある。例えるなら黄金のような、見るものを圧倒する美しさだ。その眩しさに目が痛くなるバートンにとっては、関わることを避けたくなるタイプの人間だが、レーヴェはその煌びやかな美しさに魅入られたのだろう。つくづく趣味が悪い。

彼の趣味の悪さをよく理解している彼はミリアを一目見た瞬間から嫌な予感がしていたが、ここにきてそれが的中してしまったのだ。リゼラルドを引っ張ってくるべきか。悩む彼に、ミリアが歌うように言った。

「ディアルセイ帝国の皇太子殿下が気にされている〝第二王女の面白いお話〟ってなにかしら？　私も気になるわ。ぜひ、聞かせていただきたいわ」

それは、ミリアがリーアライドの対面を示唆していた。

そもそも、リームア国のたかだか伯爵令嬢がなぜいきなりオッドフィーに来たのか、そして、王太子との関係はなんなのか、気になることはいくつもあるしそれらを知る権利がオッドフィー側にはあることだろう。なにせ本当に突然の訪問だったのだから。これが大国の貴族でなければ門前払いされていたのは間違いない。

そんな状況下であるにもかかわらず、レーヴェはそのどれもを無視した。彼女に尋ねることはしなかったのだ。こうなると困るのは周りの人間だ。ここにいるのは全て名ばかり貴族の次男や三男であり、権力者がいない。レーヴェと並ぶか、あるいはレーヴェに近しいほどの権力者がいないのだ。それはすなわち、レーヴェ以外の人間が彼女を問い質すことは不可能であることを示していた。

それればかりか、レーヴェはリーアライドの下にミリアを案内しようとする。脂下がった顔でへつらうレーヴェは王子としての自覚は消え去ってしまったらしい。ただへらへらと媚びへつらうレーヴェに対し、ミリアは満足そうに頷いた。

「リーアライドならば部屋におります」

「殿下……」

咎めるようにバートンが低く彼を呼べば、レーヴェに睨まれる。主であり王子である彼に睨みをきかされれば、バートンはなにも言えない。室内に〝これはまずいのではないか？〟という雰囲気が漂い始めるが、この場を止めることができる人間と言えば、大臣や高位貴族ぐらいだろう。もしくはリゼラルドだが、彼がこの場に現れる可能性は極めて低いと言える。

そして、誰にも止めることができぬまま、レーヴェはリーアライドの部屋へとミリアを案内した。

ミリアはレーヴェに居丈高に尋ねた。

レーヴェがミリアに熱を上げていることは、誰よりもその視線を向けられる彼女がいちばんわかっているのだろう。だからこその高飛車な物言いだった。

「貴方は妹君がなにをされているのかご存知ではないの？」

責めるような口調だ。レーヴェはへらへら笑って答えた。

「さあ。ですがそんな難しいことは考えていないと思いますよ。あれにそんな頭はない」

まさか妹が、国家転覆どころか国を売ろうとしているなど思いもしないレーヴェが答える。ミリアは冷たい目で見るだけだった。

突如として部屋を訪ねられたリーアライドは大変機嫌を損ねていた。いや、礼を軽んじられたと感じ、憤慨していた。突然連れてくる兄も兄だが、王女の部屋にいきなりやってくる彼女も彼女だ。礼儀を知らないと見える。

　リーゼリアは、リームアの貴族が訪問することは耳にしていたが、自分は会うことがないだろうと思っていた。会う理由がないからだ。大国リームアといえど、自分は未来のディアルセイ帝国の皇太子妃である。たかだか伯爵令嬢のために挨拶に出ようとは思わなかった。

　なのに、押しかけてきたのだ！　なんて無礼な。扇を手に、いかにも不満そうに睨みつけるリーアライドに、ミリアは優雅に扇で煽いだ。

「お初にお目にかかりますわ。王女殿下？」

　その声にリーアライドはカッとなった。あきらかに馬鹿にした口調だったためだ。

　咄嗟にリーアライドは隣にいる兄に目をやるが、兄はそわそわと性悪女（ミリア）を見ているだけだった。

（この売女！　お兄様をたらし込んだのね）

　おおかたその豊満な体を使って兄を誘惑でもしたのだろう。リーアライドはそう考えた。男を手玉に取ることに慣れた淫売女など、なんの病気を持っているかわからない。リーアライドは嫌悪感から触れたくもないと思った。

　だが、彼女は知らない。体を使うどころか一方的に熱を上げてしまった兄王子の一目惚れを。

「なにか御用かしら」

　あからさまに扇で顔を隠し、顔をしかめるリーアライドに声をあげたのはレーヴェだ。

「なんということを！　お前、相手はリームアのご令嬢なんだ。その態度はないだろう」

「態度？　態度ですって？　それを言うならお兄様のそのでれでれとした情けないお顔はどうなってしまうの」

レーヴェと仲違いをするのはよくないと頭の片隅では理解していたリーアライドだが、一言言ってやらないと気が済まなかった。結果、妹に生意気な口を利かれたレーヴェは顔を真っ赤にする。

「いくら妹といえど、口の利き方がなっていない！　なんだその口の利き方は！」

リーアライドはさらにカチンときたが、うまくその怒りを飼い馴らした。ここでレーヴェと口論をするのは得策ではない。馬鹿とはいえ、無駄に権力を持つ第二王子。機嫌を損ねて幽閉でもされたらたまったものではない。リーアライドはしゅんとした顔を作った。しかしその瞳は好戦的にミリアを見ている。ミリアもその視線を受け止め、蛇のような含みのある笑みを返す。

「ごめんなさい、お兄様。お兄様とミリア様があまりにも仲が良くて勘違いいたしましたわ」

「誤解されないで。私と殿下はお会いしたばかりですわ」

「まあ！　会ってすぐに運命を感じたということ？　お兄様。どういうこと？　もうご婚姻まで秒読みね！」

リーアライドはわざとらしく明るい声を出した。それに対しレーヴェもまたパァと顔が明るくなる。対してミリアの表情は変わらない。三者三様——とはいえ、うち一人は完全に踊らされている。それぞれの狙いが透けて見えた側近のバートンは、吐き気がする思いだった。

浮かれた娘と満更でもない、どころかちらちらと見て本意だと伝える男一人。その中で、ミリアは嫋やかに微笑んだ。

「あら、残念だわ。私、婚約者がいますの」

「こっ……!?」

声をあげたのはレーヴェだ。

　ミリアに婚約者がいたのは驚きだが、リーアライドは笑みを崩さない。

「婚約者よりもお兄様に魅力を感じてしまったということですわね。お気になさらないで。ミリア様がその気なら、我が国はそのお心にそいますわ」

「相手はフェリアル殿下ですの」

「………!?」

　婚約者がいたのは誤算だが、腐っても貴族だ。婚約者くらいいておかしくない。そう思ったリーアライドだったが、相手がリームアの王太子と知ると笑みが固まった。同時にレーヴェも固まる。つい先日顔を合わせたばかりの男だ。彼はそんな素振りをなにも見せなかった。そう思うレーヴェだが、そもそも婚約者が代わった程度で他国に触れ回るほうがおかしいかと思い直した。

　確かフェリアルの婚約者は例の病弱令嬢のはずだが、いつの間に代わったというのか。

　焦るレーヴェに、固まるリーアライド。

　先に我に返ったのは妹だった。

　ややあって、リーアライドは引きつった笑みを浮かべ、ミリアに尋ね返した。

「フェリアル殿下ですか？」

「ええ。そう。病弱なご婚約者ではなにかと不足するでしょうから……と」

　ミリアは頬を赤く染めて照れるように言った。しかし、リーアライドからすれば薄ら寒いことこの上ない。計算ずくの仕草、笑みはリーアライドの反感を買う。

「それでわざわざ遠いオッドフィーまでいらしたんですのね。私には真似できませんわ」

　そんな遠くまでわざわざ。すごいですわね、ミリア様は。にっこり微笑んで選んだ言葉は、労り(いたわ)の陰に蔑みを含んでいた。それに対しミリアもすっと瞳を細めて言葉を返した。この冷たい空気感に、レーヴェだけが気づかない。

「ええ。悪い虫がついたら困るでしょう？　なんでも、殿下が言い寄られていると聞いて私、いてもたってもいられなくなってしまったの」

「すごいですわ。殿下のこと、愛してらっしゃるのね。ですが、おかしいですわ。殿下と私がお話ししたとき、あなたの話をしませんでしたから。言わないだけで心に秘めていたのかしら」

「関係のない方にわざわざ話すようなことでもないからじゃないかしら？　部外者に話したところで……ね？」

「時に私、なにも知らないことが一番の平和だと思いますの。ミリア様は楽しげにされていてなによりですわ。どうかフェリアル殿下とお幸せに」

「小蝿が多少煩わしいこともあるけれど、概ね私は楽しく過ごさせてもらってますわ」

「あらあら。私は虫になんてたかられた覚えがありませんけれど、ミリア様はよくあるのかしら」

「ふふ。私ではなく殿下は悪い虫に好かれやすくって。例えば、情報が来るのが遅い遠方の国ならなおさら。外来の虫はタチが悪いって本当でしたのね？」

「ミリア様の国では既に強い虫が台頭されているからでは？」

「では、私が偶然知り得た虫は国一番の寄生虫なのかしら」

「きせっ………!?」

核心をつかない、相手を貶める会話はリーアライドの上擦った声で終止符を打った。あまりに速い会話の流れにレーヴェは心配そうにミリアを見ていたが、素っ頓狂な声をあげた愚妹を見つめた。

リーアライドは唇を噛み、ぶるぶると震えていた。

リーアライドは短気だ。むしろ、ここまで耐え忍んだことのほうが、彼女を知る侍女からすれば驚きだろう。リーアライドは突如として声を荒らげた。

「いい加減にしなさいよ⁉　虫は自分じゃない‼　毒を持った蜘蛛のような女のくせに！」

そして、勢い余って扇をぶん投げた。

投げつけられたミリアは顔にそれが当たると、大仰に倒れ込んでみせる。扇が顔に当たっただけで倒れるほどの衝撃があったとは思いにくいが、ミリアは突き飛ばされたかのごとく倒れ込んだ。

「きゃぁ。なにをなさるの……っ」

「しらっじらしい！　この毒虫！　毒婦！　散々男を咥え込んで恥じらいのかけらもない奸婦が‼さっさとお国に帰って猿山の大将のごとくいばってればいいのよ！」

ミリアはなにも言わない。

レーヴェは突然罵声を浴びせ始めた妹に目を白黒させていた。妹が烈火のごとく怒ってまくし立てる様子に、レーヴェはすっかり狼狽えていた。

「ハッ。貴女がフェリアル殿下の婚約者ぁ？　寝言は寝て言うものよ。大ホラ吹きの嘘つき女が‼たとえ本当なのだとしても真っ当な方法じゃないわよ！　なにをしたの⁉　既成事実でも作ったのね⁉　薬でも盛ったんでしょう！　いいえ、その〝病弱な婚約者〟とやらを婚約者の座欲しさに殺したに違いないわ‼　貴女みたいな性悪女、初めて見た！　もう名前改名したらどう？　性根ひんまがった馬鹿女にはお似合いの名前があるわ。そう、淫女(ビッチ)っていう――」

そこまで言ったとき、リーアライドは頬に衝撃を感じた。怒りで頭が真っ白になっていたリーアライドは、その衝撃にふらつき、そして我に返った。リーアライドにしては手が出ないだけましなほうだと思うが、それにしたって連弾のごとく浴びせたのはとんでもない罵倒だった。

初めて妹の悪鬼たる瞬間を見たレーヴェは、その恐ろしさととんでもない怪物を見た気持ちで、手が震えていた。

「おっ、お前は……お前はなにを言ってるんだ!!」

「違……っ、お兄様！　よく聞いて！　この女に騙されてはダメよ！　この毒婦が!!　お兄様も病気を移されるわ！」

「なにを言っているんだと言っている！　いやお前はもうなにも喋るな！　バートン、こいつを監獄塔に連れていけ！　なにも話させるな！」

「聞いてお兄様!!」

悲鳴のような声をあげるリーアライドに、少し、ほんの僅か、爪の先ほどの憐憫をもってバートンが主の命を受けて退室を促す。だけどそれに従うリーアライドではない。触れたバートンの手を乱暴に振り払うと、その長い爪が彼の手の甲を引っ掻いた。

「触るんじゃないわよ！　地味顔が!!」

「………」

彼にあった、ほんの僅かな憐憫の情は瞬く間に消え去った。憤るリーアライドはさながら野生動物のごとくしなやかな動きで化粧台まで走ると、手当り次第投げ始めた。それは、愚かな兄に向かってでもあり、ミリアにでもある。

慌てたのはレーヴェだ。なぜ妹がこんなに悪鬼のごとくキレているのかはわからないが、さすがにミリアに怪我をさせたらまずい。

それにミリアの様子も気になる。ミリアは座り込んだまま、言われっぱなしであった。

「やめないか!! リーアライド!!」

「妊婦なぞに騙され耽溺するお兄様なんか死んでしまえばいいのよ!! 私は愚かな兄なんかいらない! ずっと思ってたの! 死ね! 死んでしまえ! ミリアもろとも死ね!!」

「リーアライド……!!」

ガラス瓶が彼の頬に当たっては砕け散り、彼はリーアライドの下にいくことを断念した。無理に近づいて、ガラスのかけらが目にでも入ったら、最悪失明の可能性すらある。

どうせそのうち投げるものはなくなる。そう思ってレーヴェは座り込んだままのミリアに声をかけようとした。嫋やかな彼女は突然の妹の豹変に怯え、震えているのではとどこまでも愚かな兄は考えたわけだ。

「ミリア様、ひとまず部屋から……」

「……ふ」

「ミリア様……!?」

そのとき、がん! とひときわ大きな衝撃が彼を襲った。見れば、香炉が近くに転がって割れている。どうやら投げられたのはこれらしい。そして、レーヴェはリーアライドを見て悲鳴をあげた。妹が手に持っていたのは、インテリアとして飾られている模造剣だったからだ。刃は潰されているとはいえ、れっきとした剣。投げつけられればどうなるかわからない。慌てるレーヴェに、小さな、しかし確かな笑い声が聞こえてきた。

「ふふ……あはは……ふふふふ！」

ギョッとしてそちらを見ると、ミリアが僅かに顔を上げてリーアライドを見ていた。髪が乱れ、どうにも哀れっぽい体勢の彼女だが、その瞳のぎらつきだけは異様だった。

「ミ、ミリア様……？」

「こうまでコケにしてくれて……。……を殺したですって……？　ええ、ええ……当たり。当たりも当たりよ……！」

そしてまたふふ、と狂ったように笑う彼女に、レーヴェは言いようのない恐れを感じた。そして、その瞬間、彼の頭目掛けて模造剣が投げ飛ばされた。ゴッと重たい音がして、視界が真っ暗になる。人体の急所に思いきり入ってしまったのだろう。リーアライドのコントロールは完璧ではない。むしろ、手当り次第ものを投げつけているくらいなので、コントロールしようとすらしていない。

従って、彼女は頭目掛けて投げたはずだが、結果としてそれはレーヴェの首裏に思いきり当たってしまったのであった。

＊＊＊

「どうしてこうなってしまったの。どうしてどうしてどうして……」

冷たい牢の中、ぶつぶつとリーアライドは呟いた。ギリギリと爪を噛むあまり、彼女の十指全ての爪がぼろぼろだった。綺麗に整えられていた彼女の爪は、今や見る影もない。

それに加え、彼女はどこか鬼気迫る充血した目で剥き出しの岩壁を睨みつけている。常軌を逸した様子に、牢番は関わりたくないと思った。

リーアライドはあの後、廊下に控えていた警備の兵に捕らえられた。最後まで暴れ狂った彼女だが、さすがに筋力も体格も格段に上の男に押さえられてしまえば、もがく他ない。しかし彼女があまりにもむちゃくちゃに暴れるので、彼女の右腕は脱臼してしまっていた。

リーアライドは、第二王子殺害未遂と、リームア国伯爵令嬢ミリアへの傷害罪で塔へと閉じ込められた。リーアライドは納得がいかなかった。あのいけすかない女など、死んでしまえばいい。リーアライドにここまで馬鹿げた態度を取ってくれたのは彼女が初めてだった。

一方でミリアもまた、微笑みの下にとんでもない怒りを隠し持っていた。理由はリーアライドだ。今まであんな暴言、生まれてから一度も吐かれたことがないミリアにとってあれらの言葉は耐え難い屈辱だった。しかし、ミリアはリーアライドと違い取り繕うことに慣れている。

怒りを押し殺してレーヴェが捕らえるのを待っていれば最後までコケにされ、ついミリアは笑ってしまったのだ。怒りもある程度超えてしまえば笑いとなるのだと彼女は初めて知った。そして、彼女は死んでもリーアライドを許さないと決めた。絶対に許さない。その咎は、死をもって償わせてやる。

第二王子はリーアライドの仕出かしたことに平身低頭だった。第一王子は顔を青ざめさせていたが、腹が読めない。第一王子より扱いやすい第二王子がミリアに惚れたことは非常に都合がいい。ミリアは体調が悪いとさめざめと泣きながら告げ、得た部屋の寝台の中でリーアライドをどう処刑してやろうかずっと考え込んでいた。

下手をするとあの娘よりずっと腹が立つ。

おそらく、リーアライドとミリアは、その性質は生まれ育ちや環境によって違うのかもしれないが、根本的な考え方は似ているのだろう。だからこそ、あの発言が出た。

『その〝病弱な婚約者〟とやらを婚約者の座欲しさに殺したに違いないわ!!』

正解だった。正確には、殺そうとして失敗した、だがあながち間違っていない。そして、おそらくリーアライドはミリアの立場であれば同様のことをしたのだろう。だからこその発言。同族嫌悪、という言葉がある。それは正しく彼女たちにぴったりな言葉だった。

＊＊＊

「お前がついていながら、どうしてこうなったんだい?」

にこやかに笑う兄の本心が読めない。呼び出されたレーヴェは先ほど目を覚ましたばかりだというのにすぐさま兄のリゼラルドに呼び出しを受けていた。王族らしい気位のある顔立ちのレーヴェと違い、平凡な顔。そう言えば、バートンはリーアライドに地味顔だと罵られていた。もしかすると、リーアライドはこの兄のことを地味で平凡顔だといつも思っていたのかもしれない。

暴発したかのごとく荒れ狂う言葉の数々を思い出してもまだ、あれがリーアライドの口から出たものとは思えなかった。彼の妹はいつだってキャッキャと花畑で遊ぶような可憐で可愛らしい少女だったのだ。

レーヴェはこれみよがしに頭の包帯に触れた。

「お言葉ですが、私は先ほど目が覚めました」

「だから?」

「だから……」

「全く、嘆かわしい。たかが妹一人、諫めることができずになにが王族か。お前は臣籍降下し、王族としての立場を返上した方がよいのではないか？」

「はっ………!?」

「私の治世に、お前のようなぼんくらはいらない」

「…………!!」

　はっきりと告げたリゼラルドを、レーヴェは憎悪のこもった瞳で睨みつけた。元はと言えば、ミリアの接待を押しつけてきたのはリゼラルドだ。それを今更のこのこやってきて文句ばかり言う。この兄はいつだってそうだ。

　自分が誤って責任を負いたくないから、いつもレーヴェを先に投下する。そして、彼がなにか不始末をすれば高みから彼を誹るのだ。自分はその責すら負わずに。

　ぎりぎりと睨みつける男に、リゼラルドは眉をはね上げた。まるで、レーヴェが悪いと言わんばかりの表情だ。決めつけてかかるその顔に、レーヴェはより腹が立つ。

「なんだその顔は？」

「いいえ？」

「ふぅん。いい機会だから言っておこうか。レーヴェ。お前は、私のスペアだ。代用品、代わりでしかないんだよ。スペアが第一王子に敵うと思うな」

「………」

「思い上がるなよ」

よく言う。いつもいつもいつも、なにかあるとまずレーヴェを捨て駒のように前線に放り出すくそ兄貴が。こんなときだけ偉ぶりやがって。

レーヴェは黙って睨みつけていたが、やがて「わかりました」と短く返答した。この場で首を絞めてやりたいと思ったが、実行するのは悪手だとわかっている。

こいつとリーアライドは間違いなく血の繋がった兄妹なのだろう。傲慢で自己中心的で平気で他人を見下す。レーヴェは自分が彼らと同類とは思いたくなかった――しかし、レーヴェは自覚がないだけで間違いなく彼らと同類だったのだ。

＊＊＊

その夜。

レーヴェの部屋の窓がとんとん、と叩かれた。

レーヴェはすわ暗殺者かと疑い、警戒も露に壁に立てかけられた剣を手に取った。彼が金をかけにかけた、見栄えのいい大剣である。見栄えの良さに重きを置きすぎたせいでなかなか振りにくいのが難点であるが、彼は近衛に守られるべき存在である自身が殺されるはずがないと無意識的に考えていた。そのため、彼の部屋にはこの大剣しかないのだ。

その大剣を抱えその重さによろよろとよろめきながらも窓辺に寄ると、レーヴェはその瞬間吹き飛ばされていた。誰かに蹴られたのだ。それに気づいた直後、彼は慌てて自身の専属騎士を呼ぼうとしたが、その口にもがっとなにかを突っ込まれた。臭気が鼻をつく。少なくとも清潔ではない布だ。

彼がもごもご言いながら床を転がろうとすれば、その肩が足で押された。

「んんんー!! む――!!」

「はいはい。うるさいなぁ」

聞こえてきたのは、男の声だった。

男は、黒のフードを被っていた。窓は知らぬ間に開かれていた。カーテンがはためき、月明かりが差し込む。しかし男の顔は逆光となり、全く見ることができなかった。

「初めまして、出来損ないの王子様」

そうして、男は唇を歪ませて不気味な笑みを浮かべた。

男はしばしレーヴェの様子を見ていたが、なにを思ったのか、肩を踏む足に力をさらにかけてきた。ぎしぎしと肩が悲鳴をあげる。それに比例し、レーヴェの体もビクビクとのたうち回った。

「単刀直入に提案しますね。レーヴェ・オッドフィー第二王子殿下」

男は静かな声でレーヴェに続けた。

「前は中途半端にやってずいぶん面倒なことになりましたからねぇ。おかげでこれからの仕事に影響が出ていますし」

「お前は……お前は、誰だ。見張りはどうした！ どうやってこの部屋に――」

言い終わる前にその声は途切れた。粘着質な音が響き、鈍い物音が続く。壁にかけられた時計から秒針の音だけが変わらず聞こえてくる。男は袖口から覗かせたタガーを何度か振って刀身の血を払い落とした。毛足の長い赤いじゅうたんに一人の男が倒れこんでいる。その男は先ほどまで第二王子と呼ばれていた人だった。それを見下ろした男は無造作に黒のローブを脱ぐと、火の燃え盛る暖炉に投げ捨てた。

　ローブの下からは近衛服が現れた。男は幸薄そうな、薄味の顔をしていた。彼は上着を脱ぎ捨ててから盛大にため息をついて肩をまわした。

「やっぱり手抜きはだめだよなぁ。二度手間三度手間？　結局余計労力を費やすだけか。これからはいかにうまく手を抜くか、だな」

　彼はタガーナイフをこと切れた男の手に持たせ、念のためその首に手を当て脈拍を調べた。

（万が一、死にぞこなって足すくわれたんじゃ世話ないからな）

　すでに前例がある。これ以上失敗を重ねて無能さを披露したんじゃ自慢の腕前も今までの評価も全てぱあだ。

　男は、レーヴェが死亡しているのを確認したのち、大声で言った。

「大変だ!!　レーヴェ殿下が、レーヴェ殿下が自死された！」

＊＊＊

　リゼラルドが決裁書に目を通していると、ふと気配が揺らいだ。彼は唇を持ち上げる。

「ご苦労様」

「報酬は？」

「まあ、そう焦らない」

　リゼラルドはつい先ほど近衛が持ち帰った弟の自死にも全く動揺していなかった。

「兄弟姉妹で蹴落としあい、奪い合い、殺し合いとは恐ろしいものですねぇ」

「お前にはいないの？　そういう相手」

「さあ」

「……レーヴェは死んだ。あとはお前の元主のリーアライドだけど」

「本当にできますか？　大事な妹御でしょう」

「あんなのふりだ。仲良し兄妹は評判がいい」

答えたこの国の第一王子リゼラルドはふ、と笑った。

「リーアライドはどこかの牢獄にでも放り込んでおく。レーヴェの自死も、リーアライドともみ合っていただとかそういう噂を流せばリーアライドを罪人として扱っても問題ないだろう」

「情報操作ですね」

「そういうの、得意なんだよ」

平凡極まりない容姿に、突出した才能もない第一王子。

だけど、人間関係の築き方、人の操り方、腹芸はレーヴェより優れていた。言ってしまえば人の弱みに付け込むとか、あさましくも小賢しい手法を考えるのは彼の得意分野だ。目立たないけれど顔は広く、誰とでも一歩踏み込んだ関係を築ける。レーヴェにはない特技だった。

静かな執務室の外では、第二王子の急死に誰もが動揺していることだろう。この部屋を出ればリゼラルドは突然弟を失った悲劇の兄王子を演じなければならない。

彼はペンをインク壺に戻して黒いローブを着た男に尋ねた。

「リーアライドじゃなく、僕に乗り換えた理由は？」

「……より確実な方を求めるのは当然では？」

「なるほどね。だが、判断が遅いな」

「今までは金払いが良ければなんでもやりましたので」

「今は違うのか」

「まあ。金が入っても厄介ごともあるんじゃ割に合わない」

「学習するのも遅いときたか」

「ははは、私も人間なものですから。人間は愚かですからね。だけど、愚かだと気づける人間はまだ救いようがある。そんな気がしませんか？」

「御託だね」

リゼラルドは男の言葉を鼻で笑った。そして、そのまま席を立つ。

おおかた事態の収拾――レーヴェの死因にリーアライドも絡んでいたことを吹聴しに向かうのだろう。ご苦労なことだ。そう思った男は、次の瞬間目を見開いた。

胸に剣が吸い込まれている。

いや、違う。リゼラルドが、男を刺したのだ。

（いつの間に！）

いつ剣を抜いた？　いや、そもそも、いつリゼラルドは男を刺そうとした!?

人を殺そうと思うとき、だいたいは殺気が漏れるものだ。緊張、焦り、困惑、焦燥、悪意、憎悪
――リゼラルドからはそれが一切なかった。

明日の天気でも話すそぶりでリゼラルドは男に言った。

「今殺さないと、また次いつ誰に寝返るかわからないからね」

僕はぼんくらじゃないから、信頼できない人間はいらないんだよ。リゼラルドは笑って言った。

「っぐ……お前」

「よく、言うでしょう。能ある鷹は爪を隠す、ってね」

リゼラルドは凡才に見えて努力は怠らなかったし、才能がないぶん知恵が回った。力が足りないのなら、補えばいい。

なにで？　答えは決まっている。話術と、態度と、行動で、だ。どんな剣技よりもよほど効果のある油断(すき)を誘えばいい。

例えば今のように。リゼラルドは無害で、人を殺すなど考えそうもない腰抜けに見えていたのだろう。人など殺せないような、軟弱もの。誰かの手を使い殺めることはあれど、自分の手で殺す度胸はない。

ある意味その信頼にも似た軽視を逆手にとって、一度のチャンスをものにする。

リゼラルドは用心深く男の胸に再度剣を突き刺したのち、人を呼んだ。

その日、第二王子の自死と第一王子の執務室に賊が侵入した件は王城を騒がせた。リゼラルドはレーヴェの死に関係があるとされ、南端の塔に投獄。そんな騒ぎがありミリアは帰国せざるを得なくなった。

残された時間

船旅が始まり、もう二週間ほどが経つ。

窓の外の光景は辺り一面が蒼一色で代わり映えしないが、しかしそれでも着実に地図に描かれた始まりの地へと近づいていた。

アストの言ったとおり、指輪は私の下に戻ってきた。指に慣れぬ違和感を覚え確認したところ、見覚えのある透明な指輪がぴったり指に嵌まっていたのだ。

ベッドに横になり、ネックレスチェーンにかかる指輪を握りながら、始まりの地に着いた先のことを想像してみた。

だけど、未知の世界すぎて具体的なことは考えられない。アストに聞けば、もう少し詳細がわかるかもしれない。後で彼に聞いてみよう。

――そう思った、そのときだった。

頭が緩やかな鈍痛を訴えてくる。

ぐにゃ、と視界が不自然に歪み、自身の体の異変に気がついた。

まさか、と焦る気持ちからか、脈拍も速くなり、抑えきれない喉のザラつきに、思わず口を押さえる。せり上がるざらつきをそのまま吐き出すように咳を繰り返せば、手のひらにべったりと血が付着した。

まさか、このタイミングで。

この症状は紛れもない、魔力欠乏症だ。

どすん！　と、どこか遠くで音が聞こえる。

衝撃だけが体に伝わって、ああ、私はベッドから落ちたのだと冷静に思った。

魔力欠乏症の症状を緩和する方法は二通りあるとライアンから聞いた。

ひとつは、薬を服用すること。

しかし、魔力欠乏症の薬は滅多に出回らない。そもそも魔力欠乏症を患っている人間がいないため、作る必要がないのだ。

ライアンの持っていた薬は切れたと言っていた。

そしてもうひとつは――。

早いところ処置しないと、始まりの地に着く前に死んでしまう。

しかし、動くことすらままならない。

手足の感覚が遠く、距離感もちぐはぐだ。こんな状態でどうやって人を呼べというのか。声を出せばいいのかもしれないが、声を出せばなにか、とんでもないものを吐き出してしまいそうで恐ろしい。

口を押さえて必死に吐血を堪えていると、肩に誰かの手が触れた。

「ッ…………!?」

しかし、その相手が誰かまではわからない。生理的な涙が浮かんで、視界が滲んで不明瞭だ。

ただ、彼でなければいいと思った。

「大丈夫か？　いい子だ。ゆっくり深呼吸をして……そう。上手」

「ラ、ィあ……ん、ぅぷ」

顔は見えないが、声は、はっきりと耳に届いた。

「今回は一段とひどいな。なにか関係があるのか……？　いや、きみは、船との相性が悪いのかもしれないな……」

ライアンは私の背中を撫でた。その手の温かさにじんわりと熱が戻ってくる。感覚と視界が乖離していたのが、くっついていく。それでも吐き気は止まらなくて、涙がぼろぼろとこぼれた。

「……きみの婚約者を呼んでくる」

硬い声でなにか言い、ライアンの手が離れる。

咄嗟にその手を摑んだ。そして、私は喘ぐように言った。

「もう、やっ……こんな、こ、っ……」

涎と血が入り交じった液体がどろりと顎を伝った。ライアンが困惑しているのが気配でわかって、私は摑んだ手を離した。

目がちかちかする。視界が明滅していて、どうにかなりそうだ。

そのとき、落ち着いた声が聞こえた。

「僕の婚約者が、世話になったね」

フェリアルはいけない。だめだ。——だめだ、と思った。

私は思わず口を押さえた。

「アリエア。アリエア、聞こえる？　顔が青い。ライアン、悪いが彼女の体を支えてくれるか」

「は？　きみが対処するというのなら、俺は不要だろう。あいにく他人の口づけを見る趣味はない」

「そんな趣味、僕も持ち合わせていない。ふざけるな。……彼女が、ぐったりしてきている。まずい状態だ、急げ」

「……ベッドに寝かせるぞ。彼女は横を向かせておくべきだ。自分の吐いた血を誤嚥する可能性がある」

視界が揺れて、背中になにかしっとりとしたものが触れた。

高熱に浮かされているかのように頭がぐわんぐわんと揺れる。目を開けていられなくて、視界を閉ざした。

「……アリエア」

どこか切なげな、苦しげな声を聞いた。フェリアルの声だ。

どうしてそんな声を出すのだろうか。どうして、そんな辛そうに言うのだろうか。

「アリエア。……すまない」

微かな感触が唇に触れた。

それは僅かに触れると、やがて離れて、そして今度はしっかりと重なった。


『これは、王太子からの命です』

なぜ？　どうして？

目の前に差し出された封蠟を見て愕然とした。本物だったからだ。

『まず、アリエア様はここで死んだことにしましょう』

男が決定事項を突きつけてくる。

『頑張って生き延びてください』

そして、意識が呑まれた。

『neun(ノイン)の指輪。これが、俺に託された指輪だ』

『お嬢さん、あなた、髪とても綺麗ねぇ』

『そうそう。こんな話知ってるか』

『絶対に俺から離れないでくれ』

これは、いつの、どこの記憶だろう？

全員が仮面をつけた街。繁盛する小料理屋。飲み比べする男たち。

髪にハサミが入れられた感覚を思い出す。静かな、ただハサミの音だけがする室内。

それは、それらは、一体いつの記憶だっただろう……？

「…………」

しゃりしゃり、と耳に心地いい音で目が覚めた。

ゆっくりと意識が浮上して、何度か瞬きをする。そこは、私にあてがわれた船室のようだ。

そうだ。私は意識を失ったのだった。

手足が自分のものでないかのような感覚は、あまりにも恐ろしいものだった。

なにも考えられなくなって、倦怠感に飲まれたように気を失った。

最後に聞いた声は、フェリアルのものだ。

――フェリアルが、対処してくれたのだろう。

それを意味するところを理解して、唇を噛む。

私は混乱していた。この複雑な感情をどう言い表せばいいかわからない。

そのとき、「アリィ?」と呼びかけられた。

見れば、ユノアがりんごをむいていた。

「気がつきましたか。よかった、ずっと目を覚まさなかったんですよ」

「ユノア……」

ユノアはりんごをサイドテーブルの皿に置くと、私を見た。

「アリィは一週間も眠っていたんですよ」

「え……!?」

「幸い、ここには魔力が豊富な人間がわんさかいますから。代わる代わる回復魔法をかけられて、アリィの体は栄養不足どころかいつになく調子はいいと思います。体も入浴後と同じくらい清潔ですよ」

ユノアに指摘されて、確かに体が驚くほど軽いことに気がついた。旅を始めてから——といっても、私が気づいたときにはもう旅をしていたから、旅をしていないときの状態がわからないけれど、それでもここまで体が軽いのは初めてだった。

「はい。食べられますか?」

「ありがとう」

「アリィが倒れて、船内の雰囲気は最悪だったんですよ。主は口数が減るし、ライアンもなに考えているのかわかりませんし。アストは部屋にこもりっきり。ルイビスはうざいし……」

ユノアらしからぬ言葉が出た。

私が目を丸くしていると、苦々しげにユノアが言う。

「ルイビスはどっかその辺で海に放り出したほうがいいと思います」

「そんな……。ユノアの知り合いなのでしょう？」

「だからこそうざ……鬱陶しいんです。とにかく、アリィの目が覚めて本当によかったですよ」

「心配かけてごめんなさい」

「いいえ。よく頑張りましたね。主たちにアリィの目が覚めたこと、伝えてきます。アリィはまだ寝ていて」

「それなら私も行くわ。ずっと寝ていたんでしょう？　体力が落ちていると思うの。できるだけ歩きたい」

「うーん……。それについての許可は、俺からは出せません。とにかく、アリィはここで寝ていること。いきなり動いていいかもわかりませんし」

「でも」

「大体、歩き始めるのが一日早かろうが遅かろうが、大した差はないんです。焦らないで」

　ユノアの言うとおりだった。

　急いては事を仕損じる。焦っているときほど、冷静にならなければならない。

　私はユノアの言葉に頷いた。

「すぐ戻りますから」

　そうして、ユノアは部屋を出ていった。手持ち無沙汰になった私は、ユノアが綺麗に飾り切りしてくれたりんごを一かけら取って、齧りついた。

ユノアはフェリアルだけでなく、ライアンやアストも呼んでくれた。なぜかルイビスまでいるが、成り行きとはいえ共にいる以上、彼にも知らせておいたほうがいいと思った。

フェリアルは私を見て、わかりやすいほどに安堵の表情を浮かべた。アストも同様だ。

ライアンは私を見てほんの少しだけ目を細めたが、普段と変わらぬ様子だ。ルイビスは首を伸ばして私の様子を窺っていた。

「アリィ、もう痛くない？　死んじゃうかと思った……」

アストは、私の手を取ると大きく息を吐く。その手が少し震えているのに気がついた。

「ごめんなさい。心配かけてしまって」

「本当だよ！　死んじゃうかと思った。ねえ、アリィ。アンタいつもこんななの？　こんなんじゃ死んじゃうよ？　ああいや、死んじゃうから始まりの地に行くんだっけ……」

「もう体調は問題ないのか？」

ライアンが続けて聞いてくる。私は頷いて答えた。

「心配かけてごめんなさい」

「謝ることじゃないさ。ただ……今回は一段とひどかったな」

「え……？」

「あと少し遅ければ、きみは命を失っていた。魔力の消失が理由じゃない。失血死だ」

私は、失血死の一歩手前だったと聞いて、血の気が引いた。

「……なにはともあれ、アリエラが無事でよかった。……生きていてくれて」

意識しないと気づかない程度だが、彼の声は震えていた。とても心配をかけてしまった。

「ありがとう、フェリアル。あなたのおかげだわ」

その言葉に、フェリアルは私を見た。彼の翠の瞳と目が合う。彼は私と目が合うとようやく落ち着いたように息を吐いた。

そして、立ち上がるとユノアへ視線を向ける。ユノアはフェリアルの視線を受けると頷いた。

「アリィの具合はいいとしても、まだ病み上がりですしね。あまりみんなで長居しても、気疲れするでしょう」

「そうだな」

ライアンが頷く。

そして、彼は私を見た。どこか雪を思わせる目で見られるといつもどきりとする。

「きみに残された時間は不明瞭だ。だけど、どちらにせよこの指輪から解放されるには化け物を倒さなければならない。症状が進行しているのなら、おそらくあまり間隔を空けずに次の発作が来る。きみはあまり一人にならないほうがいい」

「わかったわ」

次また症状が起きたとき、同じようにライアンに助けを求めることになるのだろう。あまり記憶にないが、唇に触れた感触を思い出した。症状緩和の方法が粘膜接触による魔力譲渡だけとはいえ、あまり進んで他人に対処させたいとは思えない方法だ。相手が誰であろうと、気を遣わせるだろうし、申し訳ない。

願わくば次がなければいいと思った。

次が来る前に、全てを終わらせよう。

神話の地へ

船旅を始めて三週間が経過していた。

眠っていた一週間を合わせて約一カ月。最初に予定した船旅の期間だ。

窓から見える景色が変わった。

遠くに見える緑――木々だ。

私が目を見開くと、ライアンが窓辺に近づいた。

「全く、驚かせてくれるな……。あれが始まりの地か。もう間もなく着くぞ」

あれが、始まりの地。

ついにたどり着くのだ。

ライアンがみんなを操舵室に集めた。そこには既に出立の準備を整えたフェリアル、ユノア、アストがいる。私も船を降りる準備は万端だ。

「おそらく島には、神堕ちの供物となる人間を受け入れる役割の奴らがいるはずだ」

「そうだね。……強行突破か。船を降りたら、こちらから先手を打つのがいいだろうね」

フェリアルが落ち着いた声で言う。それに、ライアンは頷いて答えた。

「ああ、そうだ。アスト、きみのオリジナル魔法について少し話が聞きたい。ユノアから聞いたんだが、きみのオリジナル魔法――広範囲にかけての強制入眠で、下船と同時に島にいる奴らを眠らせることは可能か？」

「できるよ。それに、ちょうどよかった」

アストは薄く笑うと、自身の耳元に触れた。

そこに彼がつけていた赤のピアスはない。あるのは指輪だけだ。

「魔力抑制のためにつけてるピアスがなくなって、正直困ってたんだよね。魔力が溢れて落ち着かない」

「指輪を持つ身でそれか。本当にすごいな、きみは」

ライアンが驚いたように言う。アストはニッと笑った。


船を降りると、潮の匂いが風に乗って運ばれてきた。海に囲まれた島だ。ここを出るまで、ずっとこの匂いを嗅ぐことになるのだろう。

私たちが船を着けたのは桟橋ではなく、そこから少し離れた砂浜だった。

遠くのほうから、怒声がちらちらと聞こえてくる。どうやら、船が船着場に着かなかったことを怪しんでいるようだ。声が聞こえてきた方向を見ると、何人もの男がこちらを指差して、向かってくる。

「頼めるか？」

「いいよ。でも、まだ少し遠いな。できればまとめて一度でやりたい」

アストのその言葉に、フェリアルが目を細めながら言った。

「全員は難しいんじゃないかな。あらかたでいい。残りは僕とユノア、そこの彼でどうにかする」

フェリアルの視線の先では、剣や銃をそれぞれ構えた男たちがじりじりと近寄ってきていた。私たちが少数だと気づいたのだろう。先頭の男が勝ちを確信してにやりと笑みを浮かべた。

男が銃を構えた瞬間、アストが呪文を口にする。

「光術迎式 第七の唄――夢現(ドーマ)」

刹那(せつな)、眩(まばゆ)い光がアストを起点として縦横無尽に駆け抜けていく。

そして、光が収束する頃には対面していた男たちは既に眠りの世界へと旅立っていた。

フェリアルは遠くを見据えて、剣の柄に手を掛ける。

「くるよ」

「俺が前衛を務めます。先にかき回してくるので、魔法でフォローをお願いします」

ユノアはそう言うと同時に、地を蹴った。アストの広範囲魔法でかなりの人数が砂浜に倒れているが、まだまだ敵は残っているようだ。

アストは私の手を取った。柔らかい手に包まれて、思わず彼を見る。

「俺、アンタと一緒にいてあげる」

「え？」

「ディアルセイとリームアの人たちで赤髪のおにーさんの援護、してあげて」

「きみもなかなか名前で呼ばないな……」

ライアンが眉を寄せて苦言を呈(てい)したが、彼もフェリアル同様に剣の柄に手を掛けると、すらりと刀身を露にした。

「さてと、俺たちも行くとするか」

剣を横に持ち、刀身に手を添えて呪文を詠唱する。途端、ライアンの刀身が青白い光を帯びる。緩やかな光はさながら燃え盛る炎のごとく剣身にまとわりつく。

「光術癒式 第三十四の唄――閃光（フォティノス）。同時詠唱、同時改変。事象固定及び循環動静（フィックスアンドリサイズ）、静物。流動体（スクロール）の在り方を承認、万事在り方を己の裁量と化す。――無術音式 解（クレイス）」

ライアンは常の詠唱のみではなく、何段か詠唱文句を積み上げた。

詠唱に呼応するように青白い炎がその白さを増していく。もはや輝くようだ。

そう思ったとき、彼が無属性の魔法を口にする。

――二重詠唱……！

魔法を二つ重ね合わせて使用するものだ。

彼の周りに詠唱文句が金粉を纏って踊り出す。ライアンは剣を振り上げた。

「よっ…………とぉ！」

瞬間、爆発的な青白い炎が剣身から打ち出されていく。ゴオオオと風を切る音が聞こえ、真っ白い光に包まれて前方が一切見えなくなる。

驚きに息を呑んでいると、隣にいたアストが興奮したように握っている手を揺らした。

「わあ、すごい」

フェリアルはちらりとライアンを見ただけで、そのまま地を蹴った。ライアンも同様に、光がほとばしる様を見ると、そのまま前方に突っ込んでいく。

「あれは、術式形態変更の術式構成（コマンド）だね。独自開発かな。ちょっと気になる」

「術式形態変更？」

「事象の固定、範囲の指定ってところかな。あの術式は人を殺さないようにできてるってこと」

「え？」

「言ったでしょ。範囲の指定って。あのお兄さんがなにを指定したのかはわからないけど、例えば武器全般とかを指定すれば、それを粉々にすることはあれどそれ以外を傷つけることはないってこと。もちろん、その逆も可能。人の急所だけ狙って打ち出すこともできると思うよ」

アストがそう説明したとき、不意に私たちの周りにつむじ風が起きた。

その瞬間、アストに強く手を引かれる。

「無術音式 第八十七の唄——吸力魔道（セレブシ）」

アストが手のひらを広げて、その手を起点として波紋が広がる。そして瞬く間に私たちを囲う光の筒のようなものが天井まで伸びていった。つむじ風はだんだん大きさと勢力を増し、渦巻きのようなものがいくつも連なる。それらは私を飲み込むほどの大きさだ。

だけどアストが張ってくれた光の壁に当たり、つむじ風はだんだん姿を消していく。

「今打ち出した魔法。ぶつかった攻撃魔法は威力に関わらず全て分解して、術式を解除し、虚空に還す」

アストが説明したとおり、光の壁に触れた渦巻きは触れたところから波紋を描くようにして小さく、やがて消えてしまった。それが分解されているということなのだろう。

「便利なんだけど、使用時間が限られてるんだ。使えるのは五秒だけ。しかも、この魔法を使ったあと一定時間は魔法が使えない反動まである。連打ちの可能性があるときはまず使えな……」

アストが言った直後だった。

彼の背後に、砂浜には不釣り合いな人形が宙を舞った。——刹那、光閃（こうせん）。

「……！」

「アスト！」

「しまっ……」

アストが声をあげる。

『この魔法を使ったあと一定時間は魔法が使えない反動まである』

その一定時間がいつまでかは具体的にわからないが、まだ魔術を展開することは難しいのではないか。咄嗟に私はアストの手を引いて、くるりと人形に背を向けた。

人形自体に見覚えはなかったが、人形を武器とする人を、私は一人だけ知っている。

アストを強く抱き締め、自然な流れで詠唱を口にした。

「光術癒式 第五の唄――凍々（カト）、」

口にした魔術が一体なんの系統なのかすらわからない。

私が魔術を唱えようとしていることに気がついたアストが、顔を上げる。

「アリィ、だめだよ！」

「焦（フォド）」

土（ミデン）、と続くはずだった言葉は、突然響いた爆音にかき消された。

バンッ、ボッ……ドォン!!

なにかを叩き壊したような音が鳴って、続いて少し離れたところで爆発したような音が持続的に響く。

少しの間、それがなんの音かわからなかった私は、ややあって音の出処を確かめた。しかしそこにはなにもない。砂浜が広がるだけで、宙に浮いていたぬいぐるみも消え去っている。

なにが起きたのかわからない。呆然としていると、隣に誰かが立った。

「あれ～？　あの気色悪いぬいぐるみ、中に爆弾でも仕掛けてたのかなぁ～？」

「ルイ……ビス……？」

驚きに息を呑む。アストも爆発したと思われるぬいぐるみと、そしてルイビスが構える銃(ピストル)に目を見開いた。

「おまっ……お前、まさか撃ったのか!?　あれを!?」

驚きのあまり、その声は掠れていた。ぬいぐるみは、なにかが仕込まれている可能性が非常に高かった。それを、まさか銃で撃ってしまうなんて。

「そ。時代遅れのマスケット銃より使いやすくて軽ぅいフリントロック式(こっち)のが俺は好きなんだよねぇ。ま、死とは隣り合わせって感じだけど。それも含めて可愛くない？」

「そんなことはどうでもいいんだよ！　お前、気づかなかったの？　あれ、特殊な魔法がかけられた爆弾だよ!?」

アストはよほど混乱しているのか、立て続けに彼に寄った。

そのアストの様子に、銃を腰のベルトに差したルイビスが鬱陶しそうな顔をした。

「南の国の王子様、ちょっと距離近くない？」

「話聞いてる!?」

アストがヒートアップしていると、前方からユノアの声が聞こえてきた。はっとしてそちらを見れば、残党を一掃したのか、ユノアの後ろにフェリアルが続き、その後をライアンが歩いている。フェリアルが剣を振って汚れを落とす素振りをした後、剣をしまっていた。

「先を急ごう。どうやらここには、思わぬ伏兵も潜んでいるようだ。相手をする時間が惜しい」

フェリアルが言ったそのときだった。

ぶわりとひときわ強い風が吹いた。髪が巻き上がり、視界不良になる。咄嗟に手で押さえたが、その髪の間の僅かな隙間から、見慣れぬものが躍動しているのが見えた。

「無術音式 第八十七の唄――吸力魔道（セレブシ）」

「光術癒式 第五の唄――凍々焦土（カトフォドミデン）」

ライアンとフェリアルがそれぞれ詠唱を繰り返し、瞬く間に青白い光が展開された。風が収まったときには、先ほどアストが繰り広げた光の壁とあわせて、辺り一面が結氷に覆われていた砂浜には薄氷がかかっている。足を踏み出すと、パキ、と氷が割れる音がする。

先ほど宙を躍動したそれ――数多（あまた）のぬいぐるみは氷によって、固められているようだ。

「アリエアは僕の傍に」

続いて、斜め左前方の森から人影が見えてきた。現れたのは、武器を片手に持った集団。先ほどの彼らの仲間だろうか。瞬時に思ったが、違和感を覚える。彼らは先ほどの男たちよりも全体的にひょろりとしており、よく見れば少年や少女のようだ。

私がもしかして、と思うと同時に、ライアンが舌打ちする。

「相変わらず悪趣味だな。こちらがうまく動けなくなることを完全にわかっている」

私は、自分の仮定が正しかったことを知った。

以前対峙したとき、その女は人形を使って人を操っていた。

そう、ちょうど今のように。

——操られている……⁉

ユノアが彼らの姿を視認して、見定めるように視線を動かす。そうしながら、後方に控えるアストとルイビスに注意を促した。

「アスト、ルイビス。彼らは殺しちゃダメです。あの人たち、おそらくここに連れてこられた被害者ですよ」

ここに連れてこられた被害者、それはつまり男たちの手によって神堕ちの生贄(いけにえ)のために連れてこられた人たちということだ。

「操られてるんだろうな。覚えがある。命令系統の女がいるはずだ。そいつを見つけて、叩く！」

ライアンは言いながら砂浜を駆けて、対峙した彼らの下へ突っ込んでいった。そのままユノアはちらりとフェリアルに目配せをし、彼らは僅かな間にアイコンタクトを交わした。そしてユノアも走り彼らの相手を務めにいく。

アストがユノアとライアンの様子を窺うように見ているが、ややあって私に尋ねてきた。

「命令系統の女って誰？　知り合い？」

「茶髪の女だ。人形を手にしているからすぐにわかると思う」

答えたのはフェリアルだった。そして私を見ると、僅かに目を細めた。慮(おもんぱか)るような気遣いを感じて、私は例の女が私に大いに関わりがあるのだと察した。

「名をクリスティ。きみの元、侍女だよ」

決別

「…………」

クリスティ――私の元、侍女。

その情報は私に衝撃をもたらした。

思わず言葉を失う私に、アストが慣れたように頷いてみせた。

「ああ、よくあることだよね。身近な人間が犯人っていうのは定石」

アストには、船旅の間に私の身元とフェリアルとの関係を説明していた。彼は私とフェリアルの奇妙な関係にどこか噛み合わない顔をしていたが、やがて納得したようだった。

「でも、姿の見えない相手を探すってのもね……。索敵魔法をかけるにしても、俺は相手の魔力すらわからないし」

無属性の魔法の一つである索敵魔法は、探る相手の魔力を知っていることが前提条件となる。クリスティと相対したことのないアストでは難しい。

「僕がやる。その間、アリエアに注意してあげて。おそらく彼女の狙いは……アリエアだから」

「ここまで追いかけてくるなんて、よっぽどアンタに執着してる？」

アストに尋ねられるが、クリスティと呼ばれる女のことを私は詳しく知らない。元、侍女だったことも今初めて聞いたくらいなのだから。

「いや……絶対的な命令に従う亡者ってだけだよ」

フェリアルは周りを確認するように見渡したが、ユノアとライアンが対峙している相手以外、人の姿は見えなかった。

先ほどフェリアルが使役した魔術は一過性のものなのか、薄氷はもう姿を消している。

フェリアルは厳しい声で言った。

「いつまでもずるずると引きずっているわけにもいかない。彼女にはここで、引導を渡そう」

フェリアルが術式を構成しようとしたそのとき。ぬいぐるみがまたも大軍で投げつけられた。

「無術音式零の唄――時止まり」

珍しい詠唱文句だった。零の唄なんてものがあるとは知らなかったし、その呪文内容も魔術的意味を持つ要素(スペル)ではないようだ。

ぴたりとぬいぐるみは空中に浮いたまま、停止した。

「カモフラージュにしては芸に代わり映えがないな」

フェリアルが近くのぬいぐるみを剣の柄で薙ぎ払う。

瞬間、女がどこからか飛んできた。頭上から跳んで、落ちてきた女は槍を手にしていた。あまり長さに余裕を持たせない持ち方で、突き出した刃がフェリアルを狙う――と思ったそれが、私目掛けて投げられた。

女――クリスティの目的は私だ！

凶刃に思わず身がすくむ。咄嗟に足が退いたが、それでは全くかわせない。しかしその槍は、フェリアルの剣によって大きく薙ぎ払われる。

クリスティはくるりと宙で一回転して砂浜に着地し、私をギリリと睨んでくる。憎悪が膨らむ瞬間を見た。

「なにがしたい。クリスティ・ロード！　ヴィアッセーヌの娘のためにいろいろと画策していることは知っている。これが済めば、お前の主にことの不始末を負ってもらうことになるぞ！」

「殿下、ご機嫌麗しゅう。いいえ。そんなことにはなりませんわ」

クリスティは腰に差していた大剣を取り出した。とても、細腕の女性に扱えるものとは思えない。けれど彼女はそれを軽々と持って見せた。

「身体強化か」

「ご明察。さすが、大国の王太子殿下なだけありますわ！　それこそミリア様に相応しい」

「馬鹿なことを。ヴィアッセーヌの娘もろとも、私はこの手で葬り去りたいと思っていたんだ。機会を与えてくれたこと、感謝するよ」

クリスティの大剣がフェリアルの剣にぶつかり、鍔迫り合いとなる。クリスティは全く怯んでいなかった。そのまま剣戟が始まり、クリスティがそのたびに僅かに後ろへ下がっていく。

フェリアルはこの場を離れてはならないと思っているらしく、彼女を追うようなことはしないが、その一撃は的確で命を奪おうとしていることがありありと感じられた。

なんの迷いもないその剣には、殺意以上のなにかを感じる。

「アリィ、こっち！」

アストに手を掴まれたそのとき、ぼわりと真白い閃光が迸る。アストがなにかの術式を使ったのだと思う。その眩い光源に思わず目を瞑る。

同時に、頭上で大爆発が起き、体になにかが埋め込まれる感覚があった。

ずぶ、と。

「――!?」

「こんにちは。アリエア・ビューフィティ公爵令嬢。vier(フィーア)の指輪を託された今代の守り手よ」

背後から声が聞こえる。手がギチギチと握られた。

アストだと思った彼は、アストではなかった。

それを理解して、身動きができないほどの激痛に苛まれた。

ずくずくと腰が痛む。ずず、と得体の知れない感覚がした。

「残念ですが、あなたにはここで死んでもらいます」

「ぐ、ぅ、うう……や、め……」

「有終の美、ってご存知ですか」

「……あ、う、ぅっ」

真白い光閃は変わらず展開されている。魔術を展開したのも、アストではなかったのだ。

痛みで意識が飛びそうになる。歯を食いしばって、気を失わないようにするだけで精一杯だ。

私は唇を噛む。悔しかった。なにもできないことが。

「指輪の持ち主が死ぬときはどんなに残酷か、知ってますか？」

「は、な……して」

「魔力が枯渇して、生命力を魔力に変換し始めるでしょう。そうすると意識を保つためだけの生命力(バイタル)が失われる。そうなると人は気絶する。でも魔力はどんどん指輪に吸い上げられるから、養分の一かけらも残さず奪い取られるんですよ。やがて、守り手はミイラのように干からびて、男か女かもわか

らない皺だらけの体で亡くなるわけです」

「っ……なに、がいいたい、の」

口を開くとひゅうひゅうと喘鳴（ぜいめい）がした。

「つまり、アンタらに終焉（フィナーレ）は飾れないいってことだ。せいぜい生き汚く死んでくれや」

そのとき、聞き覚えのある声が聞こえてきた。

「それはこちらのセリフだ。きみには、死にたいと思うほどの地獄をお見舞いしよう」


クリスティの戦い方は妙だった。好戦的なくせして、しかし突っ込んでこようとはしない。じりじりと後退していくのも気になる。それはまるで、フェリアルを誘うような戦い方だった。

訝しんだフェリアルは、彼女を追撃するような真似はしなかったが、どうにもそれだと戦いにくい。いっそ、光属性の魔法でまとめて消し飛ばしてしまおうか。そう考える彼だったが、しかしクリスティに爆弾ぬいぐるみを飛ばされると、こちらまで影響が出かねない。

であるのなら……

「光術癒式 第五の唄――凍々焦土（カトフォドミデン）」

一帯を凍らせ尽くすのみである。

フェリアルが詠唱した途端、クリスティが彼の頭上で高く跳んだ。跳躍で魔術の使役時間を稼ぐつもりなのだろう。フェリアルが魔術の範囲指定を頭上に固めようとすれば、クリスティが指を動かしてあらかじめどこぞに潜ませていたぬいぐるみを出す。

　こうなれば、対処せざるを得ない。

　フェリアルが魔術の範囲を全方向に、そしてぬいぐるみが爆発する前に凍らせると、跳躍から降りたクリスティが切りかかってくる。クリスティの戦い方はずいぶんと円熟していた。どこかで経験を積んだか、あるいは誰かの指示のもとの戦法なのか。

　その〝誰か〟の可能性に気がついたフェリアルが後ろを振り向いたのと、アストが叫んだのはほぼ同時だった。

「アリィ!?」

「っ……!」

　クリスティはその隙を逃さず注射針を的確な角度で飛ばした。

　フェリアルはさながら手負いの獣のごとく俊敏な動きでそれを弾き飛ばすと、突如クリスティとの距離を詰め、彼女の鳩尾(みぞおち)に蹴りを入れた。

　まさか、剣ではなく足で一発入れられるとは。

　なにせ、相手はフェリアルだ。優しい顔立ちの彼が、クリスティとはいえ女性相手に乱暴をするはずがないと、どこかで彼女は思い込んでいた。

　ゆえに、クリスティは深い一撃を受けて、どさりと膝をつく。

　フェリアルはそんな彼女を冷たい目で見下ろして、呪文を唱えた。

「光術癒式 第三の唄――囚光魔(スキッニ)」

　白目をむいて気絶するクリスティの周りに光で編まれたような縄が出現し、フェリアルが命じる間もなく、彼女の手足を縛った。

そして彼は、アストの下へと急いだ。

アストはなぜか、アリエアを探している。

青ざめた顔で索敵魔法を唱えようとしているアーネストに、フェリアルが怒鳴りつけるように言った。

「五時の方角だ！」

それと同時に、フェリアルは手にした剣を真っ直ぐ投げ飛ばした。アーネストはフェリアルの大きな声に驚いたが、フェリアルの剣がなにかに刺さると、その赤い瞳を見開いた。

「な……そんなわけが……」

アーネストは先ほどから、何度もアリエアがいないか探していたのだ。そして、見つからなかった。もちろん、背後も確認した。それでも、いなかった。

それなのに、今フェリアルの剣を受け、男と――そしてそれに拘束されているアリエアが目に入った。

「アリィ！」

男はフェリアルたちに背を向けるような体勢で、さらにアリエアは男に後ろから掴まれているため様子がわからない。

しかし、男の手には剣があり、その剣先がアリエアの腰に吸い込まれているのを見ると、フェリアルは自分がいつになく熱くなるのがわかった。激しい感情は、紛れもない怒りだ。

男は、幻覚魔法を使っていたのだ。

なぜ、アストに視認できずフェリアルには見破れたのか。その疑念は二人の共通感覚であったが、その前にフェリアルは男の声に意識を向けた。

「つまり、アンタらに終焉（フィナーレ）は飾れないってことだ。せいぜい生き汚く死んでくれや」

フェリアルは酷薄（こくはく）な笑みを浮かべた。それは、いつも優しげだとか、穏和だとか、そういった言葉で形容されるものとは全く違う。残虐で冷たいものだった。

「それはこちらのセリフだ。きみには、死にたいと思うほどの地獄をお見舞いしよう」

男はアリエアからパッと手を離すと同時に、腰を貫く剣をグッと引き抜いた。

「あれ？　クリスティ、やられちゃったんだ」

男が剣を完全に抜き切ると、多量の血がびしゃびしゃと砂浜を濡らした。

フェリアルはもう冷静ではいられなかった。男の首元を乱雑に掴むと、後方に放り投げた。

「アスト、それを逃がさないで」

「わかってる」

アーネストが先ほどのフェリアル同様の光属性魔法を展開して男を捕らえる。男は蓑虫（みのむし）のように転がったが、アーネストは一切の手加減をせずに手足まで光を帯びた縄で縛りつけた。

フェリアルはアリエアの体に負荷がかからないよう抱きかかえたが、べちゃ、と液体が手のひらに絡む。意識はかろうじてあるようだが、いつ飛んでもおかしくなかった。

一刻も早く、止血をしなければならない。

「光術癒式　第三の唄――癒奏（セレブシ）」

唱えると、フェリアルは魔力が根こそぎ奪われるかのような脱力感を覚える。

それほどまでにアリエアの体は損傷を受けているということだろう。

回復魔法は、臓器の復元、皮膚の再生、骨が砕かれた場合など、ダメージを元に戻すことができる治癒術だ。だけど完璧ではない。傍から見れば元通りでも、臓器は弱っている可能性があるし、血液を作り出す効果も期待できない。だから、早いところ損傷部位の復元をしなければどんどん血は失われ、回復魔法が効いたところで失血死しかねない。

フェリアルの魔力が白銀の光を伴ってちらちらと消えていく。

それはさながら儚い雪の結晶のようだ。

「俺も手伝う」

アーネストはアリエアの横に膝をつくと、フェリアルと同じように術式を展開した。アーネストの魔力が混ざったことで、フェリアルにかかる負担は減ったものの、まだ魔力は吸われ続けている。

自分の体から魔力が抜けていく感覚は慣れず、奇妙なものだったが、自分の生命力を彼女に与えられるのなら、とフェリアルは思った。

クリスティが気を失ったことで島に連れてこられた人々の洗脳も解けたのだろう。難なくライアンとユノア、ルイビスがこちらへ向かってくる。

ライアンはアリエアを見て、僅かに目を見開く。

「なにがあった？」

「ごめん。俺のせいだ」

「幻術魔法がかけられていた。彼はそれに惑わされていたようだ」

「本当に、ごめん。俺がついていながら、全然気づかなくて……っ」

アーネストは取り乱していた。白い頬は真っ青になり、自分のミスでアリエアに重傷を負わせてしまったことを悔やんでいる。

彼の絶望にも似た怯えにライアンは冷静に返した。

「魔力含有量トップクラスのきみが言うんだ。それなら、気づかないような仕掛けになっていたんだろう。彼女の具合は」

「もうだいぶいいはずだ。ただ、貧血が少し心配かな」

ライアンの言葉にフェリアルが答える。そして、ユノアも言葉を続けた。

「俺、船に戻って干しレバーと水を持ってきます」

「ユノア、船まで転移させる。ライアン、彼についてやってくれないか？　ユノアだけだとここまで戻るのに時間がかかる」

「皇太子殿下を足代わりに使うのは恐れ多いですが……緊急事態なんで。お願いできますか？」

「恐れ多いなんて思ってないだろ。まあいい」

ライアンはいつもどおり落ち着いた声で返しながら、アーネストに視線を送る。

十四歳の少年は、いまだに唇を引き結んで、俯いていた。

ライアンは次男で弟はいないが、弟がいたらこんな感じなのだろうと思ったのだ。

「いや、悪いがアストに頼んでもいいか？」

「え、」

驚くアーネストに、ライアンは視線を縛りつけられた男へと向ける。そして、彼は瞳をすぅと細めた。どこかで見覚えのある、なんて話ではない。ライアンが目をつけていた男だ。

「ん……」

小さな声と共に、アリエアがぴくりと身動ぎする。フェリアルはすぐに声をかけた。

「アリエア。気分はどう」

アリエアはまつ毛を震わせて、頷く仕草を見せる。

「アリィ……。ごめん、俺が気づかなかったから……。こんな目にあわせた。俺、」

アーネストがアリエアの横に膝をつくと、今にも泣きそうな顔で言う。

アリエアは驚いたように僅かに目を開いたが、すぐに安心させるような笑みを見せた。

「だいじょうぶ。……ごめんね。ありがと……」

アリエアはそれだけ言うとまた目を閉じる。

まだ体力が回復していないのだろう。話すだけでも体力を使うのか、休むように目を閉じている。

アリエアの声には力がなかった。

ライアンはアリエアの様子を確認すると、縛りつけられた男を踏みつけ、ユノアに言った。

「俺は、この男に少しばかり用がある。アストとユノアは船から貧血によさそうなものを持ってきてくれ。すぐに効果が出るわけでもないが……やらないよりはマシだろう」

「わかりました。それじゃあアスト、お願いできますか？」

「……うん」

アーネストは静かな声で詠唱した。

「……全術迎式、七の理 第九十九の唄――動楼(ヴィコール)」

瞬く間に光の束が広がりを見せ、それらが収束したときには、既に二人の姿はなかった。

罠と仕掛けと海の底

ひどい倦怠感だったが、痛みはもうなかった。

私は深呼吸を一度すると、目を開ける。そうすると、綺麗な翠色が目の中に飛び込んできた。

「一度、船に戻ろうか」

優しいフェリアルの声だった。私は首を振って答える。

「ううん。もう大丈夫、少し手足が重いけど、それだけよ」

「本当に？　僕はきみに、無理をさせたくない」

「本当よ。それに……アストは？」

体を起こすと、ほんの少しだけめまいがするけれど、歩けないほどではない。

ここまで来て、船に戻るなんて非効率だ。このまま進みたい。

「アストは、ユノアと貧血に効く食材を船から持ち出している」

「そう……」

「アリィ、フェリアル。少しいいか？」

ライアンが私たちを呼ぶ。ライアンがフェリアルを名前で呼んだのを、私は初めて聞いた。少し驚きながらも立ち上がると、ライアンは私を見てほっとしたように息を吐いた。

彼の感情は表情に出にくいが、それでも心配をかけてしまったのだとわかる。

「……きみに何度も怪我を負わせて。不甲斐ないな」

「ライアン……」

「守ると言ったはずなんだが……すまない。調子は？」

「大丈夫。それより、この人……」

私はライアンが足で押さえつけている男を見た。ライアンにしては珍しく乱暴な行動だ。

肩を押さえつけられている男は銀色の髪をしている。小柄で、背もさほど高くない。

どこかで見たような気がすると思うが、それがどこかまでは思い出せない。

「きみは覚えていないだろうが、この男と俺たちは前に一度、会ったことがある。ディアルセイのダリルの街の小料理屋で、昼間から飲み比べしていた男だ。そして、世間話の一環として指輪の話をしていた。お前、俺に尋ねたな。始まりの地がどこか知っているか、と。それを知っているお前は何者だ」

低い声でライアンが男に尋ねた。男は砂浜に顔を半分埋めながらも、慌てる様子はない。

「さあね」

「黙秘を貫くか。だが、あいにくこちらはあまり時間が残されていないんだ。痛い思いをしたくなければ、早く話すのが利口だと思うぜ？」

「脅すのか？　兄ちゃん。……ん？　あんた、そういえば……」

男はそれまで飄々としていたが、なにかに気がついたようにライアンの顔をじっと見た。そして、今度は私を見る。男の視線がこちらを向いて思わず唾を飲んだ。条件反射のように、体が強張る。

「ああ！　ダリルの！　ちょうど居合わせが悪かったときだ！」

「居合わせが悪い？」

「いやあ、あのとき追われてたんでね。兄ちゃんとの会話を切り上げたのは故意じゃない。本当だぜ？」

話が全く見えなかった。私は恐怖心を抑えて、男に尋ねた。

「追われていたって？」

男が口笛を吹いて私を見た。彼は今拘束されていて、私をどうこうすることはできないとわかっていても、それでも先ほどの痛みを思い出して体がすくむ。

「さっきまで俺に刺し殺されそうになってたのに、もう復活してんのか。女は強……うぐぇ!!」

「すまない。手が滑った。きみのお喋りな口が余計なことを言う前でよかったよ。危うく首を落としてしまうところだった」

言ったのは、フェリアルだ。

男はフェリアルの剣の柄で首を打撃されたのだ。かなり重たい音が響いて、男がもんどり打つ。フェリアルはにこやかに笑って言ったが、その瞳は全く笑っていなかった。

「痛い！　いってぇ！　さっきのとは本当に違って、マジで痛ぇ！」

「喚く元気があるのなら、加減は不要だな。少し大人しくさせたほうがやりやすいかもしれない。情報を吐かせるのに必要なのは口だけだ。手足は不要だと思うが……きみはどう思う？」

「ひぃっ」

「無駄に血を流したくないならさっさと言ったほうが身のためだぜ。俺はそんなに気が短いほうではないけど、さすがに頭にきている上、俺以上にこの男がキレたらどうしようもない。死にたくても死ねないような目にあいたくないなら、素直に吐きな」

ライアンの最後通告に、男は怯えたように視線を虚ろにした。

フェリアルはなんの感情もない目で男を見ている。

男は、ゆっくりと話し出した。

「俺……俺は、元々オッドフィーの神官だった……」

「それで？」

ライアンが冷たく告げる。

「偶然、本当に偶然、本で読んだんだ……。指輪に纏わる話。神堕ちについての記載だ。そこには、人々の記憶や恐怖を糧にして神堕ちは復活すると書いてあった。俺は驚いたよ。なにしろ、聞いていた話とは全く違う。そして俺は、その神とやらを復活させようと思った」

「なんのために」

フェリアルが無機質な声で尋ねる。

「か、神の時代を取り戻すためだ」

私は、固唾を呑んで男の話を聞いていた。

「神堕ち……神もどきが復活すれば、古い時代を治めていた本物の神が舞い戻ってもおかしくない。神は、見ておられる。この地上を。この現世で起きることを！　そして、神ならざるものが手に入ったのなら、きっと、間違いなく現れると思ったんだ」

「そんな夢見がちなことを言われてもな。それはきみの願いであり、理想だろ？　必ず起きる未来とは限らない」

「違う！　聖本に書いてあった。神は坐わすから、いつも我々を見ているのだと」

「……で、あるのなら。そのために禁忌を犯そうとしているお前は、その神とやらの手で地獄へと落とされても文句はないということか？」

「は……？」

ライアンの言葉に、男が目を丸くする。思ってもみない言葉だったらしい。

それに対しライアンは、彼の傍にかがんで皮肉げな笑みを浮かべた。

「そうだろう？　神堕ちは、堕ちた神。いわゆる、祟り神みたいなものだ。それを復活させるということは神への冒涜なんじゃあ、ないか？」

「ライアン。それよりも聞きたいことがある。さっき彼女も聞いていたよね。きみは、どんな悪さをして追われていたのかな？」

「いや、やらかしたわけじゃない！　ただ、妙に付きまとってくる女がいたから……」

「女？」

「そうだ。赤髪の、目つきのきつい女だ。指輪の話を根掘り葉掘り聞いてくるから、やりにくくてたまらなかった」

指輪の話をしていた……？

それは私に思わぬ動揺をもたらした。

私たち以外に、指輪について探っている人物がいる。

ライアンがふと、なにかに気がついたような声で言った。

「赤毛……？」

「知り合いかい？」

フェリアルが尋ねる。ライアンは顎に指先を置いて、考えるような素振りを見せた。

「……なるほどな。こいつの言うことが真実であるのなら、あれは見事に俺の勘違いだったってわけだ」

「勘違い？」

「そうだ。俺がこの男に指輪について……そうだな、問い詰めようとしたとき。ちょうど裏の館で火の手が上がった。そんなの、できすぎているだろう？ 俺はこいつがなんらかの形で関わっている関係者だと踏んだわけだ。ま、大いに関わっていたわけだが」

「違う。俺はあの女の目を誤魔化すために攪乱しようとしただけだ！」

「それが真実であれ、そうだと考えると納得がいくところがある。この男の言う赤毛の女だが……おそらく俺と彼女は相対している」

「え……!?」

咄嗟に記憶をたどるが、もちろん思い出せるはずがない。私が記憶を失う前の話なのだろう。

狼狽える私に、フェリアルが確かめるように言った。

「相対、ということは通りすがりに見たとかその類ではなさそうだね。絡まれでもしたのかな」

「ご明察。突然女が斬りかかってきたんだ。その女は黒髪だったが……」

「黒髪！ そうだ、そいつらだ!! いつも二人でいた！」

ライアンはダリルの街で起こったことを思い返していた。

銀髪の男――元神官だと言うが、物知り顔で神堕ちについて話す男に、その話をどこで聞いたのだと尋ねたその矢先。裏の娼館で火の手が上がった。男が怪しんだライアンから逃れようと手を打ったように感じたのだ。

とはいえ、乾いた空気の中で火の手はどんどん燃え広がり、ライアンとアリエアも移動せざるを得なかった。

そして、人の多い大通りではなく、裏路地に入ったところ。出合い頭に黒髪の女に斬りかかられたのだった。

当初は、あからさまに訳ありっぽいアリエアを狙っての攻撃だったのだろうと思った。

だけど、この男の話を聞く限り、そういったわけでもなさそうだ。

(おかしいとは思ってたんだよな。あのとき、黒髪の女は俺に攻撃を防がれたとはいえ、追撃するような真似はしなかった。そして、赤毛の女と共に裏路地に消えた)

銀髪の男の話では、赤毛の女は自分を探していたと。彼女らの狙いは元々アリエアやライアンではなかったのだ。

そうなると、なぜ出合い頭に斬りかかってきたのかがわからないが、それぱっかりは銀髪の男に聞いてわかるとも思えない。

僅かに引っかかる部分があったが、それよりも神堕ちをどうにかするほうが先だ。

船には始まりの地までの航海図はあったものの、神堕ちが封印された具体的な場所までは書かれていなかった。

もっとも、それはこの男を締め上げればなにかしらの情報を得られそうではあるが。

ふと、そのときフェリアルが銀髪の男に尋ねた。

「……アストが、彼がお前を視認できなかった理由は？」

「なんだ、あんたたちも知らないんだな？」

男は隠し立てせずに答えた。

「あんたらがつけている指輪には仕掛けが施されているんだ。具体的な内容は知らねぇ。その術式回路を指定して、指輪所有者にのみ発動するよう幻覚魔法を使ったんだ。あんたらも知ってるだろ？限定的な魔法になればなるほど、効力は高くなる。逆に、範囲が広ければそのぶん使用魔力も増えるし、難易度も上がる。味のしねぇ酒みたいな濃度になっちまう」

「待て。仕掛けだと？」

ライアンは手首に下がるブレスレットを引っ張り出すと、嫌になるほど見慣れてしまった指輪に目をやった。しかし、男の言うように、なにかしらの術がかけられているとは考えにくい。

アリエアも同様だったのだろう。動揺して、胸元のチェーンネックレスを取り出して指輪に触れている。

フェリアルがそんな様子を見てから、男に尋ねた。

「仕掛けとは？　それと、きみはそれをどこで知った」

「知ったのは神殿に保管されている本……背表紙もタイトルもなにも書いてない、ただの日記みたいな本だ。それに書いてあった」

ライアンは大きくため息をついた。

「簡潔に答えろ。指輪にまつわる記載があった、俺たちですら知り得ない指輪の秘密すらも記載があるという、その本。その本は今どこにある？」

「冬のある日、神殿でボヤ騒ぎがあった。酔っ払いの火の不始末が木に燃え移ったのだろう、と……蔵書室は森のすぐ傍にあったから。そのとき、蔵書室の一部の本が全部ダメになった。その本も同様だ」

「酔っ払いの仕業、か。まあいい。それで、本はもう消失したんだな」

確認するようにライアンは言った。

フェリアルは男の話を聞いて、違和感を抱いた。

指輪に関する事実は、それらの所有国である各国が隠したい事実であるだろう。その本の存在を国王が許容するとは思えない。だからこそ、男の言うボヤ騒ぎが本当に酔っ払いの火の不始末によるものなのかはわからないところ。とはいえ、今それらの真偽を議論する気はない。

ライアンの言葉どおり、その本が今存在するのかどうか。そこだけが気になるところだった。

「もうない」

「指輪に仕掛けが施されていて、術式回路を指定したと言ったな。その具体的な回路を教えてもらおうか」

「ああ、それなら俺のポケットに紙が入っている。術式の解読をすることはできなかったが、それを指定することはできたからな。指輪自体にその術式がかかってるんだ。だから……」

「ポケットって言ってもな……こうも蓑虫みたいにぐるぐる巻きにされてると解くのも一苦労だぞ……」

「縄が緩んだところで逃げられても問題だ。逃げられないように足でも潰しておこうか」

「ひぃっ」

「きみの従者なら、縄を緩めずに目当てのものだけ取り出すことも可能なんじゃないか？　そういうの、得意そうだろ」

「どうだろう。聞いてみようか」

フェリアルがそう言ったとき、どこをほっつき歩いていたのか、ルイビスが戻ってきた。その足取りはいつもと変わらず軽やかだ。

「ねえ、金髪のお兄さんと銀髪のお兄さん？　あ、銀髪は砂浜とキスしているやつもいたねぇ。まあいっか？」

「きみは……どこうろついていたんだ？　姿が見えないと思った」

ライアンがため息混じりに言うと、ルイビスが後方を親指で指さした。そこには、クリスティが倒れている。

「彼女がどうした？」

「目ぇ覚ましてうるさかったから、もっかい寝かせといたよぉ。これでこう、がんってね」

彼が取り出したのは銃だ。くるくると手の中で弄ぶようにして言った彼に、ライアンは息を吐いた。

銃は飛び道具として使用するのが普通。まさか物理的に殴ったり、剣代わりに鎌や棍棒を受け止めたりするとは思わなかった。

（やはり変わり者だな。曲者って言ったほうがいいか？）

その実力は正直、測りかねているが暗愚な人間ではないのだろう。ルイビスはおおよそ倫理観や秩序といったものが欠けているが、うまく使役できる人間に拾われればその力を遺憾なく発揮するだろう。ライアンは、こうも使い勝手の悪い人間はごめんこうむりたいと思った。

　こういう男を使うのは、腹芸が得意な人間だ。ライアンは王族の生まれなだけあり、回りくどい言葉遊びをする貴族の嗜みは身についているが、進んでやりたいとも思わない。

「起きてまた騒がれたら面倒だね。アリエア、僕は彼女を送還してくるから。彼の傍から離れないでここで待っていてくれる?」

「リームアに送るのか?」

「そう。幸い、僕には優秀な側近がいるからね。簡易的なメッセージだけ一緒に飛ばしておけば、理解してくれるよ」

「あの女は、アリィの元侍女だと言ったな。きみの国で預かるのが適切か。それなら、頼んだ」

「言われなくとも」

　フェリアルは変わらず落ち着いた声で言ったが、その声には僅かな険が含まれていた。余計なお世話だとでも言いたいのだろう。

　つくづく、彼はアリエアのことになると王子様の仮面が剝がれる。

　だけどライアンは、そちらのほうが人間味があって好ましいと思った。


　魔法陣が展開されて、船からユノアたちが戻ってきた。その手には布袋が下げられている。

　ユノアは私と目が合うと、こちらに駆けてきた。

「レバーの燻製(くんせい)です。食べすぎて喉が渇くのもよくないなと思って、この量にしました」

ユノアは言いながら布袋の紐を解いて、中から巾着を取り出した。手のひらサイズのそれは、確かに多すぎない、ちょうどいい量だろう。巾着を受け取り、紐を解く。さらに大きな葉で巻かれたそれを外すと、何枚かの燻製が出てきた。

とりあえず手に取って、一枚口にする。独特の苦味と胡椒の辛さが口の中でぴりついた。

ユノアは私が口の中に入れたのを見届けると、布袋の中から水筒を取り出した。

「小さい島ですし、食糧は必要ないかと思ったんですけど、せっかくなので飲み水とか濾過(ろか)用紙も持ってきました」

ライアンがユノアの言葉を受けて顔を上げる。

「そうだな。島自体は小さいが、なにが仕掛けられてるかわからない。なにしろ、地図がない」

「この人が知ってるんじゃないですか？」

ユノアが縛られた男に視線を向ける。銀髪の男はなんとか立とうともがいていたようだが、手も足もぐるぐる巻きにされているためにうまくバランスを取れないようだった。

「この島の概要は知ってる。だが、神殿の位置は知らない。本にも書いてなかった」

「ああ。そうだ、ユノア。こいつのポケットを探ってくれないか？　気になることを言っていた」

ライアンが思い出したようにユノアを見る。ユノアは手にしていた濾過用紙をしまうと、布袋を背負った。

アストは私のほうに歩いてくる。

「アリィ。体は大丈夫？　本当にごめん。俺の落ち度だ」

私からしてみれば足手まといになってばかりいて申し訳ないという思いしかない。彼を責める気持ちはおろか、彼に責任を感じさせてしまって申し訳なさしか生まれなかった。私はアストを見ると、なんでもないことを証明するように手を握って答えた。

「私こそ、うまく立ち回れなくてごめんなさい。もう少しなんとかなればいいんだけど……」

魔法も使えなければ体術も不得手。それ以外で役に立つとまでは言わないから、足を引っ張らない程度の護身方法を見つけたいと思った。

アストはほっとした顔を見せた。私が回復したことに安心したようだ。

ユノアは私とアストがやり取りしている間にライアンから話を聞いて、蓑虫状態の男のポケットから一枚の紙を取り出した。縄を解くことをせず、器用にポケットの中から破らずに紙を取り出すその手腕は、とてもではないが真似できないと思う。

「これですか？」

「その紙の中身は？」

ライアンに問われ、ユノアが紙を広げる。二人の反応は違うものだったが、どちらにしてもあまりいいことは書かれていないのだろうと思った。ライアンがこちらを向く。

「これを見てくれ。なにかわかるか？」

「うわ、これはまた……」

アストが苦々しい声を出す。私も思わず息を呑んだ。

そこには、複雑な紋様が書き込まれていた。黒一色で、前衛的デザインとも、新感覚アートとも言われそうな模様だ。円がぐるりと描かれており、左右の上部には星が乱雑に描かれている。右下には帆船（シップ）と思われる旗がある。斜めに切り分けられるように太い黒の線で断たれており、わかるようなわからないようなイラストが中心に描かれている。解読は難しいだろう。

「ごめん、わかんない。なにこれ？」

「この男が言っていた、指輪にかけられている術式とやらだ。これのせいできみは、幻覚魔法を視認できなかったというわけさ」

「術式……？　これが？　俺にはなんか、先鋭的なデザイン画にしか見えないけど」

念のためルイビスにも紙を見せていたが、ルイビスも首を振っていた。

戻ってきたフェリアルにも同様に確認していたが、やはりその絵の謎を解くことはできなさそうだ。

ライアンはため息混じりに、ユノアにそれを託した。

「布袋の中にでも突っ込んでおいてくれ。旅が終わればその紙自体不要になるだろうが、どうにも気になる。自国に戻ったら片手間に調べてみることとするさ」

「わかりました」

ユノアはライアンから紙を受け取ると、それを布袋に入れた。

「さてと。それじゃあ出発するとするか。ああ、きみには案内人の役を担ってもらおうと思うんだ。おい、水色のきみ」

「名前で呼んでくれる？　水色のきみとか、そういう二つ名みたいですげぇだせーんだけど」

「それは悪かった。ルイビス、この蓑虫男を運んでくれるか？」

ライアンが男の首根っこを摑み、ルイビスのほうに放り投げると、思わずといった様子でルイビスが受け止めた。

「少しくらい乱暴にしても死にやしないから安心していい。喋る荷物くらいの感覚で」

「そ？　なら、俵担ぎでいっかぁ。落としたらごめんね？」

「落とすな。少なくとも、目的地に着くまでは役に立つんでな」

「でも、この人は神堕ちがどこにいるかわからないんですよね？　役に立ちます？　このまま置いてったほうが、荷物にならずに済むと思いますけど」

　言ったのはユノアだ。

「これは俺の推測だが――オッドフィーで生贄を集めていた奴ら。あいつらを取りまとめている、もしくは指揮しているのはお前だろ？」

　じゃなきゃ、おかしいもんな、とライアンは続けた。

「この世で唯一焚書処分されてない、『指輪』にまつわる真実がおそらく書かれている本。それが燃えてなくなっているのだとしたら、奴らがそれを知っているのはどうにもおかしい。既に知ってる奴が指揮をとってると考えたほうが自然だ。加えて、オッドフィーにその本とやらはあって、オッドフィーで神堕ちに捧げる人間を選別していたとくれば、話は繋がる」

「…………」

　男はだんまりを決め込んだようで、なにも言わない。

　しかし、彼を抱えているのはルイビスだ。ルイビスは黙りこくった男を見ると、なにか思いついたようで、突然男を頭上に向かって飛ばした。魔法を展開させた様子は見せなかったから、おそらく筋力だけで飛ばしたのだろうが、男はそれだけでなかなかの高さまで飛んだ。ルイビスは細身に見えて、かなり力があるのだろう。子供にする〝高い高い〟よりもずっと乱暴で、落とす不安すらある仕草に、男が悲鳴をあげた。

「やめろ！　やめてくれ!!　言う、言うから！」

「え〜？　別にいいよ。まだ言わなくても。他にもやりたいことたくさんあるし。例えば、歯を何本抜いたらうまく話せなくなるのか、とかさぁ」

「言う！　言います!!」

ルイビスの宣告は、彼の恐怖心を煽ったらしく、すぐに男が答えた。

男の話によると、神堕ちに生贄を捧げる場所があるという。その場に生贄を横一列に並べて一夜を明かすと、次の日には一人残らず姿を消すことから、神堕ちの贄となっているのだろうと。

「とりあえず行ってみるか。お前、これが嘘だったらわかるな？　その幸せな頭をハッピーエンドに導いてやろう。死後の世界はよっぽど現実よりも楽しいだろうからさ」

「ほ、本当だ！」

「その場所は？　ここからどれくらいで着く？」

フェリアルが男に重ねて尋ねた。

男は目をキョロキョロ動かしながら、換算したのだろう。頼りない声で答えた。

「ここから……一時間もかからないと思う」

「なら話は早い。向かおう」

第13章

沈んだ神殿

人身御供

男が案内した場所は、行き止まりだった。

山から落石したのか、完全に道が岩で封鎖されている。

そびえ立つ石壁に、ライアンがこつこつと岩を手の甲で叩いてみせる。

「こりゃあ無理だな。この先には行きようがない」

「本当だ！　ここに生贄を置くと、次の朝には消えている！」

「獣の仕業じゃないんですかぁ？　山なら猪や熊の一頭や二頭いるでしょうし」

「獣だったら内臓が引きずり出されたりして、ひどい有様になっているはずだ。だけど、そうじゃない。忽然(こつぜん)と人だけ消えるんだ！」

ライアン同様、岩壁を触れたり叩いたりして確かめていたフェリアルが、ふと呟いた。

「これ、この部分だけ押せるようになってるね」

「押しますか？」

ユノアがすぐに尋ねた。

「アリエアは後ろに下がっていて。ただの積石の密度の問題なら、バランスが崩れたら崩落するはずだ」

「わかったわ」

「じゃあ俺が吸力魔道(セレブシ)を使うから、崩落がやばそうだったら岩自体をなんとかしてもらえる？　ライアンかフェリアル、どっちでもいいよ」

「それならその役目、俺が請け負おうか。ユノア、アリィについてやってくれるか？」

「オーケイです」

それぞれの役目が決められると、ユノアが私の横に立つ。フェリアルはアストとライアン、そして私とユノアに視線をやってから頷いた。

「それじゃあ、一、二で押し出すよ。一、」
二、とフェリアルが落ち着いた声で続け、岩壁をぐっと奥に押しやった。
同じタイミングで、アストもまた手のひらに魔力を集め、魔術を展開した。

「無術音式 第八十七の唄――吸力魔道（セレブシ）」

光の束が頭上へと瞬く間に伸びていき、光の壁を作る。眩い光に目を瞑った。

そしてその瞬間。

轟音と共に積石が崩れてくるかと思ったが――その気配は一切なかった。ただ、石が押し出されただけ。やがて光の壁は収束していき、先ほどと変わらない景色が見えてくる。

「なにも起こらなかったね」

フェリアルが状況を整理するように冷静な声で言う。

その声に答えたのは、彼から少し離れた場所に立つライアンだった。

「いや、そうでもないぞ？　見てみろ、これ」

そこには、先ほどまでなかったライオンを象（かたど）った石像があった。

「これ……！」

思わず驚いて目を見張る。先ほどまでは、なにもなかった場所だ。地下に隠されていたのだろうか。

地面に突如現れたライオンの銅像は青みがかっていて、その口を大きく開けていた。

そして、銅像の右と真上、左上に、私の手首が入りそうなほど深い窪みがあった。

ライアンが銅像を見て、眉を寄せた。

「また、意味ありげな様相だな……」

「……そうだ。フェリアル、アリィ。影――」

ライアンがなにかに気がついたように口を開いたときだった。

――ドオオオオン！

突如、頭上から爆音が響いた。大砲でも撃ち込まれたかのような威力だ。

すぐにフェリアルが動く。

「無術音式 第八十七の唄――吸力魔道(セレブシ)！」

瞬間、先ほどかき消えた光の束がまたしても編み出される。

私は誰かにきつく腕を摑まれて、引っ張られた。また知らぬ間に敵に捕らえられてはたまらない。

すぐに相手を確認すると、ユノアだった。

「アリィ、後ろに！」

その声と共に、アストとライアンの魔術詠唱が聞こえてくる。

「光術癒式 第三十八の唄――旋風乱舞(ヴィリアネモ)」

「光術癒式 第六十一の唄――霞氷雪(バゴスカ)」

それぞれ術式が発動すると同時に、頭上に霧散していた硝煙(しょうえん)が突風によってかき消され、その間を縫うようにして、無数の氷雪が銃弾のように硝煙の向こうへと撃ち出された。

彼らが連携して戦闘を行うのは初めてのはずなのに、見事なまでに息が合っていた。

そして、アストの放った銃弾のような氷雪が光線のように放たれると、その煙がかき消えると同時に、誰かが地上に降ってくる。

その人物は器用にも石壁の突き出た部分を足場に、と、と、と流れるように滑り落ちてきた。

どうやら二人組のようだ。

一人は燃えるような赤毛の、娘。もう一人は黒髪の女性。しなやかな体で、赤毛の娘の膝と肩を持ち、体を支えている。赤毛の娘はこちらを強い力で睨みつけていた。

彼女たちは、もしかして。話に出ていた、ダリルの街で会ったという……！

私が驚きに息を呑むより早く、叫びにも似た声が場に響いた。

「姉上!?」

赤毛の娘は驚いたように声の方向に目をやり、そして硬直した。

想像だにしなかった、という顔をしている。かくいう私もかなり混乱していた。

彼女が、アストの姉にあたる方……!?

私は戸惑ってライアンに視線を送ると、ライアンもまた切れ長の瞳を見開いていた。

「待て。誰が誰の姉だって？」

アストは混乱した様子を見せながらも、赤髪の彼女のほうに駆けていった。

赤髪の彼女は黒髪の女性の手から降りると、駆け寄ってきたアストの肩に手を置く。豪奢な巻き毛に、冴え冴えとした鮮烈な赤い髪。アストよりも十センチほど背が高いようだ。

「アスト！　貴方なんでここに」

「それはこっちのセリフです！　姉上はなぜ……そもそもどこにいたんですか⁉　てっきり僕は、城に嫌気がさして出ていったのかと思いました！」

「なっ……そんなわけないじゃない！　言ったでしょう。必ず戻るって！」

「そう言った人が必ず戻るなんて確約はありません！　どれだけ心配して……！」

アストの姉だという彼女はアストの慌てふためきぶりに、逆に落ち着きを取り戻したのか、彼を落ち着かせるように背中を撫でながら私たちを見た。

視線がパチリと合う。

「貴女、ダリルの？」

声をかけられたが、私はなんと言葉を返せばいいか、まごついてしまう。

どうしたものかと思っていると、フェリアルが彼女に声をかけた。

「久しいね、オッドフィーの姫君」

「リームアの王太子殿下⁉　ど、どうしてこのようなところに？　いや、そうじゃないわ。アストとなんで……」

「こちらにも少し事情があってね。こちらも聞きたいのだけど、どうして貴女はここに？」

フェリアルの姿に目を丸くしていた彼女は、彼の言葉に我に返ったようで、ぱっと辺りを見渡した。

そして、ルイビスに担がれたままの銀髪の男に気がつくと、落ち着いた声で言う。

「その男を追って……」

そこまで言ってから、赤毛の娘はぱっと姿勢を正した。

「自己紹介が遅れ、申し訳ありません。私はオッドフィー国第一王女のリゼリア・オッドフィーです。ここにいるアーネストの姉ですわ。こちらは、侍女のセレスタです」

隣に控えた黒髪の女性が、彼女に倣うように礼をとる。それは侍女の取る正式な礼だった。

「紹介どうもありがとう。ではこちらも、紹介させて欲しい。いいかな」

その言葉はライアンに向けられていた。

おそらく、この中で一番身分が露見することのリスクが高いのはライアンだ。ルイビスやユノアはともかく、私も同様にさほど割れて困る肩書きではない。

尋ねられたライアンは頷いて答えた。

「赤髪の彼は従者のユノア。彼女は僕の婚約者であるアリエア・ビューフィティ。水色の彼がルイビス。そして、そこの彼はディアルセイ帝国の皇太子、アシェル・ディアルセイ」

「ディアルセイ帝国の皇太子……っ!?」

リゼリアが息を呑む。セレスタも瞠目していた。

ライアンはそういった反応をされるとわかっていたのか、特に動じた様子はなかった。

「わけあって、このメンバーで旅をしていた。きみの弟君がここにいる理由もそれだ」

リゼリアはよっぽど驚いたのか、掠れた声で、思わず、と言ったように言葉を続けた。

「ディ、ディアルセイ帝国の皇太子とリームアの王太子が……？　信じられない……」

呆然とする彼女に、アストが声をかける。

「それより姉上はどうしてこちらに？　この男を追ってきたと聞きました。姉上はなぜ……」

アストの言葉に、ひとまず意識がそちらに戻ったらしい。リゼリアは静かに答えた。

「指輪……」

「指輪ですか？」

「そう。貴方がお父様から託された、忌まわしい呪いの指輪。私は、あれさえなければ貴方が王位に就くこともないと思ったの」

その言葉にアストが息を呑む。

「誤解しないで。私はあのぼんくらどもが玉座に座るなんて絶対反対よ。でも、王位争いに強制的に参加させられて、これ以上命を脅かされる貴方を見てもいられない。だから私は、調べることにしたの」

「調べる？」

「貴方が次期王に指名されたのは、その指輪があるからだと聞いたわ。だから、それに秘密があると思ったの」

「それで、この男にたどり着いたわけか」

「ダリルの街で、きみはライアンとアリエアに会ったようだね。そのとき、きみたちは彼らに攻撃を仕掛けた。理由を聞いても？」

その言葉に、リゼリアはハッと顔を強張らせた。セレスタも同様に顔が青ざめている。

まさか街中で刃を向けた相手がディアルセイの皇太子とは思わないだろう。

攻撃を仕掛けられたのはもう過ぎたこととはいえ、理由が気になっていたのは私も同じだ。

リゼリアがバッと勢いよく頭を下げる。アストも困惑していた。

「ごめんなさい!!　追っ手と勘違いしたの。私が城を出てから、リーアライドに刺客を向けられていて……」

「リーアライドか」

アストがおもむろに苦々しい顔をする。

「本当にごめんなさい。あのときは勘違いしてしまって」

「構わないさ。その後どうせ、こちらも本格的な襲撃を受けた。肩慣らし、というわけではないが、警戒心を緩めないよう注意勧告としての役割を果たしてくれたと考えるのなら、悪くない」

「襲撃を？　それは……」

そのとき、ふとユノアが今気づいたと言わんばかりの顔でフェリアルに尋ねた。

「殿下、そういえばアリィの侍女ってどうしたんです？　消えてたんで気になっていて」

「彼女なら、リームアに送還済み。ロイアがうまくまとめてくれてると思うよ」

「ロイアが。なら、確かですね」

ユノアは納得したように頷いた。

「さて、さっきは不測の事態があって伝え損ねたが」

その言葉に、みなの視線がライアンの元に集まる。彼は銅像の前に立つと、おもむろに自身のブレスレットを取り出した。しゃらりと、細い音がしてneun（ノイン）の指輪が露になる。

「きみたち、覚えているか？　オッドフィーに向かうときの話だ。彼が影の話をしただろう」

「影……あっ」

私は思わず声を出した。フェリアルとユノアも気がついたのだろう。アストは不思議そうな顔をした。ルイビスはどこまで話を聞いてるのか、既に地面に下ろした銀髪の男の背に腰掛けていた。男はなにも言わないことから、意識を落としているのかもしれない。

「アスト、きみにも見て欲しい。この指輪は重ねると、なにかしらの文字が読めるような仕掛けが施されている」

「仕掛け？　そんなの……」

アストは耳のピアスから指輪を外し、ライアンに渡す。

私もまた、ネックレスチェーンから指輪を取り外して、ライアンに渡した。

ライアンは指輪を受け取ると、それを重ねる。

そうすると、確かに指輪の窪みがそれぞれ繋がるように、なにかの文様を描いた。

「当たりだな」

「でもなんの文様なのさ？　これ」

「まあ見ておけ。これに気がついたのはそこの彼だが……よく、ひとつの指輪だけでこの仕掛けに気づいたな。影絵になっているのだとしたら、鏡文字になっているはずだし、そもそも一見しただけの古代文字との関わりを見出すとは、さすがだ。恐れ入る」

「褒められている気が全くしないのは、気のせいかな。どうもきみは一癖ある話し方をする」

「気のせいだ。俺は純粋にきみを称えているんだよ」

「ああ、そう」

どこか投げやりにフェリアルが答える。

そんな二人のやり取りを聞きながら、随分仲良くなったものだなと思った。仲良く、とは語弊があるかもしれないが、少なくともフェリアルの話し方は砕けたものになっているし、ライアンも取り繕うような話し方はしなかった。それは、王族として生まれ、そうあれと育てられた彼らにしてはかなり珍しいことなのではないか。

「本当だ。なにかの文字みたいだね」

「なんて書いてあるのかしら……」

それは文字と呼ぶよりも、なにかの絵のように見えた。古代文字だからだろうか。どこか幾何学的な象形文字だ。私が眉を寄せていると、アストが途切れ途切れに言った。

「指輪、国……正しい位置」

「え？」

思わず声をあげてアストを見る。

彼は真剣な眼差しでじっと、影を見つめていた。穿つような視線だ。

「上の罫線は空にかかる……指輪に関係するものは、国……ってことは、この指輪のことだ」

アストは穴が空きそうなほど影をじっと見つめていたが、ややあって、ふうと息を吐いた。

目を瞑り、ゆっくりと開ける。

そして、ライアンから始まり、ユノアまで時計回りで視線を巡らせていった。

「わかったよ。この石像の仕掛けの秘密」

「本当……!?」

思わず安堵の声が出る。アストは頷いて答えた。フェリアルが感心するように言う。

「すごいな。古代文字を、参考書なしに読めるのかい？」

「……まあ。学んだ、って言えばいいのかな。独学だけど。石像にそれぞれ窪みがあるでしょ。それに指輪をはめれば、開くはずだよ。沈んだ神殿に通ずる道が」

「指輪か」

三つ揃うことで作られていた象形文字は、ただの模様となった。

アストはライアンからsechs(ゼクス)の指輪を受け取ると、真剣な声で言った。

「失敗したら、死ぬ仕掛けも施されてる」

「細かいところまでしっかりしてるな。これを仕掛けたのは千年前に神堕ちを封印したとされる例の三人か？」

ライアンはぼやくように言った。

チャンスは一度きり。間違えたら、死んでしまう。背筋がゾッとする。

フェリアルが石像の仕掛けを確認するように見て言った。

「窪みに奥行きがあるところを見ると、手を伸ばして指輪を嵌めるタイプの仕掛けなのかな。失敗した場合はおそらく……」

失敗すれば、死あるのみ。

仕掛けは窪みの中に指輪を嵌める形式。必然的に腕を伸ばして指輪を嵌めるしかない。

ライアンは強度を確かめるように石像を叩いた。こん、と硬質な音がする。

「この中に沈んだ神殿への道が隠されているっていうのなら、これごと破壊してもいいような気がするけどな」

「馬鹿言わないでよ。そんなことしたらここら一帯が爆発する可能性だってあるんだよ！」

すぐさまライアンの言葉を否定したのはアストだ。その真剣な顔に、ライアンがそちらを見て尋ねた。

「それも暗号に書いてあったのか？」

「さっきの影絵には書いてなかった。でも、多分それくらいの仕掛けはされてるに違いないよ。だってそんなので通れる（パス）できるくらいなら、この千年封印は解かれてないんじゃない？」

「そういえば、生贄が次の日に消える現象が起きてる、って言ってたな。……そもそも、神堕ちは封印されているはずだ。出てくること自体がおかしい」

ライアンの言葉に、私はぽつりと言葉をこぼした。

「封印が解けかけているのかな……？」

「そう考えると辻褄が合うな。夜な夜な生贄を得て力を増やし、この石像を壊そうとしている、とかな。まあ……この話は、あの男の言ったことが真実であることが大前提となるが」

ライアンはそこで言葉を区切ると、続けて言った。

「なぜ封印が解けかけているかは考えても仕方ない。それは後回しだ。仮に封印が解けかけて、夜半過ぎにのみ活動しているとする。そうすれば、俺たちはここで夜明けを待つことで、神堕ちと対峙することはできる」

「死ぬ可能性のある罠に手を突っ込むよりはよほど堅実だね。でも、封印の指輪の気配を感じて、現れない可能性もあるんじゃないかな」

フェリアルは難しい顔で言った。

それは盲点だった。

言われてみれば、神堕ちは一度封印されているはずなのだ。仮にもし、封印が解けかけているのだとすれば、神堕ちは封印の指輪の気配を感じて姿を隠す可能性があった。

「……確かに。なんなら、勘づかれて逃げられる可能性すらあるな」

「でも、そもそも神堕ちに感知能力なんてあるの？」

アストが戸惑うように言った。

ライアンは首を振って答える。

「この中で、神堕ちの生態に一番詳しいのはきみと言っても過言ではない。きみは過去の——千年前に書かれたという日記を読んだんだよな。それに書いてなかったなら、不明だ。少なくとも俺は神堕ちの能力について聞いたことはない。きみたちはどうだ？」

話を振られたユノアとフェリアルは、互いに答えた。

「役に立てなくてすまないが、聞いたことがない」

「俺もです」

アストは彼らの返答を待ってから、悩んだように眉を寄せる。

「日記にはなにも書いてなかった。神堕ちについて書いてあったのは、幼児程度の知能しかない、ってことくらいだよ」

「……知り得ている能力を日記に書き記さないというのは考えにくいな。やつに感知能力はないのか？」

場は堂々巡りだ。

この石像の仕掛けを解くよりも、神堕ちの出現を待ったほうが安全性は高い。

だけど銀髪の男の言うように、神堕ちが本当に毎晩ここに現れているのかもわからない上に、もし仮にここに現れていたとしても、指輪の察知能力があって逃げられる可能性もある。

答えが見つからない中、フェリアルが会話をまとめる。

「考えても仕方ないね。相手は未知の生き物で、情報は限りなく少ない。一度、夜明けを待ってみよう。それと、同時進行でこの仕掛けを解除する方法についても探っていくのが妥当かな」

「そうだな。きみの意見に賛成だ」

ライアンが頷いて言った。私も同意見だ。それが一番無難だろう。

ユノアとルイビスが会話の成り行きを見守る中、アストも頷いて答えた。

「食糧の問題もあるし、待っても今晩が限界かな。アリィの体のこともある。あまり長引かせてアリィの体が持たなければ、本末転倒だし、待っている間に気配を察知されて逃げられたら最初からやり直しになる。相手に警戒されている分、圧倒的にこっちが不利だ。また居場所を特定して探し出すのはかなり時間がかかるし、今回ほど容易くはいかないだろうね」

「それじゃあ、今晩はここで野営だ。船に戻ってもいいが、往復するよりここで野営したほうが負担は少ない」

私は彼らの会話を聞きながら、いつになく申し訳なく思っていた。

神堕ちを待つのに一晩が限界なのは、私の魔力欠乏症が大きく関係しているのだろう。アストはああ言ったが、私の体を気遣ってくれたのだろうと思う。

ライアンはここで野営をするほうが、船に戻って往復を歩くよりも負担が少ないと言ったが、そもそも私が転移術で船に戻れないからこそ往復を歩く必要があるのだ。

自分が魔力欠乏症で魔法を使えないことと、先の見えない余命に、かなり周りを振り回していることを再度実感する。申し訳なさから謝罪文句が口から出そうになるが、しかしこの場において謝罪をするのは良くないだろうということくらいは私にもわかっていた。きっと彼らはそれを望んでいない。

今後の方針が固まったところで、フェリアルが銀髪の男を見た。続けて、場の成り行きを固唾を呑んで見守っていたリゼリアを見やる。

「ここまで来れば、この男はもう用済みだね。この場からご退場願おうか」

フェリアルの声は優しく穏やかだったが、それだけに底知れない危うさを感じさせた。瞳はそれを肯定するような鋭さと、峻厳（しゅんげん）とした冷たさがある。

「殺すの？」

小さく、躊躇うようにアストが尋ねる。

それに対し、フェリアルは落ち着かせるような優しげな笑みを浮かべる。

「まさか。……そうだな、リゼリア王女。きみももうこの場に用はないだろう？　そこの彼と船に戻っているといいよ。これから私たちは危険な博打に出る」

そこの彼、というのはいまだに銀髪の男の背に乗るルイビスのようだった。

フェリアルは彼を見ると瞳を細めた。

「あとは頼めるかな、ルイビス」

「いいよぉ」

ルイビスが答えた。成り行きを見守っていたリゼリアは顔が強張っていたが、一度アストを見た後に、小さく頷く。そして彼女は深いお辞儀をした。

「……わかりました。皆様がたがなにをされようとしているのか、私にはわかりません。ですが……危険なことだとは、お見受けいたします。どうか、アストをよろしくお願いします」

「ああ。頼まれた」

　ライアンが頷く。

　そうして、リゼリア、セレスタ、ルイビス、銀髪の男とはここで別れることとなった。


　夜を待つ間に、私たちはまず窪みの仕掛けについて話し合った。

　ユノアが試しにと木片を窪みに入れてみたが、特に変わりはない。

「この窪みの仕掛けが呪いを解く手がかりになるんじゃないかな」

　フェリアルがそう言った。

　石像の右と真上、左上に存在する窪み。なにか意味のある配置だと思うが、その理由はわからない。この窪みはそれぞれ、なにを意味しているのだろう。もしくはなにかの比喩？

「三時の方角と十二時、そして十時辺りだな」

　ライアンが石像を中心として、窪みがある部分の角度を書き出していくと、垂直に一本線が入った、グラフのような図ができあがる。

　フェリアルがそれを見ながら言った。

「指輪を嵌めるということは、指輪になにかしら関係があるんじゃないか？」

「neun（ノイン）は九。sechs（ゼクス）は六。vier（フィーア）は四を意味するけど……」

続けてアストもライアン同様、中心地点から時計の針のように角度をつけて、九時、六時、四時と線を伸ばしていく。

〈i六七一四四七―三九七九七〉

その図を見て、私はもちろん、ライアンやフェリアル、ユノアも驚きに息を呑む。

アストも書き出してみて、気がついたようだ。

「あれ……これ、一緒じゃない？」

彼の言うとおり、ライアンの描いた図を百八十度回転させると、アストの図と完全一致する。すると、ライアンが思い出したように言う。

「……そうだ。地図だ」

ライアンは、布袋の中から航海図を取り出した。大陸全体の記載があるその地図の中、ヒユーツ海をライアンは指さす。

「元々俺は、指輪がそれぞれリームアとオッドフィーにあることは予測していたんだ」

「指輪の数字が指し示す方向だもんね。ヒユーツ海を起点として」

ライアンは頷いて、ヒユーツ海の真ん中に指先を置いた。そして、左へ指を進める。

そこにあるのはディアルセイ帝国だ。

「まず、九時の方角にディアルセイ。そして、」

ライアンの指先は起点としたヒユーツ海の真ん中辺りに戻ると、右下に指を進めた。

そこには、リームア国がある。

「四時の方角にリームア。最後に」

またヒューツ海の真ん中に指を戻すと、真下に向かう。

そこには海に囲まれたオッドフィー国があった。

「六時の方角に、オッドフィーだ。このことから、俺はそれぞれの指輪が各国にあると考えていた。とはいえ、方向がわかっても、地図の角度が違えば意味がない。鍵がわかっても鍵穴の角度が一致していなければ、その解を得ることはできないだろう？」

ライアンはそこで言葉を区切ると、ヒューツ海の真ん中辺りをとんとん、と指先で示した。

「左右はさておき、上下が合っているか、起点はヒューツ海の真ん中でいいのか何度も考えたものだが……そもそもの問題。指輪の所在地よりも先に、方角を示す指輪はあったわけだろう？　つまり、神堕ちを倒した三人の勇者たちは意図して指輪に数字を刻んだんじゃないかと、俺は考えたのさ」

つまり彼が言いたいのは〝指輪に刻まれている数字の方角に指輪がある〟のではなく、〝指輪の置き場所を決めたから指輪にその数字を刻印した〟というほうが正しいのではないか、ということなのだろう。

「指輪の数字を意図的に刻んだ？　そんなことが可能なの？」

アストが驚いたように言う。この指輪はただの指輪ではない。いわく付きの、いまだに謎の多いものだ。その指輪に手を加えることが可能なのか、アストはそう言っているのだろう。

だけどライアンの言葉どおり、逆説的に指輪を用意したのが彼らだとすれば、納得のいく話だ。

しかし、意図的に四、六、九の数字を指輪に刻んだというのなら、その理由はなんなのだろう。私が考え込んでいると、フェリアルが少しして口にした。

「……指輪のありかを後世に知らせるために、とかかな」

「ということは、石像の仕掛けの解呪方法を知らせるため、古の勇者たちは指輪の所在地を決めた上で、バラけたってわけ？」

「彼らはいずれ、封印が解けかける、あるいは解けてしまうものだと認識していたのかもしれないな。それで、のちに神堕ちを討伐する俺たちに暗号を残したわけだ。かなりわかりにくいがな」

ライアンがため息を吐く。

アストは確かめるようにライアンと自身がそれぞれ描き示した図を見比べて、息を吐く。

「じゃあ、神堕ちを封印した時点で、いずれその封印が解けることを予期していた勇者たちが、のちの指輪の継承者――つまり俺たちに暗号を解く方法を教えるために、指輪の所在地を意味する数字を刻んだ上でこの石像の解呪方法も示してるんだとしたら……指輪を嵌める場所は判明した、ってことになるけど」

アストは石像を見上げた。

ぽっかりと開いた口は穴が深いのか、中がどうなっているのか全くわからない。

「今の仮定が真実かどうかはやってみないことにはわからんが、ひとまずの回答案は揃ったな。あとは夜明けを待つだけか」

ライアンが言う。

気がつけばかなり陽が落ちていた。

悪夢の中

ぱちぱちと薪(まき)が燃える音がする。

「……だな、もう……る」

「やっぱり……かな。てる……し……ない」

ふと、人の声が耳に流れ込んできてぼんやりと意識が浮上した。

夜も更けてきた頃。緊張の連続が続いたせいか、日付が変わった辺りで強烈な眠気に襲われた。とはいえ、今は神堕ちが現れるかもしれない状況。呑気に眠っていることなどできないと思っていたのに、膝を抱えて座っているうちに眠りに落ちてしまったようだった。

ばっと顔を上げると、ライアンが懐中時計をポケットから取り出したところだった。

彼は私と目が合うと、いつもと変わらぬ笑みを見せた。

「おはよう。よく眠れたか？　だが、眠り姫が起きるにはまだ早い時間だぜ」

「ね、眠り姫……」

思わずその言葉に面映(おもは)ゆくなっていれば、火かき棒のように先の長い枝で薪をかき回していたユノアが言った。

「うわ、キザだなぁ」

「そうか？　きみの主も似たようなものじゃないか？」

「アリエア。目が覚めたんだね。気分はどう」

ライアンの言葉を流すと、フェリアルが私に尋ねてきた。私は頷いて返したが、知らぬ間に眠りに落ちてしまったことに申し訳なさを感じた。

（ただでさえなにもできない足手まといなのに、寝ちゃうなんて……なんてことなの……）

自分の不出来具合に失望していると、ライアンが懐中時計をしまいながら言った。

「もういくらもしないうちに夜が明ける。結局、神堕ちは出なかったな」

「どうします？」

「アリィのこともあるなら、早めに動いたほうがいいんじゃない？　どうせここにいたって神堕ちとは対面しないわけだし」

うっすらと空は緋色に染まり始めている。

その明るさから、もう夜明けまで一刻もないだろうと思った。


「さて、それじゃあそれぞれ指輪を嵌めていこうか」

薄明るくなった空の下、ライアンが言う。

彼はブレスレットに下げている指輪を手で持つと、私とアストに視線を向けた。アストは黙って耳からピアスを取り外す。私もまた、ネックレスから指輪を外そうとチェーンに手をかけた。しかし、緊張しているせいかうまくいかない。

もたついていると、フェリアルに声をかけられた。

「やってあげる」

「ありがとう」

フェリアルが後ろに回って、僅かな金属音が聞こえる。そして、いくらもしないうちにネックレスが外れた。

「……アリエア」

私が振り向くと、フェリアルはどこか悩むような、それでいて優しげな、私を安心させるような笑みを浮かべていた。

その瞳があまりにも優しいから、思わず戸惑いのような動悸が生まれる。

「覚えてる？　僕と、きみのタイムリミット」

それは、彼と出会ったばかりに交わした約束だった。

『タイムリミットはこの旅の終わりまで。この旅が終わるまでに、アリエアは答えを決めて欲しい。それがどんな答えでも僕は受け入れようと思う。だから――アリエア。きみも、真剣に考えてくれるか？』

神堕ちを倒せば、この旅は終わりを迎える。そのとき、私は彼になんと答えるのだろう。

「……うん」

「ありがとう。ごめんね、きみには無理をさせる」

フェリアルとのタイムリミット。私はどう答えるべきだろうか。

頭がぐるぐるとしたが、深く深呼吸をした。

まずは、目の前のことだ。石像を見て覚悟を決める。

「通常の地図を逆さにした図がこれだっていうなら、三時の方向、つまりここには俺の持つneunの指輪。それで上の窪みにsechs(ゼクス)の指輪だ。最後に残った左上にはアリィの持つvier(フィーア)の指輪。昨夜出した案だが、異論ないか？」

「ない。同時に入れる？」

「そうだな。そうするか」

ライアンが頷き、私とアストはそれぞれ石像の前に立つ。石像は私の胸元ほどしかない。そのため、左上の窪みにも苦労せず手を伸ばすことができた。

そろそろと、得体の知れない窪みに右手を差し入れていく。指先には、vier(フィーア)の指輪がある。

そのまま差し込んでいくと、かちり、と音がした。思わず息を呑む。

アストとライアンも同様に指輪を嵌め込んだ。

時間にして、そう長くはない。だけど、緊張しているためか一瞬一瞬が長く感じた。

なにが起きるのか。なにも起きないかもしれない。

じわじわとした緊張感の中、なにかの音が静かに聞こえてきた。

「……水？」

「っぽいですね」

近くで見守っていたユノアが眉を寄せて石像を見た。

固唾を呑んで見守る中、音がだんだんと大きくなっていく。やがて。

――ゴオオオォン
重たい音が響き、ゆっくりと、静かな動きで石像の口が上下に開き始めた。

石像の口は完全に開ききると、そのまま動かなくなる。轟音は止まったが、叩きつけるような強い雨音が絶えず聞こえる。その音は石像の中から聞こえてきているようだ。

　ややあって、ライアンが最初に動いた。

「……開いたな。これは当たりだった、ってわけか」

「もう取っていいよね」

　アストが確認しつつ、そろそろと指輪を持ったまま手を引き抜く。指輪が引き抜かれても石像の口は閉じられることはなかった。

「解錠してから何時間と時間が指定されているのかもしれないな。急ごう」

　ライアンが同様に手を引いて、眉を顰めた。

　私も窪みから手を引いた。かちりと音がしたはずなのに、指輪はどこにも嵌まっていないのか、するりと取ることができた。

　私とアスト、ライアンはそれぞれ石像から離れて入り口となったその口の中を見る。

　階段となっているようだ。人が一人やっと入れるかどうか、という狭い石階段。明かりはない。

　フェリアルが小さく呪文を呟く。

「光術癒式第三十四の唄——閃光（フォティノス）」

　術式がふわりと宙に広がり、青白い光が刻印を描く。柔らかな青白い光は静かに収束すると、ついでフェリアルの指先に淡い光を生み出す。じっと見てる分には目が痛くなる明るさだが、暗闇では十分に周りを照らすだろう。

　フェリアルが頷くと、ライアンも同様に術式を展開する。そして、彼の指先にも同様の光が生み出されるが、フェリアルよりも色が強く、時々火花が散っていた。

「俺が先に行こう」

「アリエアはアストと僕の間に。ユノア、後ろを頼んだ」

ライアン、アスト、私、フェリアル、ユノアの順で階段を下っていく。

アストが階段を下ると、「うわ！　濡れてる！」と悲鳴をあげた。

私も階段に足を踏み出して、アストの言葉の意味を理解する。石階段が濡れているのだ。

「フェリアル、ユノア、気をつけて。階段が濡れてるわ」

「わかった。きみも気をつけて。転びそうになったら僕が支えるから」

「フェリアル、ユノア！」

前方を進むアストの声が、先ほどよりどこか不鮮明に聞こえる。

まだ階段を降りていくらもしていない。アストは私の少し前を歩いているのに、その声は壁一枚挟んでいるかのように不透明だ。

「どうしたんですか？」

ユノアがすかさず答える。それに対し、アストがこちらを振り返る。

そのとき、水面が揺れるように見えた。

——水面？

私がその違和感に囚われる前にアストが叫んだ。

「異常無効の魔法、天地異常（アンディドゥ）だ！　それ使って！　ここ、水中だよ！」

「水中……!?」

私が驚くのと同時、アストが階段を登ってくる。ぱしゃ、と音がして、アストの髪が水に張りついた。煩わしそうに額に張りついた黒髪を払いながらアストは私に言う。

「指輪を持ってる人間は天地異常（アンディドゥ）は不要みたい。ライアンは念のためってかけてたけど」

アストはそう言ってなにか考え込むように視線を下げたが、やがて顔を上げて、私の後ろを歩くフェリアルとユノアに視線を向けた。

「二人は念のためかけといたほうがいいよ。この下は本当に、水に呑まれてる」

「水中なのに、歩けるの？」

「それが不思議なんだよね。地上となんら変わらないんだよ。水圧も感じなければ、水抵抗も感じないよ」

アストはそう言って、またぱしゃぱしゃと水音をさせて階段を降りていく。水面に入ったのか、アストの声が唐突に不鮮明になる。先ほどアストの声が聞こえにくかったのは、水中にいたからなのか。

私は覚悟を決めて、そろそろと足を下ろしていく。後ろでフェリアルが自身と、そしてユノアにアストの言うとおりに魔法をかけているのが聞こえた。

ぴちゃ、と足先が水面に触れた。アストにあらかじめ聞いていたとはいえ、本当に息ができるのか半信半疑ではあったが、アストはきっと、私が魔法を使えないことを考慮して魔法を使わないまま水中に入っても問題ないか確かめたのだろう。

私は息を落ち着かせて、そのまま階段を降りていく。

足をつけて、そのまま腰まで。やがて首に触れ、口元にも水面が触れたが――アストの言うとおり、水に溺れることはなかった。水中なのに、なぜか息ができる。水の抵抗も感じなければ、息をしたときに気泡がこぼれることもない。

ようやく階段が終わると、先に降りたアストとライアンが私たちを待っていた。

ライアンは私を見るとほっとした顔をする。心配をかけてしまったらしい。

「無事降りてこれたな。よかった。……しかし、これは驚いたな。想像以上だ」

ライアンの言葉どおり、私もまた驚きに息を呑んでいた。

目の前に広がるのは、古びた神殿だったからだ。

丸柱がいくつも連なり、天高くそびえ立っている。その合間を魚の群れが鮮やかに泳ぎ、光源などないはずなのに太陽に照らされた海底のごとく明るさを保っていた。しんとした水中で、目の前にそびえ立つ建物は水に沈んでるにもかかわらず、酸化し腐っている様子は見られない。

「先に進んでみよう」

フェリアルが言った。

闖入者を誘うように円柱の先に道が続いている。階段は狭かったが、神殿の中は広大だ。

魚が泳ぐ中を歩くというのはあまりにも異常で、頭が混乱する。常識が通用しない、ある意味異次元と考えたほうがまだ理解できる状況だった。

「ちなみに、先にお伝えしておきますと……俺たちが入ってすぐ、入り口は封鎖されました。ここから出るにはどうしたってこの先にいるであろう怪物を倒すしかないってことですかね」

「封鎖か……やな感じだね」

アストは言った後、なにかに気がついたように顔を上げた。そして眉を寄せて言う。

「万が一、俺たちがここで死ぬようなことがあれば、三国の次期王位継承者が死ぬわけか。責任重大だね。無事出られなければどこも大混乱だよ」

「ディアルセイは置いておくとしても、オッドフィーとリームアは大変だろうな。状況不明、行方不明扱いってところが妥当か。次期王位の座をかけて揉めに揉めるのが目に見えている」

「ディアルセイだってきみがいなくなれば誰が継ぐ？　直系の王族はきみと第一王子しかいないだろう」

フェリアルの言葉に、ライアンはそうだな、と眉を寄せた。

「状況にもよるが……兄上が体調改善しなければ、公爵家の従兄弟が皇太子となるだろうな。一筋縄ではいかないだろうが」

「どこの国も似たような状況だね」

「やはり、面倒なだけだな。王族というのは。生まれながらの呪いと相違ない」

ライアンが嘆息し、フェリアルが小さな笑みを浮かべた。それは、言われなければ気がつかないほどのうっすらとしたもので、どこか自嘲げな雰囲気があった。

「言い得て妙だね」

そして、そのとき。僅かに地が揺れた。

僅かな振動音。意識していなければ気がつかないだろう。その振動音はだんだんと大きくなっていく。

ライアンが落ち着いた声で言った。

「すぐに敵と相対するのは悪手だ。一度隠れるぞ」

「アリィ、こっち」

アストに手を取られ、連なった円柱の陰に引っ張り込まれると、間をあけずにその振動音が大きくなっていった。意識しなければ気がつかない程度のものから、今は振動が足に響くほど大きいものとなっている。

――ずしん、ずしん、ずしん……!

やがて、大きな影が見えた。

「…………!!」

高くそびえ立つ円柱に並ぶような巨大の手が、その影から見えた。青紫色の太い腕。手には重たそうな棍棒を持っている。腕の位置は非常に高い。そして――振動がさらに大きくなる。

立っているだけでも膝が地面についてしまいそうなほどの揺れ。その巨体が円柱の間、神殿の道を歩いていく。ようやく、その巨躯の全貌が見えた。私は息を呑む。

十メートルほどもあるであろう巨体に、鰐(わに)のようにごわごわとした皮膚。鋭い牙に、人間とさほど変わりない形の鼻。盛り上がった筋肉は太く、そのすべてが硬質で柔らかさは見当たらない。

そしてなにより――ぎょろっとした目玉はひとつしかなかった。

その目玉がなにかを確認するように周りを見渡す。私はその姿の怪物を知っていた。

――人喰い巨人(キュクロープス)だ。

古代では鍛冶の神とされ、様々な神に数多の武器を造ったが、その武器を使用した殺害が起きたことの報復として、造り手であるキュクロープスは殺された。そうして、キュクロープスは死後冥界に堕ちると、そこでは旅人を喰らう怪物へと堕落した。

神話の内容は知っていたが、まさか本物を見ることになるとは思わなかった。

思わず息を呑んでいると、アストに手をぎゅっと握られた。

アストは私を真剣な目で見ていた。そして、頷いた。

その力強い瞳に我に返る。私も頷き返して——そして、アストがすかさず呪文を詠唱した。

「光術癒式 第三の唄——飛踏新波（ドゥファデレーモン）！」

アストの体がふわりと浮いて、空を駆けるように宙を蹴ってキュクロープスへと一直線に向かう。

そして、瞬時に詠唱。キュクロープスがアストに気がついてそちらを見る。動きは遅く、アストを手で捕まえようとするが、アストの術が先に完成した。

「光術迎式 第六十七の唄——爆烈（リスピヤ）!!」

瞬間、アストの手のひらから眩い閃光が迸（ほとばし）る。それは爆発的な光を伴って、一直線にキュクロープスの目へと直撃した。硝煙のような煙が舞い上がる。

「ギイエエエエ——!!」

獣の雄叫びのような、風の唸り声のような低い音が聞こえてくる。アストの仕掛けた術はキュクロープスの目を直撃したようだ。キュクロープスは目を片手で押さえたまま、もう片方の手を闇雲に動かした。その手がアストの腹部にぶつかる。

「アスト！」

声を上げたときには、アストはキュクロープスによって地面へ叩き落とされた。私はアストが飛ばされた方向に向かって走る。

振動はさらに激しくなり、地面はかなり揺れている。

私は何度もよろめきながらアストの下へと向かった。

アストの足元や服には石材のかけらがいくつもついている。ひどく咳き込みながら、遠くを睨むようにして言った。

「あいつは？」

「わからない。でも、今ライアンたちが戦ってる」

「くそ……じゃあ一発じゃ仕留められなかったんだな」

アストはまたも咳をした。そして、眉を顰めながら掠れた声で術式を起動させた。

「光術、癒式……第三の唄、――癒奏（セラピシア）」

咳を繰り返しながらもなんとか唱えきると、アストの体がふわりと青白い光で包まれ――やがて、ほ、と息を吐く。そして青白い光が収束し、確認するように腕を回した。

「最悪。跳ね飛ばされただけで肋骨（ろっこつ）が折れた」

「えっ……!?」

アストは打撃音のするほうを見つめて、静かな声で言った。

「治癒術で治したけど……これだとすぐに魔力切れを起こす。なにか方法を考えたほうがいいな」

「キュクロープスの弱点は目だと読んだことがあるわ。でも、アストは目を狙って術を打ち出した……。キュクロープスの弱点は目ではない？」

「俺もキュクロープスの弱点が目以外なんて聞いたことないけど……でも、千年も生きる怪物だ。なにがあってもおかしくない」

アストはそう言って、私の手を取った。

そして、ぐっと私の腰を抱き寄せて固定するようにしっかりと腕を回すと、硬い声で言った。

「戻るよ。ライアンたちが心配だ。落ちないようにしっかり摑まってて。光術癒式 第三の唄――飛踏新波（ドゥフデレーモン）！」

ぶわりと風が舞い起きる。気がついたときには、アストが先ほどのように重力を無視して宙を駆け抜けた。すぐにキュクロープスの頭部が見えてくる。

瞬間、視界を埋め尽くすような爆発が巻き起こり、円柱がいくつも折れて崩れ落ちていく。泳いでいた魚たちはどこかに避難したのか、もう見当たらなかった。

「光術迎式 第六十七の唄――爆烈(リスピヤ)！」

アストはキュクロープスの前に回り込むと、キュクロープスの視線がこちらを向くより先に術式を展開した。別の魔術を行使しながらの詠唱だというのに、アストは魔術構成を全くぶれさせることなく、術式を繰り広げる。

「ガアアアア――!!」

キュクロープスの雄叫びのような声が響き渡る。それは地響きにも似た重さを持っていた。びりびりとした振動が体中に伝わってくる。アストの術はキュクロープスの目に直撃したはずだ。そして、続けてアストは地面を目指しながら再度魔術を行使した。

「無術音式 第八十七の唄――吸力魔道(セレプシ)」

光の束が現れて、目の前を壁のように広がっていく。キュクロープスの腕がそれにぶつかり、じゅっと燃えるような音がして、またしてもキュクロープスの奇声があがった。

そのままアストと地面に降りれば、ユノアがアストを呼ぶ声が聞こえた。

「よかった、無事だったんですね！」

「なんとか！」

「あれ、最悪ですよ！　物理攻撃が全然利きません！」

見れば、ユノアは片手にタガーを持っているが、攻めあぐねているようだった。

アストの張った光の壁が霧散すると同時に、キュクロープスが腕を振り上げた。円柱がいくつも薙ぎ倒され、それが槍のように降ってくる。

はっとして頭上を見上げた瞬間、首根っこを摑まれた。

「！」

「……っと、危ないところだったな。大丈夫か？」

「っ……ライアン!!」

かなり雑な仕草だったが、私を引っ張って避難させてくれたのはライアンだった。直後にドォンと大きな音が鳴って、折れた円柱の先が地面に沈んだ。それは私のすぐ隣だ。

「ありがとう」

「きみは危ないから遠くにいたほうが……いや、なにがあるかわからないな。やつの攻撃が当たらない範囲で、近くにいてくれ！」

ライアンはそう言うと、アスト同様に宙を硬い地面があるかのように駆け上がっていき、持っていた剣をキュクロープスに向かって突き刺す。しかし、それは鋼に突き刺しているかのごとく、硬質な音がして弾き飛ばされた。

キュクロープスには物理攻撃が利かない、ユノアはそう言っていた。

私はふと、神堕ち――キュクロープスを倒したとされる三人の勇者の話を思い出した。

一人は魔法使い、一人は賢者、そしてもう一人は聖女。どれもが魔法を扱う人たちだ。

勇者パーティーというには圧倒的に物理の攻撃力に欠ける。それなのになぜ、そのメンバーだったのか。気になっていたのだ。

　今、その答えがわかった。キュクロープスに物理攻撃が利かないからだ。

　そしてもうひとつ、腑に落ちたことがあった。それは、代々指輪を継承される人間。

　アストに言われたことがある。

――アリィにはそこそこ魔力がある。すっからかんだったら多分すぐ指輪に吸い上げられて死んでた。

魔力量からいえば、十分国家機導魔道士になれる程度だと思う。

　この言葉が真実であるのなら、私はそこそこ魔力があるということになる。

　そう思ったとき、突如として光が迸る。続いて、雷鳴のような爆音。天の怒りを表現するかのようなひどい轟音が響いて、咄嗟に目を閉じる。

――バリバリバリ、ゴォオオオオン！

　瞼を閉じてなお、視界が真っ白になるほどの眩さ。音が止んで目を開けると、近くにあったはずの円柱は粉微塵（こなみじん）となっていた。そして、私の目の前には光の壁。フェリアルだ。

「フェリアル……！」

「……まずいね、これは。首を切るにしても、魔法じゃうまくいかない。だからといって剣は刺さりすらしない。……さっきの雷撃に一発でもあたれば最悪死んでしまうね」

　そのとき、キュクロープスが妙な咆哮（ほうこう）をあげた。そして、腕を振り上げる。その先には、折れた円柱の突き出た石材に服が引っかかったのか――ぶらさがるようにアストがいた。

　その額は真っ赤に染まっていた。

　息を呑んだ。

アストは術式を展開しようとしているのだろう。その青白い光が渦巻いているのが見えるが、しかしキュクロープスの動きの方が早い。

「――――!!」

ライアンが彗星のように一直線にアストの下に向かうと、彼を小脇に抱えてその場から離脱するように飛び降りた。その場から地面までかなりの距離があったが、重力操作の魔法をかけているのか、いくつか宙を経由するように空を蹴り、地面に着地した。

アストも術を唱え終わり、彼の体を青白い光が包み込む。回復魔法だ。光が消え去ると、額に付着した血も消え去っていた。

「キュクロープスの弱点を早いところ見つけないと。魔力切れが先か、怪物の餌食になるか……どちらにせよ、苦境であることには違いない」

「……っ」

フェリアルの言うとおり、魔力は無限ではない。戦い続けていれば、やがて魔力切れは起きる。このままだと泥沼だ。

私はなにかないかと注意深くキュクロープスを見た。

そのとき、ユノアがキュクロープスに投げ飛ばされた。かなり遠くまで飛ばされ、アーキトレーブにぶつかると、そのまま急落下する。アストがなんとか魔法で受け止めたが、その瞬間、キュクロープスが息を吸い込んだ。

「!!」

それは、雷撃を落とす予備動作だ。私が声をあげるより早く、アストとユノアの前に光の壁が出現する。見れば、彼らとは正反対の場所でライアンが術式を行使していた。

そして、ほんの僅かな間。

キュクロープスを見ていた私は、その右足の踵の目がぎょろりと動くのを見た。

――目がふたつ……!?

違和感を感じたのも束の間。キュクロープスの咆哮が聞こえ、瞬時に世界は真っ白に染まった。ほかに意識を囚われていた私はその光を真っ直ぐに見てしまい、思わず目を押さえる。じんじんと目が痛む中、凄まじい轟音が耳を打つ。

――ゴォオオオオン、バリバリバリ、メキメキ………ドオォオオオオン！

この世の終わりのような音が、まるでここが冥界であるかのような重苦しさを生み出す。じわじわと焦りが湧き上がる。これは、本当に〝神〟であったのだ。とてもではないが、人が手を出せる代物ではない。みんなキュクロープスの攻撃に対応しているものの、このままではいずれ魔力が枯渇する。

――このままじゃ、全員死んでしまう……！

破壊音とキュクロープスの地響きにも似た咆哮に焦りが募っていく。

私にもなにかできないのか。なにか……！　なにか……!!

「!!」

私がそう思ったとき、キュクロープスが今までとは違う、共鳴を呼びかけるような声をあげた。

「な、なに……!?」

「アリエア！」

フェリアルが私の手を掴み、引き寄せる。キュクロープスは口を開け、その口内には光のようなものが収束し始めている。直感的に、まずいと感じた。

今までに見たことのない攻撃方法だが、放たれれば大変なことになると思った。

「ォォ……グオオオオ！」

怪物の叫びに、振動で地面がぐらぐらと揺れる。立っていられないほどだ。

キュクロープスは周りに視線を向けていくと、瞬間、眩いばかりの光線を放った。真っ直ぐに純度の高い光が直線を描くように迸り、やがて、爆発した。その爆発は視界いっぱいに広がり、やがて轟音が響く。キュクロープスはそのままぐるりと全方向に向かって雷撃を落としていくようだった。

雷撃が連射、あるいは継続的に打ち出せるものだとは思わなかった。

このままではいずれ訪れるのは死あるのみだ。

そのとき、隣から咳き込む音が聞こえた。フェリアルが空咳を繰り返している。

「フェリアル……!?」

「げほっ……大丈夫。困ったな……思った以上に消費が、激し、い」

フェリアルは大丈夫と言ったが、その口元は血で赤く濡れていた。

――魔力が枯渇してきている。

私はざっと血の気が引いた。魔力欠乏症の私のように、魔力が枯渇すれば、やがて生命力を魔力に変換していく。そして生命力が尽きれば、死にゆくのみだ。

次の狙いを定めていたキュクロープスが私に対して背を向けた。またしても、踵の目玉がギョロリと動く。

瞬間的に、もしかして、と感じた。

人が進化していくようにキュクロープスも学習し、進化したのではないだろうか。

キュクロープスの弱点が目玉というのは、おそらく千年前の彼らが書き残した言い伝えだろう。

彼らに倒されて、長い間封印され、目覚めのときを待っていたキュクロープスが、目玉の位置を変えていたのだとしたら……？　進化は自然の摂理であり、誰にも予期できない。

もしもキュクロープスの目玉が、額はダミーで踵に移動しているのなら。

迷う暇などなかった。

どうせ死んでしまうなら、私はこの運命に命を懸けたいと思った。

私は轟音と閃光が視界を灼き尽くす中、懐かしい感覚を寄せ集めた。

そして、目を閉じる。集中すれば、この世の終わりのような惨劇めいた音も遠くなる。

じわじわと自身の魔力が練り上がり、残り少ないそれをかき集めた。命の灯火のようだ。

「……ッアリエア!!」

魔力の変調に気がついたフェリアルが、怒号のような声で私を呼んだ。

彼のそんな荒々しい声を聞いたのは初めてだった。きっと、怒っている。

私は彼に止められないうちに、魔力を繰り出した。

「光術迎式 第六十四の唱――黒閃（ギムーヴ）」

瞬間、爆発的な黒炎と、そして胸が灼かれるような痛みが迸った。

ただでさえ残り少ない魔力を魔術として放出したために、本格的な魔力不足に陥っている。

「う、ぐぅっ……！」

心臓を握りつぶされるかのようなひどい痛みに思わず、ぐ、と胸元を押さえた。黒炎の行方を見れば、それは凄まじい勢いで地面をえぐり取り、キュクロープスの踵——目玉へと直撃した。

途端、キュクロープスが甲高い咆哮をあげる。

「ヴヴアアァァァ!!　オヴアアァァァ!!」

キュクロープスの体がぐらりと揺れた……と思うと、視界が突如海面のような天を映し出す。私は、自分が後ろへと倒れたのだと気がついた。

痛みはなかった。手足の感覚が麻痺して、意識がどこか遠い。

咆哮が聞こえる。

意識が落ちる。

だめだ。だめだ。

今眠ってしまっては……。

私は自身に強く呼びかけたが、強制的に落とされる意識に思考は真っ暗闇に塗り潰された。

第14章

終わりと、始まり

崩壊

ドォン、と物音が聞こえた。

体が揺れている、と気がついて、いや、地面が振動しているのだと思い直す。

不明瞭な意識がゆっくりと浮上する。

目を開けると、ぼんやりとした視界に海面が目に入った。

きらきらとした海面は太陽から陽が差し込んでいるかのごとく、水中を淡く照らしている。

「アリエア！　よかった、目が覚めた……！」

「フェリアル……？」

何度か瞬きをすれば、滲んだ視界がようやく明瞭になる。

――そうだ、私。魔法を使って……！

魔力切れを起こして卒倒してしまったのだった。

それを思い出すと私はバネ仕掛けの玩具のような勢いで跳ね起きた。フェリアルは私が跳ね起きることを見越していたのか、すぐに背に手を差し入れてくれた。

「神堕ちは？　どうなったの？　それに……」

そこまで言って、破裂音が聞こえてきた。それはさほど間をあけずに繰り返される。

思わずそちらを見たとき、後ろから声が聞こえてきた。

「キュクロープスは消滅した。アリィ、きみが倒したんだ」

「え……」

その言葉を理解するのに、およそ一拍以上の時間を要した。私が硬直していると、後ろから足音が聞こえる。その人物は私の前までやってくると、膝を折った。

「無茶をしたな。だが助かった。きみは俺たちの救世主だ」

「ライアン……」

「きみはなにをしたんだ？　キュクロープスはどうして突然崩壊を始めた？」

「崩壊を……？」

私は戸惑ったが、そのときまた爆発音が響く。空間全てを揺るがすかのような轟音だ。どこからかポロポロと石材のかけららしきものが降ってくる。

ライアンはそれを瞳を細めて見ると、ため息を吐いた。

「そろそろいいんじゃないか？　このままだと物という物、片っ端から瓦礫になるぞ」

「そうだね。声をかけてきてあげて」

「今の彼に近づくのは自殺行為だと思うんだがなぁ……」

ライアンとフェリアルがそうした会話を繰り広げていると、ユノアがこちらに向かってくるのが見えた。彼は私を見るとほっとしたような顔になった。

「よかった、アリィ！　目が覚めたんですね」

「ユノア……」

ズドォン、と地響きのような音が聞こえる。思わずそちらを見ると、半ば崩れかけていた円柱が上のほうから折れて真っ二つに崩れ落ちているところだった。目を丸くしていると、ユノアが少し言いにくそうな顔で頬をかいた。

「神堕ちは消滅したって、聞きました？」

「うん……」

いまだに実感はないが、キュクロープスは消滅したと言われた。

そのとき、ちらりと視界の端に黒髪がたなびいているのが見えた。アストだ。

彼は術式を行使して空間を飛びながら、爆発的な閃光を巻き起こしていた。

「神堕ちがいなくなったことで、指輪もただの指輪に変わったようです。で、アストは吸い上げられていた魔力が彼自身の中で飽和して溢れてどうにもならないと言うので、ああいう形で発散してるんです」

ユノアに言われて咄嗟にネックレスチェーンを手繰り寄せた。

そして、息を吞む。

今までずっと共にあった指輪は、見慣れた無色不透明ではなく、銀色になっていた。

——本当に。本当に、全て終わったんだ……。

恐る恐る魔力を練り込めば、それは形となり淡い光を伴った。

信じられない。魔力が戻っている。

指輪はもう、呪いの指輪ではない。ただの飾りで装飾具なのだ。

戸惑う私に、フェリアルが言った。

「出口の封鎖も解けた。このまま帰れるよ。……ようやく終わったんだよ、アリエア。全て、終わったんだ」

その声がどこか泣きそうで、切なげで、苦しそうだったから、私も涙がこぼれ出してしまった。

ようやく終わった。

その言葉にホッとするような、悲しいような、よくわからない感情が込み上げてきた。

「ありがとう……」


少ししてアストが戻ってくると、彼も私の目が覚めたことを喜んでくれた。

だけどその雰囲気は凍てつくように冷たい。いつもの彼と圧倒的にどこか違う。

私が戸惑ったことに気がついたのか、アストが少し困ったように言った。

「神堕ちが倒れた瞬間、溢れるくらい魔力が戻ってさ……今もイライラするくらい魔力がこぼれてきそうで……。あーもう！　どうにかなりそう。早く封印具が欲しい！」

そういえばアストは自身の魔力を制御する封印具として、ピアスを身につけていた。指輪の力が消滅し、封印具もない今の彼にとって、その膨大な魔力は文字どおり手に余っているのだろう。彼の凍りつくような雰囲気は、溢れ出した魔力の一部なのだと思う。

来た道を戻り、長い階段も登っていく。入り口を出れば外は既に茜色だった。

「半日以上いたのか」

アストが少し驚いたように言う。

非日常的な空間だった地下では、やはり時間感覚が狂っていたのだろう。

そう思ったとき、なにかが崩れ落ちるような音が響いた。

――ガシャァアン……

驚いて振り返れば、私たちが今通ってきた場所の入り口、石像自体が叩き壊れたように粉々になっている。ライアンが石像だったかけらに触れながら言った。

「消滅と同時に通路が封鎖されるような仕掛けが施されていたのか……」

「ねえ、指輪。どうする？」

ふと、アストに話しかけられた。

私は少し考えてから答えた。

「……このまま、つけていようかな」

「俺も。ずっとあったから、今更なくなるっていうのも落ち着かないし。捨てるのもなんだか気持ち悪いんだよね」

その気持ちはなんだかわかる。

ずっと捨てたいと、いらないと思っていた。そしていざ、指輪の力は失われたわけだが、なんだか現実味がない。この指輪はずっと共にあった。それがなくなるのは落ち着かない。

奇妙な感覚だ。魔力は戻ったことだし、この旅の記念……というわけではないが、神堕ちを倒したときの品として、気が済むまで身につけていようと思う。

私がそう思ったとき、ライアンが静かな声で言った。

「きみたちはそうするのか。思い入れでもあるのか？」

「そんなのないよ。でも、なんとなく。こうさ……言葉では言い表せないんだよね。もはや自分の一部って感じだったし。外すにも外せなかったからなぁ」

「へえ。俺はこんなもの、今すぐ捨ててやりたいと思うが……だがきみたちがそう言うのなら、本来の持ち主の意志を仰いだ上で、この指輪の末路は決めるとするか」

「本来の指輪の持ち主？」

　そして、アストは難しい顔をする。

　私はライアンの言葉を呆然と聞いていた。すぐに言葉が理解できなくて、一拍遅れて混乱が襲ってくる。

「きみたちは気づいてたんじゃないか？　俺が、neun（ノイン）の指輪の本当の持ち主ではないことに」

「それは……そうかもって思ったけど」

「……!?」

　私は驚いてライアンとアストを見る。

　ライアンが指輪の持ち主ではないのでは、なんて全く考えたこともなかった。

　硬直していると、アストは少しバツが悪そうな顔をして私を見た。

「ところどころ、そうなのかなって思うようなところはあった。もしかしてと思ったのは、沈んだ神殿で自分に天地異常（アンディドゥ）を使ったところかな。ライアンがそれ使ったから、俺もそうしようと思ったんだけど……」

　天地異常（アンディドゥ）は、水の中や毒煙の中、酸素のない場でも正常な呼吸が可能となる魔法だ。

　アストは困ったように言葉を続けた。

「そうしたら魔力欠乏症のアリィは入れないでしょ？　だけど、魔力を吸い上げる指輪がある以上、それも考慮されてるのかなって考えたんだよ。そこで思い出したのが、あの銀髪の男の言葉」

「指輪に何か仕掛けられている、って言ったやつだね」

フェリアルが答えた。

魔力欠乏症を患っている人間は、回復魔法以外の魔術をかけられると自動的に魔力を引き出されて、魔力欠乏がさらに進んでしまう。もし、水中に入るために天地異常（アンディドゥ）を使用する必要があった場合、私はあの場から動くことができなかった。

だけど、過去の勇者たちが指輪を生み出した時点で、指輪の持ち主が魔力欠乏症になることはわかっていたはずだ。

その上で魔法を使う必要のある神殿に神堕ちを封じ込めた、というのは少し違和感を覚える。

だからこそアストはもしかしてと思ったのだろう。

指輪に仕掛けられた〝なにか〟は、神殿に入る際にのみ発動する必須装備（バフ）なのではないかと。

そしてそれは正解だったのだと思う。

フェリアルやユノアは天地異常（アンディドゥ）をかけていたが、私はそのまま神殿内に入ることができた。

「その仕掛けっていうのが、天地異常（アンディドゥ）代わりの効果なのかなって思ったわけ。だから俺はなにも魔術をかけないで神殿に入った。それで問題なければアリィも問題ないだろうと思ったからね」

「それで？」

アストはライアンを見ると、どこか疲れたように言葉を続ける。

「アリィとずっと旅をしていたアンタが、指輪の可能性に気づかなかったわけがない。それなのに天地異常（アンディドゥ）を使ったってことは、本来の指輪の継承者じゃないから、アリィの代わりに確かめることができなかったからじゃない？　まあ、あのときは急いでたし、そこまで興味なかったから聞かなかったけど……」

「さすが、弱冠十三にして古代語をマスターした天才だな。ああ、きみの言うとおりさ。そして、この指輪の本当の持ち主についてだが……俺の兄だよ」

「――！」

私は絶句した。

neun（ノイン）の指輪の持ち主がライアンではなかった。本当の持ち主はライアンのお兄様!?

この指輪は手放すことなどできない呪いの指輪。彼の兄が持ち主だと言うのなら、なぜライアンは指輪を持っているの……？

混乱の中、ふと私は思い出した。

それはライアンが初めてディアルセイの皇太子だとわかったときのことだ。

『元々は兄上が皇太子だったんだがな。体調を崩して、今は俺が皇太子さ』

『指輪のせいか』

フェリアルの言葉に、私はライアンのお兄様が指輪の犠牲者なのだと思った。

けれど、ライアンは続けてこうも言った。

『死んではない。だけど、いつ死んでもおかしくない状態ではあるな』

指輪は所有者の下から離れることはできない。それを知っていた私は、ライアンの下にある以上、指輪の持ち主はお兄様ではないと思ったのだ。

それ以外の可能性など、考えたこともなかった。

ライアンが指輪に魔力を吸い取られて死んでしまえば、次に皇帝となるのは第一皇子であるお兄様だ。病弱の皇子が皇太子となれば、皇位継承問題でごたつきかねない。そして、その心労でさらに具合を悪くしかねないし、最悪死んでしまうだろう。なにせ、ライアンは〝いつ死んでもおかしくない〟と証言したのだから。

だから私は、お兄様のために指輪を抹消する旅をしているのかと聞いたのだ。

『あなたが指輪を探しているのは……お兄様のため？』

その答えは、否だった。

『そんな大層な理由じゃない』

あのときはぐらかされた真実が、ようやく紐解かれるような気がした。

なにも言えずにただ息を呑んでいる私に、フェリアルが苦笑する。

「……そうかなとは思った。そもそも、疑問点が多すぎたんだ。突然の皇太子の変更にさえ勘ぐるものがあったというのに、新たに皇太子として立ったという皇子が旅をしている。しかも、僕の婚約者とだ。その上、きみは指輪の持ち主だと言うし……いろいろと考えさせられたよ」

「きみは会ったときから全てを見通していたな。あれこれつつかれたらどうシラを切ろうか考えたものだ。あまり人には言えない事情だからな」

アストは眉を寄せて話を聞いている。ユノアは黙って控えていた。

「だけど、どうやって指輪の縛りから抜け出した？　それは、捨てても戻ってくるようにできているはずだけど」

「簡単なことさ。指輪に細工をした」

ライアンはあっさり言ったが、指輪に細工をするなどそう簡単にいくとは思えない。

アストも同様だったのだろう。眉を顰めたまま、怪訝そうに言った。

「……なにそれ。そんなことできんの？」

アストは問いかけながらも、だけどきっとわかっている。それができたから、それが可能だったから、今ライアンはここにいるのだろう。

ライアンはアスト、フェリアル、私、ユノアを見て、そしてアストの言葉に答えた。

「可能だ。俺は指輪にひとつの魔術を施した。成功するかは限りなく低かったが――成功した」

言葉を区切り、彼は話し出した。

「俺は第二皇子であり、皇太子は兄のイシェルだ。今も皇太子はイシェル・ディアルセイの名前で知られている。――議会では、兄上はもう助かる見込みがないから、廃太子にして、俺を立太子させようと決議が出たらしい。俺は皇子だが、その扱いは実際の皇太子のそれだったな。だけど、病弱の兄を廃太子にしてその権威を弟に譲るとなると、少し外聞が悪い。そのために、兄上は始末されることとなった」


アシェル・ディアルセイ、十三歳。

彼は体の弱い兄の傍で文句を言っていた。

「兄上も趣味が悪い。なんだってあんな女と結婚することにしたのですか？」

まだ声変わりすらしていない幼い少年の声に、兄だという皇太子は笑って言った。

「そうかい？　僕は結構、可愛いと思うけど」

「……正気ですか？　悪いですが、それが本音だと言うのなら僕は兄上の感性を疑います」

嫌そうに眉を顰めるアシェルは肩まで切り揃えられた銀髪を揺らして言った。兄である皇太子は困った顔をするだけで、なにも言わない。

兄の婚約者の女性は高慢で、第二皇子であるアシェルを鼻で笑う、肩書き主義者だった。

彼女の家は高位貴族の公爵家だ。そして公爵家当主同様に娘も野心家で、まだ婚約の段階だと言うのに既に皇妃気取りで王宮を歩いていた。どれひとつとっても気に食わない娘だった。

アシェルの素直な感想に、もう素直でいることを許されない皇太子は困った顔をするだけだ。

「兄上だってよく言っていたじゃないですか……。王族は偉いのではなく、神でもない。王族は民の意見を汲み、彼らの偶像であることが大事なのだと」

それは幼い頃、兄がよく言う口癖のようなものだった。幼いながらに立派な志を持つ兄に、アシェルは感嘆した。そして、そんな兄を支えようと誓ったのだ。

「そうだね。だけど考え方は人それぞれだよ」

その答えにアシェルは内心兄に失望した。今まで信じてきた兄に、突き放されたような気分になった。けれど、続く兄の言葉に疑問を抱く。

「お前には広い視野を持って欲しい。私の考えは凝り固まっていた」

「どういうことですか？」

「お前も大きくなればわかる。僕はお前にひどいことを言う」

「兄上？」

そして、皇太子は弟にひとつの言葉を託した。

「僕はきみを信じてるよ」

そして、アシェルが成人した十六歳の冬。

突然、兄が病に倒れた。とはいっても病気がちな兄だ。今回も休めば治ると、アシェルはそう思っていた。だけど、そうはならなかった。

日が経つごとにイシェルの顔色はさらに悪くなり、血を吐く日も増えた。

そしてある日、イシェルはアシェルに告げた。

「自分はそう長くない」

兄は、ブレスレットに指輪をかけていた。

彼はそれを見せて「指輪に魔力を吸われているのだと思う」と話す。

気味悪く思い、何度も捨て去ったが、そのたびに手元に戻ってきたから、きっと指輪が原因だとイシェルは言った。

アシェルは、兄の病は得体の知れない指輪が原因だということに戦慄した。

日に日に窶れていく兄のため、アシェルは指輪を捨てるいくつもの手段を用いた。しかしそのどれもが失敗に終わる。

兄は、いつ死ぬのかはわからないと言った。だけど、長くても数年以内には、と告げた。

「僕はもう役に立たない。次に皇帝となるのはお前だ、アシェル」

「冗談じゃない！　俺は王位もいらなければ、あの女もいらない。兄上はご存知ですか？　貴方が死ねば、俺の婚約者はあの女だ。絶望的なまでに俺とは相性が悪い」

兄は困ったように笑うだけだった。

アシェルは、イシェルの死を一日でも遅らせるために独自で術式の解読やあらゆる知識を求めた。結果、思いついたのが指輪を〝通過点〟扱いすることだった。

彼は、それを実行するか悩んでいたが、決定的なことがあった。

アシェルが信頼していた、友だと思っていた部下が勝手に兄を殺そうとしたのだ。捕らえて問い詰めてみれば、アシェルを王とするために必要なことだと答えた。彼にとってアシェルは友でもなんでもなく、次期皇帝としか見ていなかった。

このままでは、兄は魔力が枯渇して死ぬか。それともアシェルを次期皇帝にと望む誰かに殺されるか。どちらにしても長くはもたない。

そのため、アシェルは最後の方法をとった。

イシェルに永続的な睡眠魔法を施すと、転移術を使用する時の座標を用いて、指輪に細工をする。イシェルの魔力を吸い上げるものの、指輪だけは物理的な距離があっても魔力供給は途切れないので、強制的にイシェルの下に戻ることはない。

この、指輪と持ち主の距離が空いていても指輪の強制返戻(へんれい)が行われないようにする試みは、失敗すると思われたが、成功した。

あとから思えば、指輪自体が人の手によって生まれたものなのだから、解さえ合っていればその仕様を変更することは可能なのだろう。

指輪が魔力を吸い上げることをどうこうすることはできなかったが、物理的距離を取っても強制的に指輪が戻ることはなくなったのだ。

アシェルは、金さえ払えば裏切らないと有名な男を雇い入れ、イシェルを安全な場所に移した。

まず彼は指輪を捨てるために、指輪に関する話を集めていくことにした。その途中で、神堕ちの話、指輪が三つ存在すること、それがリームア、ディアルセイ、オッドフィーにあるだろうとあたりをつけた。

とはいえ、なんの前情報もない旅はかなりの時間を要した。

そしてその途中、アシェルはアリエアと名乗る娘と出会った。

アリエア同様、兄の余命があとどれくらいあるのかは全くわからない。ただ、アリエアの症状は兄よりもひどかった。アリエアもだが、アシェル自身時間がなかったのだ。

そんな中、ようやく神堕ちを消滅させることができ、指輪の呪縛は解き放たれた。

兄の息の根が止まったとは聞いていないから、おそらくまだ生きている。

アシェルは間に合ったのだ。

ライアンから事実を告げられた私たちは、かなり動揺したものの、すぐにその話に納得した。

納得よりも理解というほうが近いかもしれない。ライアンは元々秘密主義者だったし、彼の今までの言動を思い返せば、思い当たる節が多々あったのだ。

各々まだ話したいことはあったものの、それぞれにやることがある。

フェリアルと私は今後のことを考えリームアに帰らねばならないし、ライアン、もといアシェルはディアルセイに戻ってことの収拾をつけなければならない。それに、オッドフィーにも行くと触れを出している以上、そちらにも向かう必要がある。

大変そうだが、彼はどこか憑き物が落ちたようだった。いつも、ライアンはどこか警戒しているような、張り詰めた雰囲気があるように思っていたが、今の彼にはそれがない。指輪の力が消失したからだろう。

そして、アストもオッドフィーに戻り、王位継承争いに決着をつけると話した。

「ライアンは、」

「いや、もう小さな王(ライアン)はいない。本名(アシェル)って呼んでくれないか。思えばきみにそう呼ばれたことがなかったからな。餞別(せんべつ)に聞いておきたい」

「餞別、って。また会えるでしょう?」

「しばらくはどうかな……。それにアリィ——アリエアも大変だろ? 聞けるうちに聞いときたいのさ」

「なんだか死にゆく人のセリフみたいですね」

ユノアの言葉にライアン——アシェルは少し驚いたような顔をしてから笑った。その表情は今までの旅で見たどの顔よりもあどけなくて、年齢相応のものに感じる。

「物語はハッピーエンドで締めなきゃつまらないだろう? 心配せずともまた会えるさ。一度根付いた縁というのはなかなか切れないものだ。特に、俺ときみたちのような複雑怪奇な間柄はな」

「——そうだね。特に僕ときみはいやでもまた顔を合わせることになるだろうね、そのうち」

答えたのはフェリアルだ。アシェルはふ、とどこか挑発的に笑う。

「今だからこそ言えるが……きみたちとの旅は楽しかった。厳しい旅路だったが、終わりよければなんとやら、だ」

過去の公爵令嬢、今のアリエア

アリエア・ビューフィティは病気で伏せっていることになっているので、私はフェリアルの手引きによって内々にリームアの王城に戻った。

魔力欠乏症ではなくなったので、今の私は転移術が使える。転移術を使えばこんなに楽に移動ができるのかと、旅路を思い出し、改めてみんなへ感謝の思いを募らせた。

リームアの王城に転移した私は、その空気、雰囲気にどこか懐かしさを覚えた。覚えていないが、公爵令嬢であったときの記憶が呼び覚まされるのだろうか。指輪の力は消え失せたが、私の記憶はいまだに戻っていなかった。

そして、王城に戻った私は、件の娘――クリスティ・ロードが処刑処分となったことを知った。

クリスティの罪状は公爵令嬢アリエア・ビューフィティの殺害未遂。令嬢の飲み物に毒を長年混ぜていたことが判明し、クリスティはもちろん、芋づる式にミリア・ヴィアッセーヌも罪に問われた。

その罪状自体はでっち上げなのだろうと思った。大事なのは、王太子の婚約者に殺意を持っていたこと。

これはフェリアルから聞いたことなのだが、私はクリスティに裏切られる形で誘拐されたのだという。そして、誘拐の末にディアルセイに打ち捨てられたのではないか、それがフェリアルの推測だった。

侍女であった娘に裏切られ、見知らぬ土地に捨てられたというのであれば、アシェルと出会った頃の私はかなり絶望していたと思う。そのショックは計り知れなかったのではないか。

どこか他人事のように考えて、それが記憶がないためだと思い直す。

私がそう思っていると、フェリアルに声をかけられる。

「アリエア。そろそろ時間だよ」

「……ありがとう」

「本当にいいの？　気分が悪くなるかもしれない」

「大丈夫よ。どうしても話したいの。私を裏切って、殺すためだけに始まりの地までやってきたのでしょう？　どうしてそこまでしたのか気になるの」

私はフェリアルの案内で地下牢に向かう。

地下牢は五階まであって、五階が最も罪が重い人間が入る場所——処刑を待つだけの牢だ。

五階の入り口でフェリアルにここまででいいと言うと、彼は眉を寄せた。

「すぐ戻るわ」

「きみが心配だ。体調が悪くなるかもしれない」

「大丈夫。私、そんなヤワじゃないもの」

フェリアルに告げてから、奥に向かう。

クリスティの入る牢まで行くと、彼女は私を見とめた途端に飛びつくように牢の柵を摑んだ。

「アリエア！」

「……こんばんは。クリスティ」

「お前がこんなところに放り込んだんでしょう！」

クリスティの目はぎらついていた。私は彼女の視線を受け止めながら、静かに問いかける。

「貴女は私の侍女だったのでしょう。どうして殺そうとしたの」

「そんなの決まってるでしょう？　お前が殿下に相応しくないからよ！」

「ミリアなら相応しいと？」

「敬称をつけなさいよ、不届き者が！」

「彼女が相応しいと思った理由は？」

「理由なんてないわよ。私はあの人ほど高潔な方を見たことがない。あの方は私の全てよ。あの方がなすことは全て正しい。そうでなくてはならないの。だから、あの方がお前の最期を台無しにしろと仰るのなら、それがお前の運命なの。これは正しく神の啓示なのよ！」

　クリスティがヒステリックに声をあげる。その盲信めいた敬愛は気味が悪く、同時に、それに囚われる彼女を哀れに思った。前までは、そんな感情は沸き起こりもしなかった。指輪の呪縛が消えて、私もまた他者を慮れるほどに心の余裕ができたのだろう。

「お前なんかにフィナーレは飾らせない。せいぜい生き汚く死ねばいい。最悪な結末を迎えればいい。王太子の婚約者が無様な死を迎えるなんてとんだ笑い話！　アリエア、覚えておきなさい。お前にフィナーレは飾れない！」

　ふと、銀髪の男の言葉を思い出す。クリスティとよく似たことを言っていた。

――つまり、アンタらに終焉（フィナーレ）は飾れないってことだ。せいぜい生き汚く死んでくれや。

　奇（く）しくも似たことを話すのは、彼らが結託していたからなのだろうか。私はそんなことを思いながら、彼女に言った。

「……終焉の美を飾る気はないわ」

「なら、今すぐ死ね！　とっとと死ね！」

　口汚く罵る彼女の声はフェリアルにも聞こえたのだろう。彼がこちらに向かう素振りを見せたので、私は首を振った。フェリアルが来るまでもないことだ。私は、こんなに私自身に憎しみの感情を向ける彼女が、過去は私の侍女だったということに違和感すら覚えていた。過去の私、公爵令嬢の彼女は、全く怪しむことはなかったのだろうか。

「誰しもいつかは死ぬわけだし……そもそも、人生のフィナーレって何？」

「は……？」

「確かに惨い死を迎えれば、フィナーレを飾るとは言い難いかもしれない。でも、その人が〝いい人生だった〟と思えたとしたら。納得できる終わりだったら、有終の美だと私は思うの」

「意味わからない。屁理屈こねないで」

「あなたよりはマシだと思う」

「このクソ女!!」

　私は柵をガッと摑み、身を乗り出すようにして睨みつけてくるクリスティをじっくりと見る。

　茶髪を振り乱し、目を釣り上げて死にものぐるいで柵を揺らす彼女はなにかに取り憑かれているかのようだ。残された時間は短いが、私は彼女の呪縛が解けることを願った。

「私は、私の思う道を進んで、望む最期を迎えたい。人に剪定された美しい最期よりも、自分が納得する最期のほうがずっと綺麗だと思う。貴女は私を貶めることに随分注力していたようだけど……貴女自身、自分の人生のフィナーレを飾る気はないの？」

「はぁ？」

「貴女が納得のいく最期を迎えられますように、という話よ。貴女も自分の人生を生きるべきだと思ったの。……ありがとう。もうお話は終わり。なんとなく、わかったわ」

私はなぜクリスティが私を殺そうとしたのか。騙して殺そうとしたのかを知りたかった。

そして、その理由がようやくわかった。理由などないのだ。最初から彼女は、私を殺したかった、ミリアのために。

クリスティはぽかんとして私を見ていたが、すぐに暴れだした。私が離れると、すぐに牢番が鎮静薬を持って牢に向かう。興奮のあまり自死されては困るため、囚人が暴れるときは鎮静薬を打つことがあるらしい。

クリスティ・ロードは明日、毒杯を飲むことになっている。


記憶が戻ったのは、唐突だった。

朝起きて、自然の流れで全てを思い出した。私が公爵令嬢であったときのこと。クリスティのこと。魔力欠乏症のこと。公爵家のこと。指輪のこと。

そして……フェリアルのこと。

思い出していちばん最初に抱いたのは、深い諦念だった。

なにから言えばいいのか。なにを思えばいいのか。

過去の自分は、言うなればお人形だ。当時は苦しみ苦しんで、悩み抜いて生きていたつもりだった。

それが私の精一杯だった。それを否定する気はない。

だけど、圧倒的に考える力が不足していたのは否めない。流されるままに、声をあげることができずにいたのは、魔力欠乏症による症状が大きく関係していると私はどこか他人事に考えた。

アリエアとしての自分より、アシェルに名乗った〝エアリエル〟としての自分の意思のほうが強いのを感じた。

強烈な経験をいくつもしたからだろうか。記憶は取り戻したものの、それは日記を読んでいるような、事実を羅列されているような、そんな感覚だ。

秘密裏に王城に留まっている私は無魔法で容姿を変え、アシェルの親戚として扱われていた。リームアに帰るにあたり、アリエアではいられないので、アシェルが名前を貸してくれたのだ。

私が泊まっているのは、王城から少し離れた場所に建てられた南の宮殿だ。見晴らしのいいこの宮殿は、王太子妃となったときに私が使用する予定のものだったとフェリアルから説明を受けた。

それだけに、ディアルセイの遠縁の娘がこの宮殿を使用することはあまりいい顔をされなかったが、フェリアルは『どちらにせよきみに変わりはないのだから、構わない』と言ってのけた。

彼の強い想いは痛いくらいに伝わっている。

私たちに足りなかったのは対話だった。婚約者として定期的に話し合いの場はあったものの、私はどうしたって面倒の少ない娘として見られたくて、余計な話はしなかった。

公爵家で散々な扱いをされているなど、実家の恥を晒しているようで恥ずかしく思ったし、毎日のように体調を崩す自分はおかしいという先入観があって、知られたくなかった。

なにもかも、言わなかったせいだ。私が彼を信じられなかったせいだ。

私は目を閉じた。フェリアルを想うと息が詰まる。胸が痛む。

そんな折り、フェリアルから遠出に誘われた。

彼に誘われて向かったのは、ユエン湖だった。馬車の中で、私は彼との会話を思い出していた。

『そうだ、アリエア。今度一緒にユエン湖に行こう』

『ユエン……湖ですか？』

『そう。夏にはちょうどいいだろう？　元々行く予定だったんだけど、よかったらアリエアもどうかな』

『……！　ぜひ、行かせてください。ありがとうございます、殿下』

あのときの私は、もう生きていられないことを察して、ひたすら絶望していた。

彼の中の私の記憶がよりいいものであるように願い、本音を隠して笑った。

心配をかけたくなかった。

悲しませたくなかった。

言えなかった。

大好きだった。愛していた。

全ての感情が渦巻いて、苦しくて、悲しくて、切ない。

もしあのときに戻れるのならば――そう思うけど、アシェルとアスト、フェリアルとユノアと旅をしたから今の私がある。

本音(しんじつ)を隠して必死に虚勢を張った。それでも、一生懸命だった。私はそれを否定したくない。もしそれを否定してしまえば、あの頃の私の味方は誰もいなくなる。

静かな馬車で、フェリアルも私もなにも言わなかった。

ユエン湖に着くと、私とフェリアルは眩しい日差しの下、その横道を歩いた。白いつばの長い帽子を深く被る。私たちの間に会話はなかった。

ふと、フェリアルが足を止める。

「アリエア」

「……はい」

「ここが、ユエン湖だよ。覚えてる？」

それは確信めいた言葉だった。

フェリアルには記憶が戻ったことを言っていなかったけれど、彼は勘が鋭い。気づいているのかもしれなかった。私はややあってから頷いた。

「……覚えてる。あのとき約束した、この湖……」

そこまで言って、ぐっと手首を取られた。気がついたときには、フェリアルに抱き締められていた。

「記憶が……戻ってるんだね」

「どうしてかわからないの。でも……戻ったわ」

フェリアルは押し殺したような声で言う。

「クリスティ・ロードは、自身の命を対価にきみの記憶を奪ったのではないかと思う」

フェリアルの言葉に、私はふと、アシェルと出会ったときのことを思い出した。

あのとき、私は声を失っていた。アシェルは記憶と引き換えに、声を取り戻してくれた。それを考えると、クリスティが奪ったのは私の声、ということとなる。

「ヴィアッセーヌの娘が失敗した子飼いを生かしておくとは思えないから、なにか理由があると思った。そして、アリエア。きみは記憶を失っていた。だから、あの娘が命を代償にきみの記憶を奪ったのだと思ったんだ。西南で……呪術に秀でた国がある。そこでは、相応の代償と引き換えに、相手を呪うらしい。あの娘がやったのはそれじゃないかな」

「呪い……」

私は呆然と呟いた。クリスティは先日毒杯を飲んだばかりだ。

そして、その日に私は記憶を取り戻した。

フェリアルは切実な目をしていた。彼の気持ちが、痛いくらいに伝わってくる。

「きみの答えを教えてくれる？」

「…………」

もう答えはずっと前から出ていた。何者でもない自分になりたいと、そう思ったときには既に私は決めていたのだろう。

「私は……王太子妃には相応しくないわ」

「それはきみが決めることじゃない」

「そうかもしれない。だけど、私自身が許せない。私は、王太子妃となるための素質を持ち得ていない。侍女に陥れられてひどい目に遭ったわ。でも、それは私の油断が招いたことだと言われればそれまで。私は貴方の婚約者だったのだから、もっと警戒していなければならなかった」

「きみの境遇を考えたら仕方ないことだ。誰もきみを責めようなんて思わない」

私は首を横に振った。

彼のことが好きだった。愛していた。彼が他に愛情を見つけたと思ったときでさえ、彼を想う気持ちはなにひとつ変わらなかった。

誰よりも、なによりも、強く。強く愛していた。

だから。

「ごめんなさい」

「……もう僕のことを好きではない？」

私はまた首を横に振る。

フェリアルがなにか言いかけて、その前に私は彼に言う。

「でも、好きだったのは公爵令嬢のアリエアなの。記憶を取り戻して、私は……複雑な気持ちだわ。貴方に対して申し訳ないと思ってるし、感謝もしている」

「今のアリエアは、僕が好きではない、ということかな」

「……いいえ。公爵令嬢だったアリエアも、しっかりと私だわ。だから、貴方を好きではないと言いきれるわけでもない。でも、その恋心は歪になってしまった。……うまく言えないわ。ごめんなさい。曖昧で。でも、こんな私だからこそ貴方と共に在ってはならないと思う」

「そんなことは……」

「私は失敗してしまったの。貴方が他の女性を愛していると勘違いして、結果、口を噤むことを選んだ。自分の状況に気づくことなく、足を掬われることとなった。こんなに情けないことはない。王太子妃になる資格はないわ」

「……僕が他の女性を愛したと勘違いした、というのは？」

静かな声で、なにかを堪えるようにフェリアルが言った。私は最後に見た記憶を彼に語る。きっと、なにかの偶然だった。キスしているように見えたが、それは角度の問題だったと思う。実際、私は彼がキスしていた場面を見たわけではない。

　それを話すと、フェリアルが私を抱き締める手が一瞬強張った。

「僕は、他の誰かと口づけを交わしたことは……ない」

「……うん」

「最悪だ。どうしてこんな……」

　きっと彼もわかっている。もう、私たちはどうしたって戻れない。

　だけど、あのときこうしていればと、そう考えてしまうのだ。

　私も彼の腕の中でただ、黙って受け入れていた。

「きみの……ご両親を、公的に罰することはきみの立場もあるから難しい。できて、当主を据え替える程度だ。今、きみのお父上になにかあれば次期公爵は彼の弟にあたるファントハ伯爵だ。しかし、彼も人として褒められたものではない。少し血は薄いが、遠縁の子爵がいいのではないかと思う」

「考えてくれているのね。ありがとう。フェリアルにお任せします」

　もう、私はあの家にも戻る気はなかった。

　フェリアルは私を抱き締めたまま、苦しそうな声で言った。

「もっと早くにそうしておけばよかった」

「王太子といえど、公爵家の当主を替えようとするなんて無茶だわ……。反発は免れない」

「そうしても問題ないように下地は整っていたんだ。きみがあの家の呪縛から解かれるのは、あと少しのはずだった」

「フェリアル……」

きっと彼は、私が知らない間にも手を回していてくれたのだろう。彼は、私が言わずとも私の状況を理解してくれていた。わかっていて、言わなかったのだ。私のためを思って。

「ありがとう……」

一度道を誤ってしまった私がゆくゆくは国母など、烏滸がましい話だ。

それに、私たちにあるのは純粋な感情だけではない。罪悪感、責任感、同情、そんなものが凝り固まっている。

リセットする方法は、ない。

私たちはずっと、黙ってお互いを抱き締めていた。

互いに言葉はなく、ひたすら黙って、お互いの痛いくらいの感情を感じていた。

小さく鳥の鳴く声が聞こえた。

彼女の望む先

私はその後、リームアを離れ、アルパという小さな国にある村の外れに移り住んだ。

無一文だったため、どう生計を立てていくか考えたが、指輪に魔力を吸い取られていたときとは違い、今の私は魔力が豊富だ。魔石に力を込める魔石師として生活を送ることにした。

魔力欠乏症になるほど魔力枯渇を起こす人は滅多にいないが、魔法の使用において効果を上乗せできる魔石はそれなりに高価なものだ。いくつか造り出せば、当面の生活費になった。

村で顔見知りも増えたが、友人と呼べる人はなかなかできなかった。友人となると、自然と過去のことを話さなければならない。それは気が重かった。そのため、深く知り合うこともなかった。

アルパに移り住んでから、数カ月が経過した頃。

ディアルセイの皇太子殿下の体調が回復したことが大々的に発表された。

ライアン……アシェルは、内々では次期皇太子としてその立場が決まりかけていた。だけど、皇太子の持つ指輪の呪いが解けたことで、お役御免となったのだろう。

ふと、彼のことを思い出す。

初めて魔力欠乏症の症状が発露したとき、アシェルは魔力欠乏症に効くという薬を持っていた。薬は魔力を液体に閉じ込めたものだったが、それを飲ませるために、アシェルと私は口づけを交わしたのだ。

そのときのことを思い出すと、今でも戸惑いのような、困惑のような、そんな感覚に陥る。もう随分前のことに感じるが、まだ一年も経っていない。それなのに、あのときのことを何度か思い出してしまう自分に私は辟易した。

日が経つごとに、指輪を捨てるための旅をしたあの短くも濃い日々を思い出す。

アシェルは最初から変わった人だった。

熊のお面をしていたし、どこか飄々として、なにを考えているのかが読みにくかった。彼は秘密主義者なのだろう。聞けばなんでも答えてくれそうな雰囲気があるのに、その実、本当に思っていることは話してくれない。思い出すのは、始まりの地に行く前に結んだ彼の長髪。彼は願掛けしていると言った。その髪に。

私と同じ、銀の髪。だけど私と彼とでは何もかもが違う。ライアンはきっと、私にとって流れ星のような人だ。掴みどころがなく、きらきらしていて。自分がある。彼は強い人だ――。

初めて会ったとき、私は絶望的な状態で、そこをアシェルに助けてもらった。彼は私の恩人だ。ふと私は初めて会ったときの彼の言葉を思い出した。

『きみのことは守る。なにがあっても、俺がきみを守ろう。だから、安心して俺と共に来て欲しい』

『なに、きみのことは俺が必ず守る。だから安心してくれ』

『とにかく死にたくないなら俺についてきてくれ。ついてきてくれるなら、必ず俺がきみを守る』

彼の言葉はどれもキザだった。だけどその言葉に安心していたのも事実だ。

フェリアルとユノアが合流してからそのような言葉は減っていったから、私に気を遣ってあえてそうしてくれていたのだと思う。

思えば、本当にいろいろなことがあった。いろんな場所に行った。初めて母国を出た先で北国のディアルセイに。最後の指輪を求めて南国のオッドフィー国に。

神話と戦うために始まりの地――ヒユーツ海の真ん中へと。

神殿を出た後は、それぞれやることがたくさんあって長く話す時間は取れなかった。

もっと話したい。

もっと聞きたいことがあった。

けれど、今の私は公爵令嬢の身分を捨てた身だ。恐れ多くもディアルセイの第二皇子と話す機会はもう巡ってこないだろう。


「ファーストキスの相手って覚えてる?」

買い出しの帰りに食事処の隅で食事を取っていれば、隣に座った娘たちの会話が耳に飛び込んできた。思わぬ言葉にスープを妙な動作で嚥下(えんげ)しそうになり、咳をする。

娘たちはそんな私の様子を訝しく思うこともなく、楽しげに話し始めた。

「そりゃ覚えてるわよ」

「やっぱり特別だものね。私、初めてこの前トムとキスしたの!」

きゃ、と頬にそばかすのある愛らしい顔立ちの娘が頬を染めた。私はそんな彼女たちの会話から、意識を逸らせなくなっていた。

私の初めての口づけの相手は、アシェルだった。もっとも、アシェルとの口づけは口づけとしてカウントしていいかは微妙なところだが。

彼はあれを医療行為と言った。

そのことを思い出してまた頬にじわじわと熱が上がる。

思い出すのは彼の、シトラスの香水だ。雨上がりの森を連想させるような、落ち着いた香り。

その香りをはっきりと思い出してはまた、一人むず痒く思った。

いつまでも自分だけそんな記憶に囚われているのは気恥ずかしい。きっとアシェルは忘れている。

そんなとき、娘たちの席から、前後の脈絡はわからないが、弾けるような興奮した声が聞こえてきた。

「忘れられないんでしょう？　だったらそれは恋よ！　恋！　間違いない！」

その言葉に、思わずスプーンをスープの海の中に墜落させてしまった。幸い木の椀だったので甲高い音は鳴らなかったが、私自身が一番動揺した。思わぬ言葉を聞いたせいでもある。

（恋？　恋って……）

私は公爵令嬢であった頃、フェリアルに恋をしていた。一生分の想いだと思ったほどのそれは、相手を希う、切ない感情だった。

だけど今は？　今、私は……。

結局、その日はずっと上の空で、なにをやってもうまくいかなかった。

それからまた少しして、思わぬ人物に声をかけられることとなった。

今朝は清々しい青空であったため、朝から洗濯をしていた。魔法で乾かすこともできるが、私はお日様の香りをふんだんに含んだシーツが好きだった。

洗ったシーツを庭で干していると、ザクザクと土を踏み締める音が聞こえてきた。

思わず硬直する。私を訪ねてくる人などいないからだ。

シーツを手早く干した私が振り向くと、そこにはやはり、招待した覚えがない人がいた。

「気持ちのいい青空だな」

その姿に、思わず息を呑んだ。

まさか、と思った。

ここにいるはずのない人にそっくりだったからだ。

「ライアン⁉」

咄嗟に彼の仮名を呼んでしまい、瞬時に彼の本名はアシェルだったと思い返した。

わかってはいるが、アシェルと呼んだことがないのもあって、咄嗟にその名前が口に出たのだ。アシェルは長い髪をひとつに結んで前に流していた。

「や、元気そうでなによりだ」

「ライア……アシェル。久しぶり。でも、どうしたのいきなり」

「ライアンでも構わない。大切なのはきみに呼ばれることだからな」

「でも、ライアンは仮の名でしょう？　私は貴方を本名で呼びたいわ」

「好きに呼んでくれ。本当に名前にこだわりはないんだ。ああ、そうだった。俺がここに来た理由だったな。それなんだが、フェリアルからきみがアルパにいると聞いて、情報を手土産に顔を見に来たのさ」

「情報？」

聞き返してから、久しぶりに会えたのだし、立ち話ではなくゆっくり話したいと思った。

たなびくシーツをしっかりと固定して、私は家へ案内する。

「どうぞ、なにもない家だけど入って？」

「きみな……俺以外の男も、こうやすやすと入れてるんじゃないだろうな？」

「アシェルだけよ。そもそも、ここに人が訪ねてくることなんてないもの」

アシェルを家に案内して、テーブルの前の椅子に座るよう促す。彼はこぢんまりとした家の中を興味深く見ると、ふ、と笑った。

「きみらしい家だな」

「私らしい？　そうかな」

私の家はこまごまとしたものが多い。それは自分で魔法を用いて作ったものであり、試作品があちこちにあるせいであり、森が近いため、薬草もよく摘んでくるせいだ。

今朝摘み取ったハーブを使用したハーブティーをアシェルに振る舞った。

「どうぞ。レモンバームティーよ」

「ありがとう。落ち着く香りだな」

アシェルはそう言った後、一口飲んでから本題を切り出した。

「俺がここに来た理由はふたつ。ひとつ目は、アルパの国だが……ディアルセイの属国になることとなった。きみがアルパにいるとフェリアルから聞いたからな。こうして誰よりも早い伝書鳩の役割を担うことにしたんだ」

伝書鳩と彼は言ったが、私はそれよりも驚きに息を呑んでいた。

確かにディアルセイとアルパは大陸で地続きだ。とはいえ、ディアルセイまでに国をいくつか挟んでいるはず。

私が目を瞬かせていると、ライアンが少し笑って言った。

「アルパは今後のために押さえておきたい国だったからな。前々から水面下で話は進んでいたんだが、このたびようやく話がまとまったというわけだ」

「そうだったの……」

「そして二つ目。俺はきみに頼み事に来たんだ」

アシェルはそう言うと、上品な仕草でハーブティーを飲んだ後に薄く笑みを浮かべた。

どこか酷薄なその笑みは、よく旅で見かけたものだった。


じゃきん、とハサミを入れる音が響く。

彼の長い銀髪がはらはらと床に落ちる。

綺麗な髪にハサミを入れるのは少し緊張したが、しかしアシェルの落ち着いた様子に私も落ち着くことができた。

――アシェルが私に頼んだのは、長い間伸ばしていた髪を切ることだった。

私は、船旅が始まった直後に船の中でした会話を思い出した。

『ライアンはいずれ、この髪を切ってしまうの？』

私の問いかけに、彼は〝いずれ〟と返した。

『俺は、願をかけてるのさ。この、髪にね。女々しいとはわかってるんだがな。どうにも藁にも縋るっていう思いだったのかもしれない』

なにか理由があって髪を伸ばしていることは薄々察していたが、それがイシェル殿下のことだとは思わなかった。

私は彼のサラサラの髪先に指を滑らせた。ふわりとシトラスの香りがして、そんな場合ではないのにどうしてか彼と口づけしたときのことを思い出して頬がじわりと熱を持つ。

アシェルは私が髪を梳かしている間、ぽつりと自身の話をした。

彼の兄であるイシェル殿下が本格的にベッドから起き上がれなくなり、アシェルが皇太子と目されるようになってから、髪を切らなくなったのだと。

「この髪は全てが終わるまで切らない。そう決めていた」

彼は寡黙で謎が多い人物だった。

だからこそ、一部とはいえ胸の内を明かしてくれたことに、内心動揺した。

「兄上は完全に……とまでは言い難いが、かなり体調が改善した。まあ、兄上の場合、魔力欠乏症のみの症状じゃないからな。魔力欠乏に加え、この数年は毒やらなんやらを盛られてきたんだ。その後遺症が尾を引いている』

アシェルはそのまま言葉を続けた。

「だけど、ようやく肩の荷が降りた。俺は皇太子なんてものをやらずに済んだし、婚約者も兄上のまま、俺とどうこうなんて話も立ち消えた」

「……」

「これで終わりだ。そして、最後に残った髪は、きみに頼みたかった。旅の始まりを彩ったきみに、俺の旅の終わりを任せる。こういうのも乙なものじゃないか?」

「綺麗な髪なのに切っちゃうの？」

「好きで伸ばしてたわけじゃないからな。それに、この髪は長くなればなるほど残り時間が少ないことを意味していた。俺にとっては目に見えるカウントダウンみたいなものだった」

「そう……」

髪を霧吹きで湿らせて、ハサミを入れる。ジャキン、ジャキン、と硬質な音がした。

「髪はどれくらい切る？」

「きみに任せていいか？　なんでもいい」

「そう言われると緊張するわ」

ただでさえ人の髪を切るのが初めてで緊張しているのだ。私がそう言うと、アシェルが屈託なく笑った。

「公爵家の令嬢に髪を切ってもらう機会なんてこれきりだろうな」

「もう公爵家の娘じゃなくなったけどね」

アリエア・ビューフィティは闘病の末に亡くなったことが先日公にされた。

今ここにいるのはビューフィティ家のアリエアではない。ただの身寄りのない娘だ。

私は髪を肩口あたりで揃えると、最後に首回りに巻いたタオルを外した。

アシェルは首を軽く振って、笑みを浮かべた。

「頭が軽い。こんなに身軽なのは久しぶりだ。やっぱり髪は短いほうがいい」

「髪を切るだけでだいぶ印象が変わるのね……」

私は少し驚きながらアシェルを見た。

今までの彼は、他者を寄せつけない雰囲気があった。だけど今の彼は、雰囲気が幾分柔らかくなったように思う。

アシェルは髪先に触れて「子供の頃はこの長さだったんだ」と言った。

「そうだったの」

「ああ。……うん。助かった。きみには感謝している。髪を切りたいとは思ったが、こればかりは自分では切れないしな。だからといって、なにも知らない人間に切ってもらうのもと考えていたんだ。きみでよかった」

アシェルはこういうことをあっさりと言う。言い慣れているのだろうし、その言葉に深い意味合いはないのだろう。だけどそのたびに私は狼狽えるし、動揺してしまう。

今だってそうだ。私はアシェルに動揺を悟られないように、切った髪を集めるための箒(ほうき)を取りに行く。私が箒を取り出すと、アシェルが言った。

「俺がやる。頼んだのは俺だからな」

「大丈夫よ、そろそろ掃除したいと思っていたし」

切った髪をさっと集めて、ゴミ箱として使用している空の樽に捨てる。光を帯びてすらいるように見えるきらきらとした銀髪は美しく、捨てるのはもったいないと思ったが、だからといって髪を残しておくわけにもいかない。

箒を片付けると、アシェルは私を待って、その相好を崩した。

「なにからなにまで世話になるな」

「ううん」

答えると、アシェルは少しだけ黙ってから私に聞いた。

「なにか困ってることはないのか？　俺は、アルパの国の上のやつらと最終的な話を詰めるため、定期的にこの国を訪れることになっているんだ」

「そうなの？」

「ああ。ちなみにそれが終われば、俺は皇族から籍を抜く」

「そうな……ええ!?」

私が目を丸くしていると、アシェルはまたひとつ笑う。

髪を切ったからか、その笑みがいつもより優しげなものに見えて、妙に落ち着かない。

「俺はとことん皇族には向いていないからな。フェリアル(かれ)みたいに向いている人間もいるんだろうが……俺は逆だ。息が詰まって死んでしまう」

「アシェルは皇族をやめてどうするの？」

イシェル殿下は回復の兆しが見られたとのことだが、まだ予断は許さない状況のはずだ。そんな中で、二人しかいない直系皇族の一人が皇族籍を抜けるというのは難しいだろう。

「そうだな。なにかしらの爵位は父上から出されるだろうが……生憎、貴族生活は好きじゃない。どこかで気ままに暮らすんじゃないか？」

その言葉はどこか他人事のようだ。

アシェルが皇子をやめてどこかで暮らす。私はそれに妙な焦燥感を抱いた。

「でも、そんなの許されるの？　皇族が籍を抜けるだなんて」

第一皇子が皇位を継ぐならまだしも、まだ彼は皇太子の立場であるし、ディアルセイ帝国の皇帝も存命だ。そんな状況で籍を抜くのは前例がないことに違いない。少なくとも私は聞いたことがない。

「むしろ、これ以上ない選択だぜ。第二皇子（おれ）がいるから担ぎ出そうとするやつがいる。つまり俺が継承権を放棄さえしてしまえば、面倒なことを考えるやつはいなくなるだろ？」

　アシェルの考え方は確かに納得のいくものだった。

　皇族に向いてないと彼は言ったが、それ以上に肉親同士で皇位を争う状況に、もううんざりなのだろう。

　なにはともあれ、アシェルが決めたというのなら私はそれに頷くだけだ。

　アシェルはポケットから懐中時計を取り出すと、時間を確認した。気がつけば太陽の光は強まり、午後であることを示している。彼が訪れたのは朝だったから、思ったより時間が経っていた。

「思ったより長居してしまったな。いきなり押しかけて悪かった」

「ううん。会えてよかったわ」

　アシェルは私を見ると、おもむろに私の手に懐中時計を乗せた。

「アシェル？」

「きみにそう呼ばれるのは悪くないな。嫌いになりそうだった自分の名をもう一度受け入れられそうだ」

　アシェルは私の手に乗せた円形の懐中時計を見て、そして言った。

「また来る。それまで預かっていてくれ」

「でも」

「持っていてくれないか？　言ったろ。俺は願かけをする質（たち）だ。あまりあてにはならないが、言霊（ことだま）というものは存在する。……まじないみたいなものだな。それに、これでひとつ俺たちには縁ができるわけだ」

「縁？」

「とにかく、持っておいてくれ」

アシェルに渡された懐中時計は、見た目のわりに少しだけ重たい。手首に掛けられるよう金の鎖が編まれており、星空を象ったような基盤の中で、時計の針が時刻を示している。これは旅の中でもずっとアシェルが持っていたものだ。見るからに高価だとわかる懐中時計を預かるのは気が咎める。

「また来る」

しかしアシェルはそれだけ言うと、あっさり家を出ていってしまう。

残されたのは、彼が飲みきった空のティーカップと、この懐中時計のみ。

私は狐に化かされたかのように呆然と彼の背中を見送った。

――そして後になって、彼に見送りの言葉をかけそびれたことを後悔した。

彼はああ言ったが、皇族籍を抜けるとはいえ彼はまだ第二皇子であるし、抜けたとしてもその体に皇族の血が流れていることには変わりはない。アルパの国を訪れる予定があるとはいえ、こんな辺鄙(へんぴ)な村にまたわざわざ来る理由はないだろう。

懐中時計はどうしよう。そう思ったが、いつかまた会えるその日まで持っていることにした。


しかし、私の予想は外れ、その後何度もアシェルは私の家を訪れた。ときには手土産と言って珍しい果実やお菓子を手にやってくる。

そして今日も、手土産だと言ってベルベット生地に包まれた小箱を取り出した。見るからに高価そうだ。

受け取ることを躊躇っていると、アシェルはこう続けた。

「これは俺からの贈り物じゃない。俺は配達しに来ただけだからな。受け取ってくれないか？」

「配達？　一体、誰から？」

「それは見ればわかるだろう。開けてみてくれないか？」

アシェルの言葉に押され小箱を受け取る。そしてパカリと開ければ、中には深い緑色のシルク布に包まれた、黒い台座があった。その中央には赤いルビーが光っている。

私は戸惑いながらそれを持ち上げた。耳飾りのようだ。

「これは……」

「伝言もある。『まだまだ気は抜けないけど、一通り片付いたから、アリィにプレゼント。落ち着いたら俺も遊びに行くよ』だそうだ」

「アスト！」

「正解」

アシェルの伝言という言葉遣いには聞き覚えがあった。アストだ。

耳飾りを彩る丸いルビーが美しく光っている。純度の高い紅にうっかり見とれそうになった。同時に、それがただの宝石ではないことに気がつく。なにかの魔法がかけられているようだ。

私はまじまじと見てから、アシェルに確かめるように聞いた。

「加護魔法……？」

「ご名答」

「すごい。宝石にこめるなんて大変だったはずだわ」

ルビーには無属性魔法のひとつである加護魔法が付与されていた。病気や事故だけでなく、他人の悪意から遠ざける効果がある魔法は、難易度が高い上に術式が複雑で使える者は滅多にいない。

頬杖をついて私の様子を見ていたアシェルが言った。

「多忙のあまり、ストレス解消とばかりに術式解明に手を出したそうだ。それはその副産物に過ぎないと言っていたな。とはいえ、ストレス解消に術式を解明するとは、やはり天才の考えることはよくわからないな。余計疲れないか？」

「アストだものね。……とても、嬉しい。ありがとうと伝えて」

「ああ。きみが喜んでいたと伝えるさ」

アシェルは言うと、小さく笑みを浮かべて私の出したお茶を飲む。彼にお茶を出すのも慣れたものだ。

あれから宣言どおり定期的に訪れるアシェルに、私はなんだか落ち着かない。二人きりだと思うと考えなくてもいいことまで考えてしまって、結果、挙動不審になってしまうのだ。

ふと、彼の唇に目が行ってしまい、またしても視線が落ち着かなくなる。魔力欠乏症が治った今、私とアシェルが口づけを経由して魔力譲渡をすることはない。だけどそのときのことを思い出してしまって、やはり落ち着かない。

意味もなくそわそわしていると、アシェルが突然席を立った。

「どうした……」

の、と続くはずだった言葉は音にならなかった。

アシェルはテーブルを回って私の隣まで来ると、突然触れるだけの口づけを落としたのだ。

どうして？

突然のことに動揺を通り越して呆然とする。驚きすぎて感触なども全くわからなかった。

ただ目を瞬かせている私に、ゆっくりと唇を離したアシェルが静かに言った。

「違ったか？」

「違っ……！」

その一言で、私が彼との口づけを思い出して落ち着かなくなっていたことを悟られたのだと知る。

途端、顔がぼっと火を吹いたような熱を持つ。

違うともそうだとも言えずに口を押さえていれば、アシェルが唐突に言った。

「俺は先日、皇位継承権を放棄し、皇族籍を抜けてきた。その際、父上から公爵位を叙爵されたが
……皇族だった頃に比べれば身軽なことには違いないな」

「え……？　え？」

突然の情報量に頭が追いつかない。

戸惑っていれば、アシェルが笑って私を見た。そして、頬にかかる髪を掬って耳にかけてくれた。

彼と出会った頃は肩ほどまでしかなかった髪も、一年が過ぎて胸元よりも長くなった。そのことに
感慨深さも感じるが、それよりもそのなんてことない仕草に、先ほどの一瞬にも満たない口づけを思
い出してしまった。

なんということだろう。はしたない。

そう思うが、頬が熱を持つのを止められない。耳も熱くなっている気がする。意識すればするほど熱を持つ。

そんな私を見て、アシェルが笑みを浮かべて言った。

彼にしては優しい、落ち着いた微笑みだった。

「俺との未来を考えてくれないか？　きみのことをなによりも大切にするとここに誓おう」

「あの、でも……その、待って。アシェルは皇族を抜けたとはいえ、公爵位を叙爵されたのでしょう？　私はもうなんの身分も持たない身であるし……」

「それだけか？」

「え？」

「いや、なんでもない。そうだな。確かに俺は公爵位を授かったわけだが……しかし、俺は貴族として生きていく気はない。幸い、今の情勢を考えれば俺が静かにしていることに賛成するやつはいれど、反対するやつはいない。表立ってはな。少なくとも兄上が皇位を継ぐまでは引きこもっていても文句は言われないだろう。とはいえ、俺は表舞台に立たないだけで引きこもるつもりは毛頭ないが」

アシェルはそこまで言うと、私の手を取った。

胸がドキドキする。落ち着かない。

視線がさ迷って、結果、彼の短くなった髪に止まった。出会った頃は反対だった。彼の髪は長かったし、私は短かった。今では私のほうが長い。

「また、どこか旅をしようか。いいところがあればそこに留まってもいい。俺はきみとの旅が気に入ったんだ。きみは？」

「私も……私も、あなたと旅をするのは楽しかった。突然リマンダに放り出されて、死ぬかと思った。でもあなたと出会って、いろいろと驚いたこともあるし、大変だったこともあった。でも、楽しかった」

私はきゅ、とアシェルの手を握った。

まさか彼とこんな話をすることになるとは思わなかった。想像だにしなかった。

でも、嬉しいと思う。

彼とまた旅をする。世界を巡って、今度は純粋に観光を楽しむことができる。それはなによりも心が踊ることだった。

「決まりだな。そうしたら俺はまた、ライアンと名乗ろう。本名（アシェル）では目立ちすぎる」

確かに、ディアルセイでは皇族と同じ名をつけることは不敬とされる傾向があって、同じ名前はまずいない。

久しぶりに聞いたライアンという名前に、私は思わず笑みがこぼれてしまった。

「それなら私はエアリエルと名乗るわ」

それは、彼と出会ったときに名乗った、私の偽名だった。なにもない私にはピッタリだと思ってつけた名前。随分昔のように感じるが、まだ一年ほどしか経っていない。

私の言葉に、アシェルが目を細めて笑った。

「そしたら俺はまた熊の面をつけるか」

「それは……ちょっと」

私が言うと、思わずといったようにアシェルが吹き出した。彼がそんなふうに笑うところを初めて

見た。

「はは……ふ、っ。いや、すまない。そうだったな。きみはあの面が苦手だった」

「気がついていたの？」

「きみは顔には出にくかったが、あれを見ると顔が引きつったり固まったりすることがあっただろう。それに悲鳴をあげられそうになったこともあった」

彼の熊面は、何度見ても慣れるということはなくて、そのたびに息を呑んだことを思い出すと、私もふふ、と笑みがこぼれてしまった。

「もう面はしないさ。その必要もないからな。……そうだな。そしたら次は、きみのその指輪を捨てる旅をしようか」

「……え？」

「きみやアストにとっては馴染み深いものだと思うが……どこかで手放したほうが区切りがつくんじゃないかと思ってな。……ああ、きみが持っていたいのならそれで構わない。ただの提案に過ぎない」

彼の言葉に、私は考える。

veir（フィーア）の指輪はチェーンネックレスに下げられたまま胸元にあった。

この指輪は、捨てるには思い入れが深すぎる。

これがあったから、今の私があるとも言えるし、これのせいで、今の私があると言ってもいい。思い入れの深すぎる指輪だけど、ずっと持っているのもどうだろうとも思い始めていた。

彼の言うとおり、どこか……私が置いていきたいと思える場所に眠らせようか。

私は少し考えて、そして頷いた。

「うん。私もそうしたいって思う。……ふふ、今度は指輪を捨てる旅だね」

「今回は期間(タイムリミット)もない。のんびり行こう」

彼の言葉に、私は頷いた。

そうしてまた、私とアシェルは今度は指輪を捨てる旅――と銘打っているものの、その実態は世界を見て回ることだ。それは観光と変わらないし、互いのことをより深く知る時間にもなるだろう。私と彼の関係を確かなものにする時間にもなるかもしれない。

私は立ち上がった。

初めて私がリームアを出た頃と同じような、冷たい空気を感じる。もう冬が来る。

たった一年。されど一年。

だけどその一年で、大きく私の人生は変わった。

私自身も少しは、変わっているところがあるといい。

あとがき

フィナーレは飾れない、最終巻となりました。

発売にあたりまして、担当さん、本当にお世話になりました。

また、八美☆わん先生、今回も綺麗なイラストをありがとうございます。一巻と変わらず美麗な表紙、挿絵にくらくらきました。心より御礼申し上げます。


続きまして二巻をお手に取ってくださった読者の方、本当にありがとうございます。

アリエアの相手はライアンとフェリアルで悩みに悩みました。

だけど最終的に、フェリアルとはタイミングが悪くこうなってしまったが、恋愛ってタイミングが全てみたいなところあるよね、と考えライアンに。この後のフェリアルですが、王太子としての立場を自覚している彼は普通に政略結婚して普通に国王になって普通に人生を歩んでいくと思います。良くも悪くも真面目で責任感が強いので……。彼は対人能力も高いので政略結婚でどんな相手とでもそれなりにうまくやっていきます。


また、ピアスをバチバチに空けているアーネストくんですが、最近私も軟骨ピアス空けました。ヘリックスですが、点滴よりは痛くなかったです（笑）。

私は病院で空けてもらいましたがアーネストは自分でバツバツ空けていきそうだな……と少し思いました（笑）。

アーネストくんは舌ピも空けていそう。舌は痛そうだなぁ〜。

本作、少しでも心に残るものがあればと思います。
フィナーレは飾れない、は私の商業デビューの作品でもありましてそれが完結したことになんだか感慨深いです。

作家としてデビューさせていただきましてから約2年となります。
まだまだ未熟ではありますが、今後も精進していきます。
本作お手に取っていただきありがとうございました！

ごろごろみかん。

この本を読んでのご意見・ご感想・ファンレターをお待ちしております。
〈宛先〉　〒104-8357　東京都中央区京橋 3-5-7
（株）主婦と生活社　PASH！ブックス編集部
「ごろごろみかん。先生」係
※本書は「小説家になろう」（https://syosetu.com）に掲載されていたものを、改稿のうえ書籍化したものです。
※この作品はフィクションであり、実在の人物・団体・法律・事件などとは一切関係ありません。

フィナーレは飾れない2
2023年5月12日　1刷発行

著　者	ごろごろみかん。
イラスト	八美☆わん
編集人	山口純平
発行人	倉次辰男
発行所	株式会社主婦と生活社 〒104-8357　東京都中央区京橋 3-5-7 03-3563-5315（編集） 03-3563-5121（販売） 03-3563-5125（生産） ホームページ　https://www.shufu.co.jp
製版所	株式会社二葉企画
印刷所	大日本印刷株式会社
製本所	株式会社若林製本工場
デザイン	井上南子
編集	黒田可菜、上元いづみ

　ISBN978-4-391-15816-8